杨再平 著

chuan
xing
zhe

穿行者

辽宁人民出版社

ⓒ 杨再平　2025

图书在版编目（CIP）数据

穿行者 / 杨再平著. -- 沈阳 ：辽宁人民出版社，
2025. 5. -- ISBN 978-7-205-11492-3

Ⅰ . I247.5

中国国家版本馆CIP数据核字第2025UE1473号

出版发行：辽宁人民出版社

　　　　地址：沈阳市和平区十一纬路25号　邮编：110003

　　　　电话：024-23284325（邮　购）　024-23284300（发行部）

　　　　http://www.lnpph.com.cn

印　　刷：辽宁新华印务有限公司

幅面尺寸：170mm×240mm

印　　张：15

字　　数：218千字

出版时间：2025年5月第1版

印刷时间：2025年5月第1次印刷

责任编辑：贾妙笙

装帧设计：琥珀视觉

责任校对：耿　珺

书　　号：ISBN 978-7-205-11492-3

定　　价：68.00元

目录

1

Contents

目录 ②

Contents

江湖市市长柳强生率队前往港区招商，应邀到江籍港商高技成家做客。当他们步入高家那宽敞明亮的大客厅时，无不被其豪华大气的氛围所吸引。客厅的空间开阔，布局宽敞，使人感到舒适与自由。室内装潢精致，每个细节都经过精心的考虑和设计，营造出温馨的氛围，让人有一种宾至如归的感觉。

　　而最引人注目的则是挂在墙上一幅题为"穿行者"的国画。画中的主角穿山甲被描绘得生动传神，优雅的身姿灵动充满了生命力。这幅画如同一面镜子，映射出穿山甲独特的魅力和生命力，令人难以移开视线。

　　国画上方悬挂着一块古色古香的大匾额，匾额上写着"乡邦同寿"四个大字。这块匾额的字迹浑厚古朴，彰显着岁月的沉淀和历史的传承。

　　柳市长突然想起，江湖市西南有一个叫"高家寨"的著名景点，城堡内就有这块匾额。他对此感到非常惊讶，好奇地询问了高技成这两件作品的来历，原来这幅国画和这块匾额都是他家老爷子高丹青亲手创作的。这两件作品承载着老爷子跨世纪的传奇故事。

第一章

收拾残局

话说 1949 年 10 月，解放大西南战役在野山寨打响。这是国民党军在鄂西布设的第一个防御关隘，地势十分险要。两侧是陡峭的山岩，山势起伏，峭壁纵横，狭窄而崎岖，形成了一道天然屏障，国民党军以为这天险山寨坚不可摧。

可就在一个早上，白茫茫的雾气弥漫山间，冰冷的湿气直钻鼻孔，让人喘不过气来。浓雾蔓延至远处，遮蔽了山峦和树木，使得整个山寨变得模糊不清。

猛然，一阵炸雷般的巨响传来，解放军的迫击炮犹如咆哮的猛虎一般呼啸而来。敌我双方只闻枪炮声而不见人影。巨大的冲击力撕裂了大地，炙热而猛烈的火焰瞬间俯冲而下，将寨墙几乎炸为碎片。烟雾弥漫的战场上，充满撕心裂肺的哀嚎声和挣扎呼喊的残存生命。野山寨被解放军攻破。

兵败如山倒。国民党军某师所部 300 多名士兵跑散，与部队失去联系，躲进丛林。大雾中，他们隐约瞧见山下一大屋场有部队集合，以为是友军，跑下去入列，哪知是解放军先头部队。

撤退中，师长在麻阳寨兵败被俘。一时间，士气低迷，人心惶惶，整个军队都陷入了悲痛与震惊之中。

高丹青，一个平时言语不多，但内心充满血性的军官，在这个关键时刻被任命为代理师长。

他接到这个任命时，内心是复杂的。一方面，他明白这是军人的职责，是必须服从的命令；另一方面，他深知这个残局的重重困难，内心不由得忐忑不安。他的眼神中带着坚定，但嘴角微微颤抖，显然在竭力压抑着内心的惶恐和焦虑。

他站在临时指挥所里，眼前是那些满怀期待和忧虑的眼睛。他知道，他们都在等待他作出决定，等待他带领他们走出这个困境。他深吸一口气，努力让自己冷静下来。他知道，他不能让士兵们失望，他必须担起这个重任。

他收拢残部，给大家训话："胜败乃兵家常事。我们从鄂西到西川还有很大的回旋余地，敌军让我们遭受失败，也给我们教训，我们倒要以敌为师，琢磨他们，学习他们。知己知彼，百战不殆。血性军人从不轻易言败！"就这几句话又把官兵的斗志给点燃起来了。

石山岭，海拔1700多米，冬季的雾比野山寨还稠浓。雾气稠密到其中的景色变得模糊不清，伸手不见五指。即便是最熟悉的路线在这雾气的笼罩下也变得陌生起来。弥漫的雾气将山峦、树木以及岩石都包裹在自己的怀抱中，如同一个巨大的精灵盘旋在山间。雾气与人们的身体融为一体，湿漉漉的感觉使人不禁打起了寒战。

步入这浓雾之中，仿佛置身于迷宫之中，一切迹象似乎都被隐藏起来。无论是那些与山脉相关的生命体还是身处其中的人们，都变得模糊而朦胧。树木消失在雾里，只留下模糊的树影。远处山脊的轮廓也变得模糊不清，仿佛被雾气吞噬。

在这样的浓雾之中，时光仿佛也变得慢了下来。世界被雾气所隔离，宁静而神秘。此时，能听到的只有微弱的风声，仿佛传来了天籁之音。细细聆听，寂静中泛起微弱的吟唱声和深邃的回响。

随着国民党军的败退，解放军某师一个营行进到这一带。

"共军擅长打穿插，我们也要学他们这战术，趁其大部队还在远处，在这浓雾的掩护下，集中优势兵力，出其不意，攻其不备，打他们一个穿插！"高丹青在简陋的临时师部作战室精心谋划布局。

战场上，爆炸声此起彼伏，硝烟弥漫。解放军营队原本信心满满，轻敌冒进，却未料到敌军的凶猛反击。面对突如其来的敌袭，解放军营队显得措手不及。

硝烟渐渐散去，高丹青静静地站在残酷的战场上，屈指一算，他那个本已被打残了的师损失也不小。但这小小的胜利，还是让他们赢得了一个短暂的喘息机会。

他带领 3000 多人迅速撤离，身影匆匆穿过茂密的森林，仿佛一支蚁群正在寻觅着前进的方向。

傍晚时分，临川县高家寨的轮廓渐渐显现出来。高丹青脸上流露出一种莫名的喜悦。这里，是他祖上发迹的地方。他的爷爷曾用嘶哑的声音和疲惫的身躯，向他描述过这里的一荣一辱，提起过这片土地的辉煌。如今，他终于亲眼见到了，脑海中也浮现出他祖上在这里发迹创业的故事。

明末清初的一个清晨，湘西边陲的一座小村庄被朝霞渲染得如梦如幻。村中的高家祖上，身着一袭破旧的衣袍，脚踏着泥泞的大地，背负着一只破旧的竹筐，哼着低沉的山歌，匆匆赶路。洞庭湖的水灾危及家园，他不得不离开故土，漂泊至此。

抵达目的地后，高家祖上游荡在陌生的山村中，试图找到一个安身立命的地方。几经周折，当地一个小地主收留他做住家长工。高家祖上能识字，做事勤奋踏实，不论干活还是处理家务，都能胜任自如。经过一段时间的观察，小地主对他赞赏有加，委任他兼任账房先生。

随着时间的推移，高家祖上与地主家的小老婆产生了感情。他俩常去后山密林深处的岩洞里幽会，品味禁忌的情爱。

密密麻麻的群鸟飞到洞口那棵根深叶茂的大树上围观，发出叽叽喳喳的叫声，高过他们尽情的尖叫声，貌似专为他们打掩护。地主家一直被蒙在鼓里。

命运也不再眷顾小地主家，其百亩地产被大儿子赌博输得只剩几亩，老地主气绝身亡，后嗣只剩高家祖上与地主小老婆偷情所生的儿子。到这时，高家祖上与地主小老婆也不再躲躲藏藏，而是公开见光了，并将其子改为高姓。

与此同时，高家祖上展现了出色的商业头脑，他们投资盐业，一步步摸索出一条致富的道路。经过多年的辛勤努力，逐渐发展壮大，成为远近闻名的大地主。更进一步，他们在江湖临川等地不断购买土地，拥有了大片的领地。

几代人的努力，使得高家的财富越发雄厚，也赋予了他们足够的实力。于是，他们豪气冲天地大兴土木，打造出一座中西结合的山寨式城堡。巨大的墙体高厚耸立，外观雄伟且坚不可摧。而墙外，还修建了一口大的水井。当地人称这座城堡为"高家寨"。

高家寨如同一座无坚不摧的堡垒，守护着高家的财富和地位。它成为周边村庄的地标，吸引着来自远处的商贾和游客。高家寨的庭院中，红墙绿瓦，苍松翠竹，形成一幅美丽的画卷。而在寨内井口旁边，清澈的泉水不断涌出，为寨中的居民提供了宝贵的水源。

阳光洒落在大寨的土墙上，给人一种庄严而古老的感觉。墙内的大水井矗立在寨子中央，巨大的石头砌成的水缸镶嵌在地面之上，传达着岁月的沧桑。

在过去的岁月里，这座山寨曾经历过一场惊心动魄的围攻。数不清的土匪将这个寨子团团围住，如同一张密不透风的网。为了保卫家园，墙内的主仆不畏艰险，凭借高厚围墙，奋勇抵抗了几天的围攻。

然而，命运总是捉弄人。恰逢那段时间，天旱已久，墙外的水井却被土匪堵上了。湍急的大水流断了，生命之源被切断，墙内的人们不得不面临严重的缺水问题。他们拼死一搏的抵抗不再有力，只能不情愿地向土匪妥协，交了一大笔保护费。

这次妥协造成了巨大的损失，墙内的人们付出了惨重的代价。他们深知，缺少水源的日子是多么煎熬和无助。

为了防止类似的悲剧再次发生，高家采取了明智的举措。他们决定将高墙外移，将大水井纳入城堡内部。如今，壮丽的墙内大水井已成为高家寨的标志，它见证了高家主仆历经沧桑而坚强不屈的精神。岁月流逝，高家主仆的智慧和坚韧却在这座大水井中流淌。

到高丹青高祖父那一代，这高家祖上众多后代中的一支人移居江湖市江阳县。在江阳，高丹青算高四代。

当高丹青率部进驻时，整个寨堡内洋溢着紧张的气氛。600多人的家族成员与仆人们众志成城，紧紧聚集在一起，为即将到来的险情做好准备。

而寨外的高墙梯石则是山的延绵无尽，仿佛与天空融为一体。每一级巨石都被无数匠人用心搬运而上，巨大而坚实。一眼望去，整齐排列的枪炮孔就像是一颗颗闪闪发光的明珠，严密地封锁着所有通道。

半夜时分，高家寨的氛围笼罩在一片幽静之中。战火的熄灭使得这座山寨城堡恢复了平静，只剩下寥寥几个守夜的士兵在默默巡逻。

高代师长漫长而艰辛的一天终于结束了，他脱下身上的戎装，一丝丝的疲惫感随之散去。他走向自己的简陋寝室，准备躺下休息片刻。几盏昏黄的油灯点亮了房间，投射着昏暗的光线。

就在这时，几声低沉的脚步声突然响起。高丹青皱了皱眉头，转身走出房门，看到刘团长与几名亲兵押着三个满身泥泞的逃兵，面色严肃。

高代师长走到刘团长身边，用眼神示意他们进入隔壁的大房间。四人默默无言地进入了大房间，一股紧张的气氛弥漫在空气中。

"报告师长，我们在寨堡外发现了这三个逃兵。"刘团长略显疲惫地汇报着，神情凝重。

高代师长静静地看着那三个被五花大绑的逃兵，他们身上的伤痕和蓬乱的头发显露出他们惊慌失措的逃亡过程，他们胆怯地躲藏在黑暗的角落，发出颤抖的呼吸声。

"高师长，按照前师长定下的军规，对逃兵必须严惩不贷。只有活埋了他们，才能杀一儆百，震慑逃心，稳定军心。"刘团长凶狠地说。

他眼神透露出冷漠和残忍，眉毛紧锁，额头上渗出一丝冷汗，显露着他对于执行军规的坚定决心。他狭长的眼睛中闪烁着凌厉的光芒，仿佛能透视出每个逃兵内心的畏惧和恐惧。他紧咬着下唇，牙齿间散发出一股不容忽视的气息，让人不敢轻视他的威严。

刘团长的声音带着咬牙切齿的语气，让人感受到他对逃兵的痛恨与无情。他用坚毅的语调强调活埋是唯一的处理方式，展现出他毫不留情的态度。这种凶狠的模样，不禁让人感到一阵寒意，仿佛能看到那些逃兵在他面前颤抖。

解放战争后期，国民党军队时常爆发逃兵潮。所以，逃兵被抓都要被挖坑活埋，这几乎是解放战争后期国民党的铁律。无此铁律，都跑了，那仗怎么打呢？

高丹青亲眼见过挖坑活埋逃兵的场景。挖坑的过程如同地狱的酷刑，在那一刹那，逃兵感受到了无尽的绝望和恐惧。一群屠弱的人被粗糙的约束绳索牵引着，无法挣扎，脸上充满了无助和无奈。他们的眼神中，既有对生命的眷恋，也有对即将面临的死亡的恐惧。沉重的土埋在逃兵的身上，严寒、窒息和恐惧同时袭来。他们的呼声因土堆的重压而戛然而止，最后只剩下无助的嘶吼久久回荡。活埋坑填平的同时，留下的只有深深的寂静和冷漠的土地。

高丹青脑海不堪回放这一幕幕令人心悸的场景。不，这太没人性、太残忍了。可不惩罚又怎么保住部队？他的思维极度矛盾、混乱。

沉默许久，他还是命令行刑队去寨堡外找块荒地挖坑活埋逃兵。

"我要亲自看着活埋他们，看他妈的谁还敢逃跑！"他声嘶力竭地怒吼。夜深人静，这声音很有穿透力，几乎所有在这里宿营的官兵都听见了。

外面，寒风刺骨，如同无数冰冷的箭矢射向大地。雾气袭人，弥漫在空气中，使得视线变得模糊不清。夜色浓重，仿佛一片无边的黑暗，伸手不见五指。在这片寒冷与黑暗交织的地方，每一次呼吸都显得如此艰难。

三个逃兵被押到一片寂静的洼地，天地之间似乎只有挖掘的声音。高代师长穿上厚厚的棉军装，带着两个亲兵去监看行刑队活埋那三个逃兵。坑挖好后，高代师长令行刑队解开三个逃兵的绳索，把他们推入冰雪泥泞的大坑。三个人发出撕心裂肺的哭声，如同野兽般号叫，表情悲痛无比，他们已经被判了死刑。

"天太冷又看不见，就不必铲土埋他们了，也不折磨他们，让我给他们几梭子，叫他们死个痛快！"高丹青说着从一个亲兵手中拿过冲锋枪，果断地扣动扳机，朝着三个逃兵倒卧的方向就是几梭子。

几梭枪响，三个逃兵已然瘫倒如泥，没有了知觉。枪响后的硝烟顿时化为一团微弱的血光，血光中三个身体扭曲着，眼睛瞪得大大的，嘴巴张开着，舌头伸出老长，鲜血从嘴里流出来，样子十分吓人。现场目击者阵阵惊呼，有人甚至吓得晕了过去。

万籁俱寂的黑森林传来几声凄惨的猫头鹰鸣叫。"猫头鹰一叫，就要死人。"高家寨内外听到这叫声的人们，无不瑟瑟发抖。

第二章

险遭暗算

高丹青随溃败国民党军继续西退入川，躲藏于万县深山。

他们东躲西藏，在一前不着村后不着店的大峡谷漫无目的地转悠了几日。这天黄昏，他们想找个地方宿营好歹歇息一下。好不容易找见一依洞而搭的茅草屋，屋顶冒出了点烟火气。走进去一看，茅草屋与后面岩洞都太狭小，根本容纳不下 500 多人宿营。

草屋里住着一个聋哑孤老太，只有叶素荣懂点哑语，能勉强与她交流。好不容易问出，离这草屋大约 1 里的后山有个大岩洞，容纳 1000 人都没问题。高代师长便决定，让叶素荣带着小儿住这小草屋，大部队都去后山大岩洞宿营。

攀爬了近半小时，总算来到大岩洞口。原来这岩洞也曾有人居住过，洞口往外伸出一座简陋的吊脚楼，屋顶还有茅草盖着。只是吊脚楼立柱已腐朽，裂缝翘起的楼板只可勉强踩踏，茅草屋顶多处开了天窗。高丹青令几个士兵略微加固吊脚楼，作为临时师部。

入夜，洞里横七竖八躺卧着 500 多残兵败将。两个亲兵在吊脚楼靠近洞口的角落打了个地铺，让高丹青躺下休息，他俩睡在旁边守护。可高丹青怎么也无法入睡。

"这仗没法打了，这500多弟兄再战就都没命了，这是500多条活生生的生命呀！他们应该活着，必须活着。"高丹青翻来覆去痛苦地思索着。

"你们去把刘团长叫来，我有要事与他商量。"高丹青吩咐两名亲兵。

他心知肚明，刘团长所率野峡县保安团士兵熟悉这一带地形，生存能力相对较强，所剩500多残兵大部分为他旧部，所以，大事不能不与他这地头蛇商讨。

刘团长来到临时师部："师长有何吩咐？"

"我考虑好了，为了500多兄弟的性命，咱还是去向解放军投诚吧！"高代师长对刘团长说。"现在咱这队伍，除了我，你就是最大的长官了，就你带他们去向解放军投诚吧！"他继续说。

"那师长你呢？还是应该你领头带我们去投诚呀。"刘团长有点疑惑。

"我在石山岭与解放军作战，打死了他们那么多人，欠下这么多血债，估计他们饶不了我。"高丹青解释道。他接着说："你先回洞里去好好睡一觉，也让弟兄们在洞里好好睡一晚，咱明早宣布，如何？"

"好吧，高师长你也好好睡一觉！"刘团长应声后往洞里走去。

进洞后，刘团长左思右想，也是翻来覆去睡不着。"我一样也有大笔血债呀，而且我在野峡县当县长期间，天高皇帝远，不知杀了多少共产党人与平头百姓，我率县保安团加入这正规军之后，又与解放军作战，还亲手活埋了好些个逃兵……"他越想越恐惧，不敢往下想。

他突然灵机一动："何不把高代师长抓起来？抓个师长，再带领这500多弟兄去投共，不是投诚，是宣布起义，作为投名状，将功补过，说不定可获解放军宽恕呢！"他摸了摸自己的脑袋，对自己这计策很得意，黑暗中咬牙笑了。想到做到，刘团长叫拢五六个亲信，悄声告诉他们，策划如此这般的行动。

在吊脚楼临时师部刚入睡的高代师长被弄醒时，发现自己与两名亲兵都被麻绳捆绑起来了。

"对不起，高代师长，这支队伍离不开你，我们还是需要你明天亲自带领我们去找解放军投诚，不，应该是起义。我们要起义。"刘团长贴着高代师长的耳朵，压低声音，狡黠地说。说完，吩咐他的两亲个信把高代师长绑在吊脚楼的一根立柱上，要他们好好看着，他自己又走进洞去。

后来，刘团长独率这 500 多残兵败将也并未直接联系解放军起义，而是去西康投奔刘文辉，然后随刘文辉大部宣布起义，加入解放军，担任了副营长。不过，由于他在野峡县担任县长时无恶不作，罪恶滔天，解放后，还是在家乡人民的强烈要求下，被押回原籍后枪毙了，那是后话。

刘团长的背影逐渐消失在黑暗中，高丹青无语，只是目光恶狠狠地追随着他，仿佛想用眼神将他击倒。

他凝视着窗外漆黑的夜色，心中充满了愤恨与绝望。他挣了挣被反绑的手，结了层冰霜的绳索勒得他更疼痛，他眼圈红肿，胸中的痛苦如滚滚浪潮般袭来。在"男儿有泪不轻弹"坚强意念的控制下，他咬牙切齿地控制着心中的绝望，努力阻止心泪从眼角滑落。

"我虽死无憾，但愿素荣与小儿能平安逃离虎口！"他闭上双眼，低声嘀咕，向着苍穹祈祷着。顾念着夫人素荣和小儿平安，他希望他们能够逃离这生死之地，远离这个虎口。

下半夜，飕飕的寒风越刮越猛，吹得地动山摇，吊脚楼大幅摇晃。不多时，吊脚楼摧枯拉朽，咔嚓咔嚓，轰然垮塌，高丹青随之跌落。与此同时，捆绑他的立柱折断，麻绳松散。他因穿了件厚棉军大衣，只受了点轻伤，抖了抖被反剪捆绑的双手，没怎么费劲就松开了麻绳。而看守他的刘团长两名亲兵貌似受了重伤，自顾不暇。高丹青翻身跃起，赶紧摸黑往山下逃去。

进了叶素荣暂住的茅草屋，高丹青来不及多说："咱们赶紧逃命去吧！"

"出什么事了，这么突然？"叶素荣焦急地问。

"一言难尽，以后再跟你细说！"高丹青回答。

"怎么逃跑呀？"夫人问。

"我化装为老中医，改名李怀山，你化装为川嫂，改名向幺妹，我们今晚就出发，争取明天从万县港乘船逃回你们回州老家再看情况。"高丹青回答说。

在高丹青一再催促下，夫妻俩开始进行化装。他们小心翼翼地相互帮助，巧妙地改变各自的发型和外貌。经过精心的装扮，高丹青变成了一位老中医模样的人，白发苍苍，面庞慈祥。而叶素荣则变成了一个看起来像当地土里土气的川嫂，头上戴着颜色鲜艳的头巾，脸上露出烟火气般的笑容。

两人完成了化装后，站在一起相互对视。他们已经变得面目全非，互相都认不出对方来。他们忍不住"扑哧"一声笑了出来，他们的笑声中透露出一种愉悦和解脱，仿佛在瞬间摆脱了紧张和压力，但笑声渐渐转为苦笑和泪水。

傍晚的万县港口，江风裹挟寒潮扑面而来。港口周围一片繁忙，人们匆匆忙忙地走动着，渔船轻轻摇晃，港口的灯光在暮色中显得格外耀眼。

高丹青和叶素荣背靠街头角落一松垮吊脚楼。不远处，已有解放军严格盘查过往的行人。高丹青焦急地皱着眉头，他明白这是个危险的地方。

"咱们不能一起走水路了，分开行动吧！"高丹青终于开口，声音有些低沉，充满了忧虑。

叶素荣的眼神里充满了担忧，她轻轻点点头，试图压抑住内心的不安。她明白丈夫的计划，并清楚分开行动是为了降低被发现的风险。她默默地为自己打气，决心要坚强。

"你带着孩子去买张去洞庭湖城陵矶的船票，再想办法转车去长沙，去岭南你老家回州。我折回穿行，这样到回州你老家会合吧！"高丹青说着，语气中透露出一丝歉意。他知道这条路线并不容易，但他别无选择，为了重逢的那一刻，他愿意付出一切。

叶素荣点点头，她拿出一沓破旧的银票，小心地交给高丹青。这是他们一家多年的积蓄，为了这一天，他们省吃俭用，不敢有一丝浪费。

"记得注意自己的安全，一定要保护好自己。"她语气坚定，眼中透露出对丈夫的信任和牵挂。

　　高丹青轻轻握住妻子的手，紧紧拉着她搂入怀中。他们静静地相拥在那松垮的吊脚楼下，感受着彼此的温暖。1岁多一点的儿子在旁边静静地看着，脸上似乎有一丝凝重的神色。

第三章

军校恋情

高丹青的发梢被寒意刺骨的江风吹得竖起，他的眼神注视着叶素荣抱着小儿子高平安渐行渐远的身影。他的内心仿佛经历了一场风雨般的波澜，五味杂陈，百感交集。回忆自动播放起来，在他脑海中重现着两人传奇般的恋情。

1937 年，高丹青，一位团级教官，随着军校的迁移来到了黄埔军校的新校园。

军校新校园建在法相岩上面的宝方山及其东面的荒地圈，紧邻法相岩公园。印刷厂设在"泰卫洞"，这是一个天然的石洞，既隐蔽又宽敞，为印刷工作提供了良好的环境。军火库设在"钟乳洞"，这个洞穴的隐蔽性更好，而且洞内石笋遍布，暗河奔流，这样的自然环境为军火库提供了一层天然的屏障。

围绕军校的围墙设置岗哨，保证了军校的安全。而在山顶上还建了碉堡，使得军校的防御体系更加完善。军校设置了双重校门和四道门岗，每一次出入都需要经过严格的检查，确保安全。

法相岩位于宝方山下，由 8 个天然岩洞组成：栖真、上屏、太保、朝阳、迎阳、芙蓉、隐仙、花乳。这些岩洞大小不一，错综复杂，却又相互贯通，形成洞中有洞、洞外有洞的奇观。洞内石笋遍布，暗河奔流，洞外古木参天，素有"法相洞天"的美称。

在风景如画的崖壁上，阳光洒在岩石上，石刻上的文字清晰可见。历代文人的题咏和书法仿佛承载着历史的沉淀，岁月的痕迹让人不禁感叹。其中最引人注目的是宋开禧三年州牧官吴中的《金刚经》偈语，篆体字带有隶书的风韵，形成了独特的艺术风格，仿佛在岩石上留下了永恒的印记。

远望过去，四面环山，山势平缓，青翠欲滴。这使得军校的环境更加优美宁静。此外，还有坚固的城墙环绕，仿佛古代的城堡，给人一种坚不可摧的安全感。城墙之下，是宽阔的护城河——资江，它静静地流淌着，像是一道护城之盾，守护着这座城市。

走进校园，会被一种严肃而活泼的气氛所吸引。教室内，教官们正认真地教授军事知识，而学生们则专心致志地听着，他们的眼神中充满了对军事知识的渴望和对未来的期待。而在校园的操场上，学生们身着军装，正在进行严谨的军事训练，他们的动作整齐划一，步伐坚定有力。

学校的建筑风格独特，既有西方的建筑元素，又有中国的传统特色。教学楼、宿舍楼、图书馆等建筑错落有致，显得古朴而庄重。而校园内的绿植和花卉则点缀得恰到好处，使得整个校园显得生机勃勃。这些建筑不仅满足了教学和生活的需求，也体现了一种艺术与实用相结合的风格。

在这座军事学府里，高丹青作为团级教官，主要讲授步兵科目，包括战术、地形、工程、交通、兵器、辎重六大教程。他有时也兼讲政治课，主要讲授三民主义，当时特别强调民族主义，讲帝国主义侵华史，讲日军侵华暴行，以此激发学员的爱国、报国热情。

他还喜欢在课外时间与书画爱好者交流，这其中，与他同年同月同日生的军校同僚徐云飞教官是他最亲密的书画知音。每当有空，他们便去法相岩，细细品味石刻上的每一个笔画，交流切磋，互相启发。这里不仅是历史文化的载体，更是两位书画爱好者心灵交流的乐园，书画之间的相知相惜，仿佛也成为岩壁上历史文字的延续。

高丹青严谨的教风和深厚的专业知识赢得了学生们的尊敬和爱戴。他每一次授课都会吸引许多学生聆听。

一天上午，高丹青给学员讲授步兵战术课，却有一位年轻的女军医来旁听，这引起了高丹青的注意。只见她穿着一身整洁的军装，臂上佩戴着白色的医生袖标，这使得她整个人看起来更加精神焕发。她的面庞清秀，皮肤白皙，如同春日里初升的阳光，脸上微微泛着红晕。她的眼睛犹如明亮的星星，充满着智慧和善良。课间休息，年轻女军医起身行走，她身形娇小，身姿挺拔，步伐轻快而坚定，犹如一个战士，充满了力量。

这让高丹青本能地怦然心动。自古英雄爱美女，三十出头的高丹青，也算是熟透了的男人，其对异性的渴望与日俱增。

当然，就以他这种身份地位与气质，找个女友还不轻而易举？但他一直有自己的梦中情人，就是像来旁听他课的年轻女军医这样的。这就一见钟情了！

不过，讲台上的高丹青还是竭力控制自己一见钟情的本能心动，继续他口若悬河并手舞足蹈的步兵战术讲授。

"小大夫，你叫什么名字？怎么会来听我的步兵战术课？"课后，高丹青问那年轻女军医。

"我叫叶素荣，岭南回州人，刚从港区大学中医学院毕业，我爸让我来这军校做军医，为抗日战争尽一份力。作为军医，必须熟悉战场实景实操，所以有空就来听您的步兵科目讲授。"叶素荣大大方方地回应，显出大家闺秀的风范。

其实，她来旁听高丹青的课，一方面确是工作需要，另一方面则是慕名而来。她其实早已喜欢上了高教官，暗恋他已久。

高丹青中等身材，椭圆脸。他的皮肤被太阳晒得黝黑，就像一块经过岁月打磨的青铜，散发着健康的光泽。他讲课时穿着一身整洁的军装，肩膀宽阔，腰杆挺直，步伐坚定，身上散发出一种不怒自威的气场。他的眼睛深邃而明亮，犹如夜空中最亮的星辰，透射出一种坚定的光芒。他的声音低沉而有力，就像是一把经过岁月磨砺的古剑，锋利而尖锐。

这个雄姿英发、才华横溢的成熟男人，成了情窦初开的叶素荣的偶像与白马王子。但她还保持着少女的羞涩与矜持，不愿袒露她对高教官与日俱增的暗恋，而强调是因工作需要才来旁听他的课。

那以后，叶素荣一有空就来听高教官的课，除了步兵科目，他讲授政治课以及与课外书画爱好者交流时，她都常来。

随着时间的推移，两人之间的眼神交流变得更加频繁，叶素荣也不再掩饰内心对高丹青的喜欢。每当他们的目光相遇，她都会脸红心跳，不知所措。而高丹青也被叶素荣那纯净的眼神所吸引，他感受到了她对他的悸动。

高丹青和叶素荣之间的感情逐渐加深，他们不再只是普通的同事或朋友，而是彼此心中特殊的存在。

每次他们的眼神相交，时间仿佛停滞了一般。叶素荣的眸子里透露出自己内心深处的柔情和羞涩，脸上常常绽放出嫣然的潮红，心跳也不可遏制地加速。她无法掩饰自己对高丹青的喜欢，却又不知道如何表达出来。每次互相注视的时刻，她总是不知所措，忐忑不安。

而高丹青也对叶素荣那纯净而温暖的眼神着迷。他能够感受到她对他的悸动，真挚而又深切的感情在空气中弥漫。他渴望走近她，与她分享生活的点滴，更进一步了解她内心的秘密。

在中秋节温暖的阳光下，绍阳伍岗的军校内外，桂花的香气如同细腻的丝线，穿过微风，弥漫在空气中。这股香气，既甜美又清新，让人仿佛置身于一幅优雅的画卷中。

高丹青站在军校的大门口，眼神中闪烁着期待的光芒。他朝着远处的繁华街道望去，那里是法相岩公园。他昨日课后悄悄约了叶素荣，他们将一同前往法相岩公园，共享那浓郁的桂花香和如画的风景。

高丹青带着他的小军犬，叶素荣带着她的小猫咪，这两只小宠物仿佛是花开时节的天使，为这片美景增添了一抹生动的色彩。它们的出现，让这个平常的公园瞬间充满了生活的趣味和活泼的气息。

一进入公园，两只小宠物便开始了它们的嬉戏。它们翻滚着，追逐着，时而在草地上打滚，时而在花丛中穿梭。它们的举动引得周围的人们纷纷驻足观赏，赞叹不已。人们为它们的活泼和可爱而感到开心，它们的存在为这个公园增添了一份欢乐与热闹。

高丹青和叶素荣看着天真活泼的两只小宠物，他们的内心被深深地触动了。他们的欢声笑语在公园里回荡，与周围的美景相映成趣。他们的笑声和宠物的活泼形成了公园里最美的风景线。

在公园的一角，有一处小桥流水，旁边有一棵几人才能围抱的古老桂花树，树冠如云，金穗满枝，香醉肺腑。高丹青和叶素荣坐在树下的石凳上，望着眼前的一切，心中充满了幸福与宁静。

在这个美妙的时刻，高丹青与叶素荣紧紧拥吻在一起。他们的心跳与呼吸仿佛成了美妙的乐章，相互交织在一起。

他们带来的两只小宠物在他们的腿脚间穿行磨蹭，各自发出轻细的欢叫声。

这一刻，他们的心中充满了对未来的期待与憧憬。他们彼此凝视着，仿佛在告诉对方：在这个美丽的中秋，在这个桂花醉香的法相岩公园里，他们的心已经被对方牢牢抓住，再也无法分离。

月亮缓缓升起，照亮了那棵古老的桂花树，也照亮了他俩坐在树下的身影。他们坐在石凳上，手里拿着月饼，静静地看着月亮，享受着这个宁静而美好的夜晚。

高丹青打了个带月饼甜味的嗝，嘴角还挂着月饼的酥末，即兴起身对着那棵古老的桂花树，深情朗诵着苏东坡的《水调歌头·明月几时有》。他眼神深邃，仿佛穿越了时空，看到了苏东坡填写这首词时的场景。叶素荣伴着高丹青朗诵的节奏，仰望明月，舞起嫦娥奔月。

他俩的诗朗诵与嫦娥舞引起了桂花树的共振共鸣，香气四溢的金黄色桂花穗纷纷扬扬地飘落下来，落在他与叶素荣的头上、肩上，甚至他们的月饼上。他们看着那些桂花穗，眼中满是惊喜和感动。

叶素荣也站了起来，看着那纷纷扬扬的桂花穗，笑着说："看，我们成桂花人了！"

他们俩都笑了起来，那笑声在月光下回荡，仿佛也触动了桂花树的心弦。

他们站在那里，任由那些桂花穗落在他们的头上、肩上，感受着这个美妙的时刻。他们的心情格外愉悦，仿佛在这个美好的夜晚里，他们与大自然融为一体，享受着生命的美好与希望。

皓月当空时，高丹青挽着叶素荣走进他的单身宿舍。

月光透过窗户，照亮了那个窄小的房间，赋予了它一种神奇而温馨的氛围。窗户上的花边窗帘在月光的映衬下，仿佛被赋予了生命，如同一幅流动的画卷。

房间内的每一件物品都沐浴在月光中，变得格外生动。那张破旧的书桌，堆满了纸张和书籍，现在被月光披上了一层神秘的面纱，仿佛在诉说着知识的力量和智慧的无穷。那把古老的木椅，坐上去可以俯瞰整座城市，此时在月光的照耀下，仿佛回到了它曾经的历史和故事中。

房间的一角，一台老式的唱片机静静地放在那里。月光透过玻璃窗，洒在那些经典的唱片上，每一首歌都仿佛在月光中旋转，唤起了那些被遗忘的美好回忆。

整个房间都弥漫着月光的清辉，那是一种宁静、温馨而舒适的感觉。在这个窄小的房间里，一切都变得那么美好、那么宁静，仿佛时间已经停止了脚步，让人忘却了世间的烦恼和纷扰。

一缕柔和的月光，像流云般轻盈地飘落在书桌上，为那幅《诗经》"关关雎鸠"的篆体书法作品披上了一层银白的光华。那如梦如幻的光华，仿佛跨越千年的时光回到远古，让人感受到那远古时代，雎鸠的悠扬歌声在空气中飘荡，古人的诗意在心间荡漾。

那幅书法作品，墨色深浅不一，字迹如流水般流淌，仿佛是一首流动的诗，讲述着那远古的、永恒的爱情。高丹青的字迹，一如既往的洒脱不羁，每一个字都如同一个故事，它们被精心描绘，以一种独特的方式传递着情感和温度。

从窗户飘进来的桂花芳香，如同一阵甜美的旋律，与书桌上的墨香交织在一起，形成一种独特的、令人沉醉的气息。那香气如此纯粹、如此浓郁，仿佛能渗透到人的心灵深处，让人感到无比宁静和安详。

叶素荣轻轻地走近书桌，她的目光落在那幅书法作品上，见落款为"高丹青书赠叶素荣女士惠存"。她的心跳似乎在瞬间漏了一拍。那是高丹青的字迹，是他的情感，是他的心声。每一个字都如同他在说话，每一笔都如同他的呼吸。她能感受到他的情感，能感受到他的温度。

她静静地站在那里，让自己的心沉浸在这份感动中。月光、墨香、桂花芳香、高丹青的字迹，这一切都交织在一起，形成了一幅美丽的画面，同时也点燃了她的激情。她转过身紧紧搂着高丹青的脖子，仰着头与他尽情地深吻。

两人情不自禁地把自己的第一次献给了彼此最爱的人。

从此以后，高丹青和叶素荣走到了一起，他们开始了共同的军旅生涯，并育有两个可爱的孩子。他们像鱼与水一样相互扶持、相濡以沫，一同面对着未来的挑战。

第四章

逃行梦幻

虽然大战已经过去，硝烟却仍然萦绕在这片山区上空，弥散着一股淡淡的金属味。沿着道路的路边沟坎上，仍然散落着战死军人的尸体，一些已经被收殓起来，但更多的尚未被处理，静静地躺在那里，面目扭曲，呈现出极度狰狞的样貌。这样的景象对当初曾经是军人的高丹青来说实在是再平常不过。

高丹青行经的路线，都是西南大山区，行走之难，恰如李白所惊叹的："噫吁嚱，危乎高哉！蜀道之难，难于上青天！"有时在这山望见对面房屋就在眼前，却要下到山底再攀爬上山顶，下到山底时，耳朵就如乘坐飞机降落地面那样被大气压压得什么也听不见，真所谓"看得见屋走得哭"呀！

更何况，寒冬腊月，十万大山积雪日厚，道路上的冰层冻结得如同钢铁般坚硬，让人步履艰难、小心翼翼地试图避免滑倒。

高丹青在深山老林穿行了十来天，总算遇见个晴朗而暖和些的日子。黄昏时分，高丹青来到了半山腰，眼前展现出一片向东倾斜的自然巨石阵。夕阳的余晖洒在巨石上，映出一片金黄色的光辉。高丹青感觉，这就像是他小时候听过的民间传说所描述的，秦始皇巡游天下时曾经挥鞭东指，让巨石齐刷刷地倾向东方，形成了这座秦皇阵。

他走在自然生成的石头路上，轻轻地踩在那些留下骠马脚印一样的浅陷痕迹上，这些痕迹据说是秦始皇马队经过时的印记，被称为"骠掌坡"。高丹青沿着这条路走进巨石阵中，心中充满了敬畏和好奇。

在巨石阵的中央，有一块长方形的巨石。它略微凸起的一头，平贴在地上，仿佛是一个供人休憩的床榻。据说，这就是秦始皇当年睡过的卧榻。高丹青立在这座巨石旁边，仰望着天空中点点繁星，感慨万分。

他感叹道："真是太美了！"身心疲惫的高丹青，觉得这里是一个遗世独立的地方，远离尘嚣。

傍晚的橙色渐渐转向暗紫，天边的星星闪烁着微弱的光芒。他合上厚厚的棉大衣，躺在秦皇卧榻上，闭上了眼睛。渐渐地，他沉入了梦乡，安详地呼呼入睡了。

深睡中，他穿行到了幼年时代。

每当年关和中秋等大节，身着戎装的父亲都会给他带回一些好吃、好玩的东西，抱他、亲他，让他感受到父爱。每一次见面后，他都迫不及待地期盼下一次相聚。然而，在某年的 10 月以后，他再也没有见到父亲，这让他心灵深处产生了巨大的失望。当他向母亲打听父亲的下落时，才得知父亲是在追随孙中山的辛亥革命武昌首义中献出了生命。这个消息对他幼小的心灵造成了巨大的冲击和影响。

随着年龄的增长，母亲教育他要像他父亲那样信仰孙中山的三民主义。这使得高丹青在青少年时期立志要继承父亲的遗志，追随孙中山的脚步，为推翻军阀统治、实现三民主义、复兴中华而奋斗。怀揣着这个崇高的理想，年轻的高丹青中学毕业后南下广州，参加了北伐军，并同时加入了国民党。

他们的部队一路北上，最终抵达了武汉。之后，他被选派到黄埔军校武汉分校深造，并成为一名教官。那段时间的他充满了信心和斗志。

随着眼动加速，他又大梦穿行到战场上。

黎明的曙光映照出日军密集的壕沟和坚固的防线。战争的气息弥漫在空气中，浓重的硝烟与呐喊声混杂在一起。大炮的轰鸣声震耳欲聋，炮弹在空中划过一道道弧线，轰击着防御工事。

高丹青率领着黄埔军校的学生军，他们年轻而坚毅，初生牛犊不怕虎，似乎无所畏惧。他们手握着步枪，眼神中透着决然的果敢。他们在石牌城前的阵地上迅速部署，准备迎接敌军的猛攻。

随着鸣金之声响起，战斗开始了。日军如潮水般涌来，狂风暴雨般的炮火轰击着阵地。高丹青指挥着部队，口中不停地传达着战斗指令。士兵们顶着敌人的猛烈炮火，奋不顾身地迎击。

战场变成了硝烟弥漫的地狱。爆炸声、枪声、呐喊声不断交织在一起，形成了一曲悲壮的歌。士兵们奋勇向前，纷纷冲向敌军，殊死搏斗。

高丹青挥舞着手中的军刀，壮丽的身影在战场上跃动。他的眼中只有胜利，只有对国家的忠诚。他声嘶力竭地呼喊着："同学们，敌人顶不住溃逃了，乘胜追击呀，胜利属于我们！"

他提高嗓门振臂呼喊，这胜利的呼喊从西陵峡口向上穿行，在整个三峡流域回荡，久久回荡。

"儿子，你怎么在这里躺着呀？"那个声音，分明是他最熟悉的爹爹。这声音如同一道暖阳，照亮了他的意识，让他清晰地看到了爹爹的身影。

他睁开眼睛，看到的是爹爹那身着戎装的身影，如同古老山川一般坚毅。爹爹的脸庞也和他记忆中的一样，刚毅而慈祥，只是那双眼睛中，闪烁着一种他从未见过的担忧与焦虑。

他想要抬手去拥抱爹爹，但是身体像是在无尽的黑暗中挣扎，无法动弹。他的心在呼唤，这是真的吗？

然而，当他使劲睁开眼，从些微睁开的眼缝中，他看到的是周围模糊的景象。他意识到这就是民间传说的"鬼压床"。

他的挣扎越来越激烈，他想醒来，想确认这一切的真实。终于，经过长时间的挣扎，他的身体终于可以动弹了。

他感觉鼻孔不通，咽喉肿痛，嘴唇干裂冒血，出不来气，额头发烫，头晕目眩。这是一夜躺在石槽里受凉重感冒了。动弹不得，只得继续躺平，恍恍惚惚，迷迷糊糊呻吟着。

高丹青慢慢睁开眼睛，一片模糊的景象在眼前浮现。他能感受到自己不再身处秦皇阵，卧榻明显不是硬石，而是一张软软的稻草床铺。

微弱的阳光透过开着的窗户投射进来，房间弥漫着稻草的清香。他的目光慢慢适应了光线，渐渐看清了周围的情景。

房间是一间土家吊脚楼的西厢房，墙壁粉刷得洁白无瑕，房梁上挂着飘动的红灯笼，给整个空间增添了几分喜庆氛围。房间中央放置着一张简朴的木桌，上面摆放着几个碗碟，散发着刚刚煮熟的米饭和清爽的蔬菜味道。一缕缕炊烟从厨房里飘出来，带着家常菜的香气，使人胃口大开。

高丹青感觉身体有些虚弱，但也能感受到自己渐渐恢复了一些力量。他听到了门外传来的窸窸窣窣声，随后一个看上去精明强干的青年男子走进了房间。

"我叫冯百里，来给这东家检瓦，途中发现你躺在秦皇阵那块大石头上呻吟，嘴唇出血，额头烫手，就把你背这里来了。你就在这住几天，安心疗养，病好了再走吧！"瓦匠冯百里伸出有力的手，扶高丹青坐起来，对他说。

瓦匠是川鄂湘山区帮助东家检修屋顶、整理盖瓦以补漏防雨的工匠，他们靠走村串户轮番去各家揽活，往往是一匠管百里。所以，一个瓦匠对方圆百里人家都比较熟。冯百里就是这一带大家都比较熟悉的瓦匠，他20来岁，见多识广，有点文化，爱摆龙门阵，乐于助人。

他这个东家姓向，名道义，一个儿子做木匠，一个儿子做篾匠，女儿嫁给一个漆匠，三个匠人使这一户过着相当殷实的生活。年关期间子女都出去接活挣钱去了，就老两口在家。这老两口乐善好施，这一带都晓得。

屋子里充满了温暖的人情味，高丹青感受到了一种久违的舒适。

头裹一大盘黑色丝帕的东家老太太，目光温暖地热情招呼他坐好，然后小心翼翼地倒了一杯热气腾腾的姜水。那姜水的香气扑鼻而来，闻着让人心情舒畅，仿佛一份关怀和疼爱透过这杯姜水传递给了高丹青。

高丹青慢慢地品尝着姜水，感受着体内一丝丝的温暖，他意识到自己的身体正一点点地恢复。同时，他拿出药箱，找到了一颗药丸，服下去。药丸在口中化开，发出一股淡淡的清香。高丹青闭上眼睛，感受着这股药力在自己体内流动，很快，他就感到精神焕发，身体舒展开来。

"请问先生贵姓，怎么称呼？"冯百里这时才问。

"我叫李怀山，八代中医，对柳宗元《捕蛇者说》里写的永州一带的毒蛇好奇，就从万县那边行医过来，想去看个究竟。"高丹青回答。

"毒蛇泡酒可是好东西呀，可治百病，我家就泡了一坛，晚上请二位尝尝！"老东家向道义叼着长长的烟斗，伸手摸了摸山羊胡，紧了紧盘在头上的黑色丝帕，出场插话。

"以毒攻毒，好中药，是吧，李先生？"冯百里见机引导扩大话题。三人围绕毒蛇入药摆开了龙门阵。

入夜时分，向道义家的客厅笼罩在一片神秘的氛围中。一盏特大桐油灯粗长灯芯的火苗在风中跳跃着，仿佛一个疲惫的旅者在风尘中寻找归宿。灯光忽明忽暗，闪烁不定，将客厅内的景象映照得若隐若现，仿佛一幅流动的画卷。

冯百里与向道义坐在一张古老的木桌旁，桌上摆放着一坛毒蛇泡的酒。酒香四溢，与桐油灯的味道交织在一起，构成了独特的韵味。他们二人轻轻捧起酒坛，把酒倾倒在精致的瓷碗中。酒液金黄诱人，泛着淡淡的泡沫，宛如夜空中的星辰闪烁。

此时，李怀山开始讲述起有关毒蛇的种种故事。他的声音低沉而富有磁性，仿佛有一种魔力，将人们带入了一个充满神秘与奇幻的世界。他描述毒蛇的狡猾与残忍，也讲述它们在自然界中的独特地位与功能。随着他的讲述，故事中的景象变得更加栩栩如生，让人感觉仿佛置身于一个幽深的丛林之中，与毒蛇共舞。

　　冯百里与向道义听得如痴如醉，完全沉浸在李怀山所描述的世界中。他们的脸上浮现出各种表情，时而惊叹，时而紧张，仿佛亲身经历了李怀山所讲述的一切。他们品尝着毒蛇泡酒，感受着其中独特的味道与气息，仿佛在品味着一段段传奇的故事。

　　突然，李怀山的脸上露出了兴奋的表情，他从口袋里掏出了一支处方笔，然后在几张纸上迅速地画出了一幅小小的素描。他的手指在纸上跳跃着，就像在弹奏一曲美妙的旋律。

　　"老爷子，您看！"李怀山兴奋地将素描递给了向道义。

　　向道义接过素描，看着画中的自己，他的脸上露出了惊讶的表情，然后开心地笑了起来："画得真好！这是我吗？"

　　李怀山微笑着点点头，然后他又掏出了一张纸，开始为向道义的老伴和年轻的瓦匠冯百里画素描。他的笔在纸上迅速移动着，不一会就完成了两张素描。

　　"冯师傅，这是你。"李怀山将素描递给了冯百里。

　　冯百里看着自己的素描，他的脸上露出了惊喜的表情："这真的是我吗？我从没发现自己原来这么帅呢！"

　　最后，李怀山将一张素描递给了向道义的老伴："这是您，您看怎么样？"

　　老伴接过素描，看着画中的自己，她的脸上露出了幸福的微笑："这是我年轻时的样子，真是太美了！"

　　三人一边品尝着蛇酒，一边欣赏着李怀山老中医给他们画的素描。李怀山见他们这么喜欢，就每张复画，一式两份，一份送画中主人，一份由他自己留作纪念。

　　时间在他们的身边悄悄流逝，留下的是他们的欢声笑语和温馨的回忆。

　　刚好冯百里下一东家方向与李怀山路线方向相同，有 30 里远，其间高山险阻，人烟稀少，常有土匪出没，两人便结伴而行。

　　山区崎岖的小路上，周围群山耸立，道路崎岖不平。两个形神俱倦的身影缓缓行走在道路上。天空中阴云密布，风声呼啸，给人一种压抑的感觉。

他们面临着穿越这危险的路段，必须小心翼翼地前行。

冯百里喘息着："这陡坡路叫手攀岩，真是太艰难了，是我高估了自己的体力啊！"

李怀山咳嗽道："是啊，这些高山陡峭，我们走得很辛苦。"

冯百里扫视周围："这个地方很荒凉，人烟稀少，前面就是绝壁寨，是土匪窝子，我们要小心一点。"

两人在压抑的氛围中默默前行了一段路程。突然，几名土匪拦住了他们的去路，推推搡搡把他们强行带入看上去与世隔绝的陡峭山寨。

山寨四面悬崖如削，铁壁三层，螺峰四座，仅有一条一米宽的石板古道直通寨门。寨楼突兀于崇山峻岭中，两面悬崖万丈，中间门仅容一人通过。山东、西和北面的悬崖绝壁上，凿有几段古栈道。周围有茂密的森林和险峻的山峦，给人一种荒凉而神秘的感觉。阳光透过树叶的缝隙洒在地面上，映照出斑驳的光影，给寨子增添了一丝静谧的美感。寨子的建筑由土坯和木材搭建而成，虽然简陋，但别有一番风味。

土匪头子是一个高大威猛的中年男子，脸上密布着茂密的胡楂。虽然他的外表凶狠，但此刻他的表情非常友善："既来之，则安之，我这里正缺个郎中，也缺年轻力壮的小伙子，欢迎你俩入伙！我这可是千古老寨，一夫当关，万夫莫开，远近闻名。留在我这里，保你们有吃有喝，还有的玩儿！"好说歹说，就是要拉他俩入伙。

冯百里心中一紧，看着李怀山嘴唇还有血丝裂口，决定尝试一个计策："等一下！我是这一带的瓦匠！"指着李怀山嘴唇裂口："而他……他是一位老中医，在给人治病时，染上了麻风病。如今，我正准备把他送到县医院进行隔离治疗。"

土匪头子听到冯百里的解释，眉头紧皱，沉思了片刻。

"麻风病？那可是传染性极高的可怕疾病。你们还是快点离开这里吧！"土匪头子说。

土匪们畏惧麻风病的传染性，他们放了冯百里和李怀山。两人松了口气，继续向前走去。

李怀山说："刚才的计策真是太聪明了，你救了我！"

冯百里说："这也是没办法的办法，我们必须足够机智才能顺利通过这里。我们要继续小心前行，以免再次遇到危险。"

高丹青又孤身一人穿行了。他最担心的就是遇见国民党军散兵游勇。一方面，一旦遇见这些散兵，心理上必然感到难受，毕竟他们曾同属国民党军，些许还是他部下；另一方面，他担心被认出身份，一旦身份暴露，就可能会因此承受更多的麻烦和危险；还有，他还害怕被这些散兵游勇抢劫，这不仅可能耽误他继续行进的时间，还可能让他陷入更加危险的境地。

怕什么还真就遇见什么。在一前不着村后不着店的山坳，果然出现了四个散兵游勇，其中有一个走路一瘸一拐，看上去腿伤严重。

一瘦小老成散兵跑步迎来："老先生，有治伤口的药水吗？快给我这老表擦擦。"

原来这伤兵是他二舅的儿子，在川鄂湘一带叫血老表。高丹青走近一瞧，见那人腿部枪伤子弹还在里面，脓肿严重，就建议找户人家暂住快治。于是五人来到一草房孤老人家，取火烧水。

高丹青娴熟地取出子弹，清理创伤后擦上消炎的红汞，没几天，那人伤势大好，两血老表感激不尽。

另两个散兵与两伤兵非亲非故，事不关己，表现十分冷漠。其中一个长得瘦削狡黠的家伙，在高丹青与他们告别分手时突然发难："咦，老家伙，我看你不是本地老中医，看你是个当官的，官还不小，口袋里这么多金银财宝，分给我们吧，不然我们可就报官了！"另一人也附和。

这可把高丹青给吓蒙了。那俩血老表听闻赶紧上前大呼："使不得，不能恩将仇报！"

见财起意的两个散兵哪肯放下这到嘴的肥肉，于是二对二激烈争吵直至打斗起来。

高丹青借机夺门而逃，那瘦削狡黠的家伙赶紧追上来，一把抓住高丹青的药箱背带。这时，高丹青使出他军人的格斗绝招，一个反转躬身紧扣那家伙麻穴，那家伙顿感又麻又痛，瘫倒在地，哇哇大叫。另一散兵见状像被施了定身法，定在那一动不动。

俩血老表散兵应声赶来，又惊讶又崇敬，给高丹青作揖拜谢，挥挥手，让他自个儿赶路去。

黄昏时分，残阳斜射入樊家洞穴。这樊家洞位于一面陡峭绝壁的腰间，其下是一条河流绕行形成的深渊。高丹青不知自己怎么被蒙着双眼掳到这绝境来了。到了洞口，蒙着他双眼的黑布被哗啦一下揭开，但在斜阳的照射下，他一时还睁不开眼。他紧紧地按着斜挎的药箱，脸色凝重而紧张。

突然，一群凶神恶煞的土匪从洞里冲出，用刀枪指着高丹青。紧张弥漫在空气中，让高丹青喘不过气来。

他被推拉进入岩洞深处。"我们当家的樊大爷患上了打摆子，你能给治吗？能治好，你可活着出去，治不好，就别想出去了！"这大概是二当家的对高丹青大声说话。洞里回音大，高丹青耳朵被震得嗡嗡的。

凭借洞中微弱的光亮，高丹青瞧见一张上了红漆的豪华大木床，床上躺着一中年男子，盖着几床棉被，还在不断地颤抖。走进细看，男子虽不断颤抖，脸部仍显强悍。"这大概就是他们当家的樊大爷吧！"高丹青揣测。

樊大爷患上打摆子，就是疟疾，他遭受着极大的痛苦。疟疾是由疟原虫引起的传染病，其症状常常突然发作，令人难以忍受。

樊大爷首先感到严重的寒冷颤抖，他无法控制自己的身体，仿佛掉入了冰冷的水中。寒战过后，他的体温却迅速上升，整个身体被高烧所覆盖。他感到火烧般的热浪从头顶上涌上来，不停地流汗，但体温仍然无法降下来。

与此同时，他的头痛欲裂。每当他移动或者尝试闭上眼睛，就感到刺痛和重压。这种头痛使他无法静坐或入眠，让他的精神处于崩溃的边缘。

樊大爷胸闷气短，感到呼吸困难，喘不过气来。他面色苍白，疲惫不堪，连简单的动作都让他感到无力。

而且，樊大爷身体里的疟原虫还引发了他的胃肠道问题。他经常感到恶心，呕吐和腹泻交替出现。这使他的身体虚弱不堪，每次进食都成为煎熬。

在岩洞的黑暗中，樊大爷的痛苦因疟疾而加倍。他希望能够尽快得到治疗，摆脱这些折磨。

高丹青刚好带有治疗疟疾的药丸。他强忍住内心的恐惧，从药箱中小心翼翼地取出几粒治疗疟疾的药丸。他心中明白，只有治愈樊大爷的疟疾，才能换取自己的生命。

他缓缓走向樊大爷，手中的药丸颤抖着，仿佛在诉说着他的紧张和不安。他将药丸递给樊大爷，声音微颤地说道："这是治疗疟疾的药丸，我希望能够帮到您。"

樊大爷接过药丸，注视着高丹青。他的目光逐渐变得温和，甚至有些感激。他点了点头，语气中多了几分和善："你是菩萨派来专治我这病痛的神医吧？"

高丹青松了口气回答："非常感谢您的赏识和信任。"

几天下来，药丸的神奇力量在樊大爷体内充分展现。他不再忽冷忽热，也不再颤抖，痛苦的表情慢慢舒展开来。樊大爷打摆子的病痛真的被高丹青给治好了。樊大爷由衷地感激高丹青的救命之恩。

治疗结束后，高丹青将医疗用具收拾整齐，带着谦逊的微笑看着樊大爷。感激之情在他们之间默默传递，他们是两个并不熟悉的陌生人，却似乎在这个黄昏的洞穴中产生了一种特殊的羁绊。

樊大爷将自己珍贵的衣食用品和自家的草药送给了高丹青。他拱手道："李先生，我樊某无以为报，只有这点薄礼，您就收下吧！"

高丹青感受到樊大爷的诚挚，他轻轻地接过了衣食用品和草药，语气中透露出一丝不舍："樊大爷，您的仗义之举让我无比感动，是我应该感谢您才对。"

樊大爷挥手作别，他派遣了一位忠心耿耿的手下为高丹青送行。他们一起走出了樊家寨洞，离开了这个曾经陷入绝望的地方。

走出崇山峻岭，高丹青的眼前出现了一片辽阔的地貌，这就是绍阳。

远处是一望无际的丘陵地带，连绵起伏，绿意盎然。丘陵之间，峰峦叠嶂，山势峻峭。崇山峻岭的余脉向四面八方延伸，形成了独特的山间盆地和河谷。这些盆地和河谷成为人们聚居的地方，形成了独特的乡村风光。

在这片丘陵地带中，流淌着绍阳的母亲河——孜江。孜江穿城而过，清澈见底，水流湍急。沿岸的风景如画，青山绿树倒映在江水中，美不胜收。江边，垂钓者、洗衣妇、嬉戏的儿童，构成了一幅生动的生活画面。

故地重游，本应兴奋。但由于村户密集，怕被认出，也让高丹青更加提心吊胆，只能昼伏夜行。

这天傍晚，暮色四合，天空中飘洒着鹅毛大雪。高丹青踩着嘎吱作响的雪地，忍不住绕去了他曾在那担任教官的军校旁边的法相岩公园。

法相岩公园被冬雪装点得如诗如画，一片银装素裹。漫天的雪花落在公园的每一寸土地上，无论是萧瑟的草木，还是古老的建筑，都被一层厚厚的雪覆盖，形成晶莹剔透的冰花与雾凇。与邻近街村的灯火交相辉映，这里的夜晚显得更加宁静而美丽。

高丹青一个人静静地站在那棵古老的桂花树下，他的目光穿过大雪纷飞，落在树干上。这棵树见证了他和叶素荣的爱情，他们曾在树下共度中秋，两情相悦，那一吻定下了他们的终身。仿佛就在昨天，那个热烈而真挚的瞬间还历历在目。

突然，一阵北风吹来，积在树上的雪被吹落，纷纷扬扬的雪花像银色的花瓣雨一样飘向高丹青。他紧闭双眼，感受着雪花的滋润，那冰冷的触感仿佛带他回到了那个深情的夜晚。

"看，我们成了桂花人了！"当年叶素荣这样说的时候，他们身上满是桂花。他感觉叶素荣此时此刻也在此地，与他一起身披古老桂花树摇落的雪花，就像这棵古老的桂花树一样，被岁月雕刻成了一幅美丽的画卷。

高丹青的心中充满了深深的思念。他怀念那个时刻，怀念那个地方，怀念那个人。他怀念那个他们曾一起走过的中秋，怀念那个他们在桂花树下许下誓言的夜晚。

他深深地吸了一口气，闭上眼睛，仿佛能闻到那个秋天的桂花香，能听到那个中秋夜晚的欢声笑语。他的心中充满了对过去的怀念和对未来的期待。他知道，无论身在何处，无论经历多少风雨，他都不会忘记那个地方、那个夜晚和那个人。

临近春节的一个夜晚，寒风凛冽，高丹青独行在一片阴森恐怖的丘陵地带。周围弥漫着厚重的雾气，昏黄的月光透过雾气，将一切映衬得更加朦胧。他远远地望去，发现在不远处的田埂上闪烁着三个人影。这些人影高矮不一，却同步晃动着，仿佛在进行某种恐怖而奇异的仪式。在这样的环境下，高丹青不禁想起了他听说的湘西赶尸传闻。据说赶尸人会使用古老的秘术，将客死异乡的人的尸体运回家乡，为他们找个安葬之地。

高丹青目睹着这三个晃动的人影，心中涌起了难以抑制的疑惑和恐惧感。他的脑海中不断浮现出被赶尸人抓住的可怕画面，尸体起死回生的幻象在他眼前闪现。他不禁在黑暗的夜色里颤抖起来，心跳加速，冷汗不断地涔涔而下。尽管内心产生了恐惧，但他还是忍不住想要一探究竟。他深吸一口气，鼓起勇气踏入那片阴森的田埂。

他越走越近，逐渐能够看清楚那些晃动的人影是如何形成的。当他靠近一些时，眼前的景象让他松了一口气。原来，那不是赶尸的幽灵，而是一个人从水井中挑水。扁担挑着的两只水桶，随着挑水人晃动前行，形成了那赶尸的幻觉。

高丹青感到后怕，他意识到自己刚才的想象太过恐怖，一时的错觉导致了他多余的恐慌。他感到一份释然，轻轻地笑了笑。虚惊一场，他终于回到现实中。

大年初一，永州迎来了一场壮丽的大雪。天空中铺满了厚厚的云层，大雪纷纷扬扬地从天空中飘落下来，像无数柔软的棉絮般飘飞。大雪给潇水带来了静谧和宁静，一切都仿佛静止了。雪花舞动的声音变得悦耳动听，仿佛世界都为之安静。树木上的枝条也变得异常沉重，压弯了身子，好似用雪花为树梢增添了一缕婉约的美。枝头还挂着几颗露出红艳的冬梅花朵，与洁白的雪花形成了鲜明的对比，显得更加娇艳动人。

大雪中的潇水，画面如诗如画，给人一种纯净而安详的感觉。江面上倾泻而下的雪花在江水的映衬下闪烁着晶莹剔透的光芒，宛如漫天飞舞的银色蝴蝶。江面上的白雪逐渐形成一层薄薄的冰封，仿佛给湖面披上了一层闪亮的银色盾牌。一阵微风吹过，江面上的雪层迎风飘舞，犹如水中的鱼儿嬉戏玩耍。

据传《江雪》中的江便是永州潇水，高丹青非常想去亲自见识一下这条江。当他来到江边时，眼前的景象与柳宗元在诗中所描绘的一模一样，鹅毛般的雪花依然飘落着。

高丹青深吸了一口气，感受着江边的寒风与飘落的雪花。他轻轻招手，很快，一只小舟缓缓划过来。小舟上的船夫面容清瘦，眼中透着一股坚韧与机敏。

高丹青踏上小舟，船身微微摇晃。他稳住身形，随后从口袋中掏出一些零钱，递给了船夫。船夫微笑着接过零钱，轻轻一撑篙，小舟便离岸向江心滑去。

高丹青坐在船尾，身上的蓑衣随着寒风轻轻摆动。他闭上眼睛，任由雪花飘落在脸上、身上，感受着柳宗元笔下的那片清冷与孤寂。

小舟在江面上缓缓滑行，船夫偶尔轻声哼唱着古老的歌谣。高丹青沉浸在这份宁静中，仿佛时间都停止了流转。

不知过了多久，小舟停在江心。高丹青睁开眼睛，看到船夫正在指着前方。前方是江面一处宽阔的河段，河岸两边覆盖着白雪皑皑的树林。

船夫轻声说道："先生，这就是柳宗元写下《江雪》的地方。"

高丹青点了点头，心中涌起无尽的感慨。他站起身，蓑衣随风轻摆，缓步走到船头。雪花如鹅毛般纷纷扬扬地飘落在他的身上，寒风轻轻吹过，似乎夹带着柳宗元的气息，与他同在这江雪之间。

他凝视着前方，朗声道："柳先生，您的大作真是流传千古，令人叹为观止！今日能有幸亲见此景，我真是三生有幸啊！"船夫在一旁微笑着，默默地看着他，仿佛也沉浸在这份诗意之中。

高丹青站在船头，任由思绪随着江风飘扬。他努力地想象着，当年柳宗元是如何站在这里，面对江雪纷飞的壮丽景象，挥毫泼墨，写下了那首传颂千古的《江雪》。他的心灵仿佛穿越了时空的屏障，与柳宗元共赏这江雪美景。

他的意识开始模糊，进入了一种半梦半醒的状态。他感觉自己仿佛穿越了时空，来到了柳宗元的时代。他们同船共渡，一起欣赏着纷纷扬扬的江雪。他看见柳宗元挥毫泼墨，听见他低声吟唱《江雪》的诗句，那如潺潺流水的旋律，深深地打动了他的心弦。

他忍不住开口问道："柳先生，您在创作《江雪》这首诗时，是多大岁数呢？"声音在空气中飘荡，仿佛传到了遥远的时空。

柳宗元的声音似乎从远方传来，带着微笑回答道："我那时已经年过半百，历经了人生的起起落落。岁月的磨砺让我更加深刻地理解了生活的真谛，也让我更加坚定地追求自己的理想。"

高丹青又追问道："柳先生，您当时身居何职？又在做什么呢？"他渴望更多地了解这位伟大诗人的过去。

柳宗元的声音缓缓响起："我那时被贬至永州，担任着司马的职务。虽然身处逆境，但我始终坚守着自己的信念和追求。我深入民间，了解百姓的疾苦，希望能为他们尽一份绵薄之力。"

高丹青感慨万分："原来您是在这样的背景下创作了这首诗。那么，您当时的心情是怎样的呢？"他迫切地想要探寻诗人内心的世界。

柳宗元沉默了片刻，声音中透露出深深的感慨："我那时的心情颇为复杂，既有对朝廷的失望，也有对未来的迷茫。但当我看到江面上飘落的雪花时，内心突然变得宁静起来。我仿佛与大自然融为一体，忘却了世间的烦恼和忧愁。"

高丹青继续追问道："那么，您是在哪里写下了这首诗呢？是真的在江上的雪天里吗？"他想要更具体地了解这首诗的创作背景。

柳宗元微笑着回答："其实，这首诗是我坐在江边的一块巨石上写下的。虽然不是在船上，但我感觉自己仿佛漂浮在江面上，与大自然紧密相连。每一句诗都是我内心深处的真实写照。"

高丹青的心中充满了敬意和感慨："原来如此。这首诗真的是您心境的真实写照，每一个字都蕴含着深刻的内涵。感谢您的分享，让我更加深入地理解了这首伟大的诗篇。"

这时，雪花渐渐停止了飘落，阳光透过云层的缝隙洒在江面上，泛起层层金光。高丹青睁开眼睛，眼前的景象让他瞬间回到了他自己的现实："千山鸟飞绝，万径人踪灭。孤舟败军将，独赏寒江雪。"

他掏出了随身携带的处方笔，在一张显得十分破旧的、皱巴巴的暗灰色的纸上画下了一幅记录自己此刻景象和心情的自画像。他巧妙地运用笔触，将自己的情感融入画中，每一个细节都充满了生命力。

风轻轻吹起他的衣摆，轻拂过他目光坚定的脸庞。高丹青闭上双眼，深吸了一次。他似乎在感受着大自然的韵律，与江水、雪花、阳光融为一体。

他将那张暗灰色的纸小心地折叠好，放回了口袋。他知道，这张自画像不仅记录了他的此刻，更承载着他对柳宗元的理解与敬仰。

高丹青站在船头，目光远眺。他心中充满了感慨与思考，但更多的是对未来的期待与憧憬。

高丹青，此时还叫李怀山的老中医，其迂回穿行的路线图箭头已然进入岭南地界。

岭南，这个他曾经参与过的北伐战争的出师之地，本是他的荣耀之地。但此时的他，一想起战争，无论胜负，脑子就要炸裂。他下意识地要忘掉一切战争经历，选择忘掉一切战争的经历，将那些痛苦和苦难从他的记忆中抹去，要在脑海里屏蔽一切战争信息。

在这个充满硝烟的世界中，他的内心渴望着找到一份灵魂的慰藉。那是一种宁静、平和的力量，能够抚平他的创伤，给他带来内心的安宁。于是，他毫不犹豫地走进了六祖慧能寺。

这座古朴的寺庙，隐藏在群山之间，据说六祖慧能曾在此地隐居和传法，因此得名。

寺庙的建筑风格古朴典雅，充满了传统的佛教文化气息。寺门前的石阶上，有一只石雕的龙，形象生动，寓意着"龙象无边，般若不灭"。大殿内的佛像庄严安详，一盏盏长明灯在香炉前摇曳生辉，让人感到一种神秘的宗教气氛。

寺庙内的气氛宁静而肃穆，只有偶尔响起的钟声和香烛燃烧的轻烟在空气中弥漫。阳光从窗棂中照射进来，洒在黄色的墙上，营造出一种温暖的氛围。在那里，人们可以感受到一种心灵的宁静与平和。

他踏入寺庙的一刹那，仿佛穿越了尘世，踏入一个清幽脱俗的净土。战争的喧嚣和混乱在这里消失无踪，取而代之的是悠扬的钟声和淡淡的香烛气息，这些声音和气味交织在一起，宛如一首宁静的乐章，瞬间安抚了他疲惫的心灵。

他缓缓走向庙前的佛像，微闭双眼，双手合十，心中涌动着无尽的感激。他感谢这个地方，感谢这份安宁与慰藉，它们如同甘甜的清泉，滋润着他干涸的心田。

在庙内住下后，他度过了一个平静的夜晚。深夜时分，万籁俱寂，只有微风轻拂树叶的声音和远处传来的钟声。他盘腿坐在床上，闭目冥想，心中默念着那句偈语："菩提本无树，明镜亦非台，本来无一物，何处惹尘埃？"这句偈语在他心中回荡，如同明灯照亮黑暗，引领他探索内心的奥秘。

突然，他的眼前浮现出一片虚空，六祖慧能的形象在其中若隐若现。六祖慧能身披青色僧袍，双目含笑，智慧之光从眼中透出。他静静地坐在高丹青的面前，散发出一种令人感到亲切的力量。

高丹青心中涌起敬仰之情，他深吸一口气，恭敬地问道："大师，菩提本无树，明镜亦非台，本来无一物，何处惹尘埃？弟子愚钝，恳请大师指点迷津。"

六祖慧能微微一笑，语气平和地说："菩提，乃是你内心的觉悟，它超脱于世俗的纷扰之外。本无树，意味着菩提并非依附于任何外在形式，它源自你内心的清净与纯净。明镜亦非台，是指你的心如明镜般清澈，没有偏见和执着，能够真实地映照出世间万物。本来无一物，是说世间万物皆空，没有永恒不变的实体。何处惹尘埃，则是告诉你，只有当你内心清净无瑕时，才能远离尘世的纷扰。"

高丹青听后默然许久，细细品味着六祖慧能的话语。这些话如清泉般洗涤着他的心灵，使他心中的疑惑逐渐消散。他感到自己的心境在这段对话中得到了升华，仿佛看到了世间万物的真实面貌。

他向六祖慧能诉说了自己的困惑和迷茫，而六祖慧能则以深邃的智慧为他一一解答。他们的对话如同潺潺流水般流淌在静谧的禅房中，引导着高丹青深入思考人生的真谛。

这场灵魂对话持续了整整一个晚上。当清晨的第一缕阳光透过窗户洒进禅房时，高丹青的心中已经充满了答案和领悟。他明白了人生的真谛在于内心的觉悟和纯净，只有当心灵清净时，才能找到真正的自我。

他感激地向六祖慧能鞠躬致谢，心中充满了无尽的敬仰和感激。这场灵魂对话让他找到了内心的力量源泉，也让他明白了自己未来的方向。他决定将这份领悟带入生活之中，努力追求内心的清净与觉悟，让自己的人生更加充实和有意义。他想起慧能当年连夜远走南方，隐居10年，最终成立南宗的经历。他感受到自己在这大半年的穿行中也算是修行，认为这是命中注定的必须之苦行，而这对他的修行有着益处。

佛教常说"以苦为师，以戒为师"，指的是通过自我苦行，获得超自然的力量。这种力量甚至可以胁迫神祇屈服。高丹青想起古老的诗集《梨俱吠陀》，其中多次提到苦行的重要性。他回忆起其中一首赞歌，赞美了一位蓄长发的苦行尊者。他穿着"褐污"的衣服，以风为带，而"诸神则降临到他身上"；他放弃了肉体的束缚，跟随神祇飞翔，并能够"了解他们的思想"。这与孟子"天将降大任于是人也，必先苦其心志劳其筋骨"的名言如出一辙。

在朦胧的晨光中，幽静的灌木丛显得神秘而富有诗意。高丹青走过小溪，来到这片潮湿、阴暗的僻静之地，疲惫的身心逐渐放松。他坐在一块岩石上，目光迷离，似乎在寻找着什么。

突然，他的目光被不远处的一个小动物吸引住了。那是一个铠甲闪烁、光芒如卵石般明亮的小动物，从石缝和草丛之间悠然钻出。他仔细一看，发现那是一只穿山甲。他立刻辨认出了这个神秘生物，因为他对中医之道有所了解。

这只穿山甲似乎对他并不畏惧，直接朝他脚下缓缓爬来。高丹青的心中涌现出一阵奇特的感觉。他惊讶地发现，这只穿山甲和他在路上的经历非常相似，可以说是有着异曲同工的命运。他忍不住想，这只穿山甲是不是他的化身？它爬过来是要与他合而为一吗？

高丹青内心的神秘感受并未使他感到恐惧，反而让他更加坚定和勇敢。他闭上双眼，毫不犹豫地信任着穿山甲，默默地等待着它与自己合体的那一刻。

这时，穿山甲突然变得越来越大，身上的铠甲闪烁着耀眼的光芒。它向高丹青扑来，将他紧紧地包裹在内。高丹青感到自己仿佛被一股巨大的力量卷走，他挣扎着、尖叫着，然后突然间，一切都安静了下来。

当他重新睁开眼睛时，他已经变成了一只巨大的穿山甲。他的身体变得轻盈而强壮，全身覆盖着灿烂的金色铠甲。他发现自己的内心充满了自信和勇气，仿佛所有的疲惫和困扰都已经消失不见。

他感激地看向那只小穿山甲，它已经化作一道光芒，融入了他的体内。这是他的神秘伙伴，也是他的化身，他们已经合为一体。

高丹青现在是一只勇敢、智慧且神秘的穿山甲。他不再感到疲惫和迷茫，而是充满了力量和方向。

他开始在灌木丛中迅速穿梭，灵活的身姿在树林间闪现。他的每一次跃起都充满了力量和自信，每一次落地都平稳而有力。他感到自己仿佛融入了这个自然世界，成为它的一部分。

时间似乎已经失去了意义，高丹青只知道他必须继续前行。他的目标变得清晰而坚定，那就是为了更美好的未来而奋斗。

在这个神秘的旅程中，高丹青与穿山甲的合体赋予了他无限的力量和勇气。他面对困难不再退缩，而是勇往直前。他知道自己的道路还很长，但他也相信会一直充满力量和信念地走下去。在这个充满魔幻与神秘的世界里，高丹青成为一只英勇而智慧的穿山甲。

第五章

老宅离合

叶素荣携小儿高平安一路颠沛流离折腾了十来天，终于赶在元旦之夜到家了。

夜幕低垂，月光透过稀疏的云层洒在叶素荣疲惫的面庞上，映照出她那憔悴而又坚毅的表情。她看着自家大宅院的轮廓逐渐清晰起来，感觉仿佛回到了遥远的记忆中。

这大宅院是一座历史悠久的建筑，它坐落在一个古老而富饶的村庄中。大宅院坐北朝南，遵循着传统客家建筑的风水理念。它的墙壁采用当地的石头和砖瓦混合砌成，坚固耐用，给人一种沉稳的感觉。屋顶则是传统的歇山式，这种建筑风格能够很好地适应当地的气候条件，并且具有极高的审美价值。

大宅院的布局十分讲究，体现了客家人对家族荣誉和传统的重视。庭院内的建筑围绕着中心庭院展开，形成了一个完整的建筑群。庭院内种植着各种各样的花草树木，使得整个庭院充满了生机和活力。

大宅院的每个房间都有着自己独特的功能和用途。正厅是家族聚会和举行重要仪式的地方，装饰十分精美，彰显着客家人的高贵和典雅。私塾则是孩子们读书学习的地方，这里充满了书香气息，也承载了客家人的文化传统。

在这座大宅院中，还有许多精美的木雕和石刻，这些艺术品充分展示了客家人的手艺和才情。在庭院的一角，还有一个小巧精致的水池，池水清澈见底，与周围的景致相映成趣，构成了一幅美丽和谐的画面。

这座客家风格大宅院是叶素荣家族的象征和骄傲，它承载着叶素荣的童年回忆和家族历史。每当夜幕降临，月光洒在庭院之上，叶素荣都会感受到一种深深的归属感和安宁。这座大宅院不仅是物质遗产，更是叶素荣心中那份无法割舍的乡愁和回忆。

在叶素荣眼中，这座大宅院不仅是一个居住的地方，它更是家族的象征、历史的见证、文化的载体。在这里，叶素荣感受到了客家人的坚韧和家族的凝聚力。每一步都似乎在诉说着客家人的勤劳与智慧，每一砖每一瓦都凝聚着历史的沉淀与岁月的痕迹。

大宅院的每一处都充满了故事与历史。那雕花的窗棂、精致的石刻、古朴的家具以及那绵延的客家菜园都像是叙述着一个个传承千年的故事。每个房间都充满了深深的情感烙印，无论是祖辈们留下来的痕迹，还是自己成长过程中的点点滴滴，都让叶素荣对这座大宅院充满了深深的眷恋。

月光下的大宅院显得更加神秘而美丽。叶素荣仿佛可以看到自己的祖辈在此生活、劳作的场景；仿佛可以听到那些古老的客家童谣在夜空中回荡；仿佛可以感受到那份客家人坚韧不拔的精神在自己的血脉中流淌。

对于叶素荣来说，这座客家风格大宅院是她心中永远的家，也是她最深沉的记忆。无论岁月如何流转，无论生活如何变迁，她都会永远珍视这座大宅院，因为它承载了她的过去、现在和未来，它是她生命中不可或缺的一部分。

然而，随着时间的流逝，这个宅院逐渐被遗忘和疏远。曾经熙熙攘攘的人声渐渐消失，庭院的花木凋零，主楼的墙体逐渐褪色。宅院曾经是主人幸福的港湾，如今却散发出一种陌生和疏离感。清晰的轮廓令人怀念，让人对过去的美好充满了无限的留恋与怜惜。这个宅院曾经是她幸福的港湾，如今，却变得陌生而疏远。

叶素荣走进大宅院的门口，她能看到里面的灯火闪烁，暖黄的光芒透出温馨与安宁。她感到一阵莫名的害怕，生怕再次面对家人的冷漠和无奈。然而，她深吸了一口气，告诉自己不要害怕，她要带着孩子重新开始。

叶素荣抱着小儿高平安，他是她一直以来的支撑和动力。孩子的额头上满是汗水，吃力地呼吸着，仿佛也能感受到母亲内心的情绪波动。当他们站在宅院门前时，叶素荣已经无法控制自己的情绪，泪水向下滑落，无声而又无尽。

这一刻，小儿高平安被母亲的哭声惊醒了。他扭动着小身躯，眼睛瞪得溜圆，不知道发生了什么。然而，很快他也加入了哭喊的行列，声音撕裂着夜空，仿佛在与母亲一起诉说着心中的矛盾和痛苦。

这双重哭喊凝结了叶素荣多年的挣扎和坚持，也承载了她对家庭和亲情的渴望。夜色中，她与孩子依偎在一起，哭声逐渐减弱，转化为一种释放和治愈的力量。

哭喊声惊动了大宅院，振动着宁静的空气。刹那间，大门被推开，一位高大而威严的男子走了出来，穿着一身鲜亮的解放军军装，正所谓军容严整，面带严肃之色。他与他身旁的一位年轻女子形成鲜明的对比，女子年约30岁，身穿一袭简朴的衣裳，微带孩童般的稚气，面容却充满着惊恐和不安。

眼前的情景让叶素荣毛骨悚然，心中涌起不祥之感。她不禁心生疑惑，难道这一切都是自己主动走入了一个陷阱吗？她的脑海里飞速回想起了之前种种迹象，心中的不安越发强烈。

那位军人看着眼前站立着的川妹子，顿时也感到困惑。"难道是来要饭的？"他瞥了一眼她手中抱着的孩子，小孩的声音颤抖着回荡在空气中，似乎对眼前的景象也感到了害怕。

军人低声和蔼地问道："你是谁？来这里要饭吗？"他的声音透露出对这位陌生女子的关怀和温和。

"我是向幺妹，我来这里找我男人。"叶素荣用了一个假名，她希望通过这样的回答来逃避解放军搜捕。她的心跳加快，眼中闪过一丝躲避的神色。她紧紧地抱着孩子，试图给自己多一点的勇气来面对眼前这个陌生人。

就在这时，宅院的大门再次打开，从中走出来一对年过七旬的老人。叶素荣的脑海中闪过了三年前曾收到过的父母照片，眼前的景象让她心头一震，顿时明白了过来，那正是她的父母。

"阿爸，阿妈！"

她怀中的小儿也跟着大声嚷嚷，好像突然找到了亲人一般。叶素荣激动得泪水涌动，用力地将孩子抱紧，仿佛这样才能让心中的激动得到释放。

"怎么是你呀，素荣，怎么这身打扮呀？"她父母的声音充满了惊讶和关切。

叶素荣感受到了父母对自己多年未见的思念和关心，她的泪水止不住地流淌下来。她颤抖着声音说道："是的，爸爸妈妈，我是素荣。我为了保护孩子，才选择了这样的打扮。"

她父母听出了女儿声音中的喜悦和不安，立刻明白了眼前的情况。他们连忙赶上前，搀扶着女儿，深情地说："赶紧进屋，赶紧进屋！"他们想尽快将女儿和外孙子都接进大宅院，让他们安心。

叶素荣和她的孩子被带进了大宅院，一种熟悉而温馨的气息扑面而来。这座大宅院是她曾经熟悉的家，它见证了她成长的点滴，也承载着她的记忆。

叶素荣踏进老宅，立刻感受到一股潮湿的气息，空气中弥漫着岁月的沧桑。房屋内部昏暗而阴冷，只有几束微弱的阳光透过封得严密的窗户勉强照进来。墙壁上斑驳的旧漆层逐渐剥落，显露出暗褐色的土质墙体。

叶素荣走到客厅，在阶梯式的长桌前坐下，面前的木制椅子吱吱作响。她紧闭双眼，专注地倾听着阿爸细细道来，心中不由得浮现出父亲那慈祥的面容。

阿爸温柔的语调在耳畔回荡，他对叶素荣解说，这位神秘的解放军竟然是她年幼时总是一起玩闹的阿弟叶志远。叶素荣的心跳不由得加快，她难以置信地张大了嘴巴，仿佛看到一个让她震撼的现实。

叶志远年少时就投身东江抗日游击队，为民族独立英勇奋斗。抗战胜利后，他留在岭南东江一带与国民党军周旋打游击。那段时间，数不清的艰难险阻和生死考验，使他逐渐成长为一名英勇果敢的军人。解放回州的时候，叶志远作为解放军正规部队的团长率部主攻进城。他这刚好偕同妻子离队回家与老父母过元旦。

叶素荣望着眼前的家人，心中充满了不安和恐惧。她轻轻地说出了自己的真实身份，嗓音带着一丝颤抖。"我是国民党军败逃师长的太太，阿弟是不是要把我抓起来送官？"她试探地望着阿弟，希望能够得到一个安全的回答。

阿弟沉默了一会儿，然后轻声回答道："只要你与反动丈夫划清界限，共产党既往不咎！"他的语气中透露出一丝决心和坚定，让叶素荣稍微松了口气。

阿爸和阿妈见状，连忙打圆场，希望缓解尴尬的气氛。"今晚的事，你都没看见，不知情。你赶紧回部队去吧！"他们连声劝说，希望叶志远一家三口不要在家过这个元旦，尽快回到部队。

叶志远心领神会，他明白家人的意思。他温和地看了一眼阿姐与小外甥，用目光鼓励他们。

"我们走吧。"他轻声对妻子说道，牵着她的手，准备返回部队。

房间中弥漫着一种复杂的气氛，叶素荣的心中充满了感激和不舍。她望着自己的家人，眼中闪烁着泪光。明知道再这样下去会给家人带来更多的危险，但离别的痛苦无法消除。

他们走出房间，身后，留下阿爸、阿妈慈祥的脸庞和阿姐与小外甥深情的目送。叶素荣在心底默默祈祷，希望家人都能平安。

经过数代人的艰苦奋斗和精心经营，老叶家在回州一带的庄园已经扩大到一个巨大的规模。当人们站在庄园的大门前，只能仰望着宏伟的大门，无不为老叶家的繁荣骄傲。

庄园宽广的土地上分布着苍翠的果树林、百花盛开的花坛和一片片整齐有序的蔬菜园。在大片的土地上，如蚂蚁般忙碌的工人们，将这里打造成了一个既富饶又美丽的农业园区。无论是丰满的苹果还是香甜的橙子，都是由这片土地孕育而出，为老叶家增添了一笔又一笔的财富。

除了农田，老叶家还在大回湾建造了一个港口，将陆地与海洋连接起来。港口内停泊着各式各样的船只，货物的来往络绎不绝。这一切都是老叶家在海港贸易上的巧妙布局，他们通过与世界各地的商人进行交流与合作，带来了各种珍贵且稀缺的商品，使得庄园成为一个商业的中心。

而在庄园内的一角，还有一座巨大的加工厂房，那里进行着海农产品的粗加工。这座厂房内设备齐全，工人们分工合作，将海洋带来的鲜美食材制成各种干货和腌制品。从这座厂房里散发出来的浓郁海鲜的香气，吸引着各地食客纷至沓来，成为老叶家财富的源泉之一。

这其中的每一个细节都代表了老叶家多年来的辛勤努力和智慧经营。他们不仅是在创造着财富，更是在将自然资源转化为福祉和幸福。老叶家的庄园成为人们向往的地方，同时也是富甲一方的象征。

这么富有，在解放初期，无疑是共产党革命的对象，按惯例是要被镇压的。

然而，叶老爷子叶商智并不是一个寻常的地主，他一直以来都以仁慈和宽容的态度对待租户，多年来主动大幅减免地租，几乎可以说是象征性收取。这样的举动赢得了租户的好感，他们对叶家家族有着深深的感恩之情。

除了对待租户慷慨大方外，叶老爷子还表现出他对国家革命事业的支持。他舍得巨额的真金白银资助东江游击队，为他们提供了物质上的帮助。他最为引人注目的举动是支持他儿子参加东江游击队，他儿子最终成为一名解放军团长。儿子在游击队中的表现也给他带来了骄傲和自豪。

在解放军儿子的开导下，叶老爷子开始审视自己的身份和地位。他意识到作为地主的身份已经不再适合新时代，他决定主动交出自己的土地、工厂和钱财，向当地军管会表示要与剥削一刀两断，重新做人。这个决定让叶家享有了开明地主与红色资本家的美誉。

正因为叶家表现出如此的态度，刚刚解放时，他们家还是比较安全的。

但这种快乐短暂而有限。叶素荣的丈夫败逃在途，这让她无时无刻不牵挂担忧。此时此刻，他到哪里了？他还活着吗？今生今世我们还会相聚吗？叶素荣天天在心里自言自语，她多么期盼啊！她不敢去寺庙，只能每天早晚对着家里摆设的基督神像祈祷，祈愿上帝保佑丈夫平安，其余大部分时间到家门口一棵大树下去张望，看看有无丈夫的身影。有其古诗新编为证：久无音信到卑妻，路远迢迢遣问谁？知君心志苦行中，佛祖保佑安然归。差不多半年时间都这样。

初夏的回州，雨季频繁，连日来大雨如注。这一日，自晨起便是滂沱大雨，直至午后才逐渐停歇。西北的天空堆积着厚厚的雨云，犹如一片无边的暗潮，缓缓地裂开一道缝隙。那缝隙中，阳光似金箭般喷射而出，直照得云层光彩夺目，无比辉煌。

叶素荣站在那棵历经风雨的老树下，仰望着那裂开的云缝，她的心被强烈的光芒照亮。突然间，她感觉到那些云层仿佛在诉说着一个关于她深爱的丈夫高丹青的故事。

云层变幻莫测，一会儿呈现出高丹青年轻的模样，他身穿军装，刚毅的面容中带着决然，那是他在广州参加北伐出征的场景。一会儿，云层又幻化成他在军校担任教官时的儒雅形象，他站在讲台上，挥斥方遒，传授知识。

接着，云层开始翻涌，呈现出全副武装的高丹青，他率领着学生团出征去宜昌石牌大战日寇，他的眼神坚定，毫无惧色。每一次的影像都深深地刺痛了叶素荣的心，她的眼泪在眼眶中打转。

然后，云层再次变化，这次是老中医李怀山在万水千山里艰难穿行的样子，他的脸上带着疲惫而决然的表情，他的眼神坚定而热烈。这些影像让叶素荣感到心痛。

"难道丹青他升天了？"叶素荣黯然神伤，低头闭眼默默祈祷。她心中的疼痛如潮水般涌来，她的眼泪终于无法遏制地滑落。

然而，无论多么痛苦，叶素荣都坚信她的丈夫高丹青并未升天，他只是以另一种方式存在于这个世界。他的精神、他的爱、他的勇气和智慧，这一切都深深地烙印在她的心中，成为她生命的一部分。在每一个黄昏、每一个黎明，她都会仰望天空，寻找他的影子，寻找他的爱。

当她睁开眼睛的那一刻，世界仿佛变得绚丽多彩。她的目光被远处的一团色彩所吸引，那是一座小桥和一条潺潺的溪流，而在这座小桥的旁边，一道彩虹正在慢慢升起。

那彩虹开始时像是一个巨大的彩色肥皂泡，色彩鲜艳明亮，仿佛一团彩色的梦。它从溪流中升起，伴随着微风的轻拂，缓缓地向空中升腾。随着时间的推移，这道彩虹变得越来越长，越来越宽，最终长成了一条巨大的彩虹，仿佛一条巨龙在向她靠近。

那彩虹的颜色如此丰富多彩，令人目不暇接。鲜艳的红色、温暖的橙色、明亮的黄色、清新的绿色、优雅的紫色，这些颜色交织在一起，形成了一幅美丽的画卷。阳光透过彩虹的每一条色带，形成了一道道耀眼的光束，使得整个景色更加神秘而壮丽。

那彩虹仿佛一条巨龙在舞动，每一条色带都像是龙身上的鳞片，闪烁着光芒。彩虹的顶端在天空中翻滚，犹如龙首高昂，而彩虹的底部则随着溪流的波动而摆动，如同龙的尾巴在水中游动。这一切都让她感到惊奇和兴奋，仿佛置身于一个童话般的世界中。

她站起身来，迎着那彩虹走去。彩虹的颜色随着她的接近而变得更加明亮，仿佛在欢迎她的到来。当她走近彩虹的时候，她感到一股温暖的气息扑面而来，这股气息让她感到宁静而快乐。

站在彩虹之下，她感觉自己仿佛被彩色的光环包围了。每一种色彩都带给她不同的感觉，红色让她感到温暖和安心；蓝色让她感到平静和清新；

橙色让她感到充满活力和希望；绿色让她感到生命的力量。

彩虹还散发出一股淡淡的香气，那是清新的雨后气息和阳光的味道混合在一起的味道。这种香气让她感到清新怡人，仿佛所有的烦恼都被一扫而空了。

她伸出手来触摸彩虹，感觉手指间流淌的是一种温暖而湿润的感触。那彩虹仿佛是由一层层的水雾构成的，触摸时感觉如同触摸到了一层柔软的棉花糖。

她闭上眼睛，静静地感受着这种美妙的体验，仿佛整个世界都变得美好而宁静。

在这个神奇的时刻，她的心灵深处也感受到了一种从未有过的宁静和安详。她感到自己仿佛与这个世界融为一体了，与那彩虹、那溪流、那小桥以及那美丽的阳光都紧密相连。

这一刻仿佛时间都停止了，所有的烦恼和压力都消失得无影无踪。她感到自己仿佛置身于一个童话般的梦幻世界中，这个世界充满了美丽和神奇。而这道彩虹的出现，就像是一种美丽的祝福，一种神奇的礼物，让她重新认识了这个世界的美丽与奇迹。

"雨后见彩虹，这是吉兆呀！"叶素荣转悲为喜。就在她陶醉于那彩虹时，她看见小桥上走来一人，来者衣衫褴褛，挎着药箱，好像就是万县与她别离时的老中医李怀山。"是他，就是他！"待那人走近，叶素荣定睛一看，确认就是化装为老中医李怀山的丈夫高丹青。

"丹青，你还活着呀，我终于等到你了！"叶素荣兴奋极了，迎上去就要拥吻。

"我不是高丹青，我是老中医李怀山！"高丹青看看周围，躲过送上的拥吻，警觉地提醒叶素荣。

叶素荣反应过来："是的，李先生，咱们进屋说话！"

这是高丹青第二次走进这叶家大宅院，上一次是他在绍阳军校与叶素荣恋爱定终身后，叶素荣带他来这里举办婚礼、度蜜月。抗日战事吃紧，婚礼加蜜月也就一个礼拜。那一个礼拜，可谓战时偷得几日闲，在这大宅院里，他与叶素荣如胶似漆，都爱到极致，融为一体了。

与此同时，他也与岳父岳母进行了深度交谈，了解到岳父集开明地主与精明商人于一身，岳母则是传承中华美德的贤内助。岳父岳母对这乘龙快婿也是称心如意。岳父于他可谓亦父亦师亦友。而叶素荣一弟一妹两个小不点，对北伐与抗日英雄姐夫也是崇拜不已，总是跟前跟后黏着他。

"阿爸阿妈，你们看谁来了？"叶老爷子夫妇听闻女儿素荣高兴的声音，来到客厅，见一古怪老中医站在对面，不知是谁，有点局促。

"岳父岳母，我是高丹青，败军之将，卑贱小婿，请受我一拜！"高丹青说罢跪拜在二老面前。

二老这才反应过来："丹青呀，你受苦了，赶紧起来，我们为你接风洗尘！"

在昏暗而温暖的房间里，高丹青与叶素荣紧紧相拥着。他们的身上衣物凌乱，散发出一股热烈的气息。在这片黑暗中，他们的目光交会，透露出深深的爱意。

高丹青的双手环绕在叶素荣的腰间，用力将她拉近。他的手掌感受到她柔软的肌肤，温度透过触感传递到他的心脏，令他更加迫切地渴望她。他的呼吸急促而深沉，他的心跳似乎要撞出胸膛。

叶素荣的头靠在高丹青的肩上，她细细地嗅着他身上的气息，感受着他的温暖。她的手指轻轻地抚摩着他的背部，仿佛想要将所有的爱都融入其中。她的唇不断接触着他的嘴唇，她的舌在他的口腔中舞动，两人的呼吸交织在一起。

在这个瞬间，两人都沉浸在彼此的怀抱中，忘记了时间的流逝。他们的眼中只有对方，心中只有彼此的存在。这一夜，他们都不再想着分别，只想享受眼前的幸福时刻。

凌晨的空气中弥漫着紧张的氛围，部队驻地被昏暗的灯光照亮。叶志远团长轻声告诉妻子："明天端午节，我不能与你一起回家陪二老过节，你代表我回去向二老问好，陪他们过好节。"

妻子听到丈夫的话，眼神中流露出一丝担忧和恐惧。"为什么？"她低声问道。

叶志远拍拍妻子，眼神中透露出些微紧张："不要问为什么，你赶紧收拾收拾，现在就赶回去！"他的声音中带着一丝无奈。

叶志远得知姐夫这在逃国民党将官的行踪或已引起注意，预感对他的追捕不可避免。他在房间里来回踱步，皱着眉头，心中充满了矛盾和纠结。他感到自己就像是在一场无法回避的风暴中摇摇欲坠，无论怎么做，都会伤害到最亲的人。

他知道，按照组织原则，他应该立即向上级报告这个情况。这样做的最直接结果是，他可以按照上级的指示来处理。但是，这样做会对不起姐姐和姐夫，也会极大地伤害他的父母。他无法想象这样的结果，他不想让自己成为那个把他们推向危险的人。但如果他选择告诉姐姐和姐夫，让他们尽快离开，那他就是在向敌人透露信息，这是对组织的背叛。

想到这些，他就不由自主地颤抖，心中充满了恐惧。他背负着巨大的压力，仿佛有一座沉重的大山压在他的肩膀上。

矛盾惶恐而犹豫不决的他，决定这个端午节自己不回去陪二老过，而由妻子代他回去。

天亮了，叶老爷子在院子里打太极拳。敲门声打破了宁静，他匆忙打开门，见到儿媳神情紧张地站在门外。"志远他有要紧事，不能回家陪您二老过端午节，由我做代表，让我趁早赶回来！"

老爷子立即敏感地觉察不对劲，急忙转身去敲女儿女婿的房门。"赶紧收拾东西准备走吧，这里不是你们的久留之地！"他催促道。他们面面相觑，心中充满了深深的不安。他们知道逃离是唯一的选择，但心里对未知的未来充满了恐惧。

整个宅院弥漫着紧张的气氛。在这紧绷的情绪下，高丹青与叶素荣默默地祈祷着能够顺利逃离，远离这裹挟着生死危机的地方。

　　不远处的港区成了他们唯一的希望，他们必须抓紧时间，尽快离开。当晚，岳父岳母悄悄为之送行，送给他一张百万大额港币支票，让他们赶紧设法逃去港区。

　　夜色已深，高丹青夫妇抱着他们的小儿子，潜入了靠近港区的鹏圳。这个小镇人口超过3万，大多数是靠海为生的渔民和小商贩。他们的生活环境简陋而破旧，街道两旁的房屋歪歪斜斜，仿佛一阵大风就能将它们吹倒。这个小镇给人的感觉就像是一个贫民窟，混乱而破败。

　　台风肆虐，狂风夹着暴雨，整个小镇仿佛都在风雨中摇摇欲坠。街道上空无一人，仿佛所有的居民都已经躲进了自己家中。高丹青夫妇在风雨中艰难地行走着，他们像无头苍蝇一样在小镇里乱转，最后终于找到了一处可以避雨的小店铺。

　　他们刚踏进店铺，就听到店铺内传出了一阵轻微的呼叫："高师长！"这声音仿佛一根细线，将高丹青的心紧紧地牵引。他和妻子惊魂未定，透过雨帘向店铺内看去。隐约中，他们看到一个人从店铺的深处走出，那个人说："我就是您在高家寨放生的逃兵鲍大恩呀！"

　　这个突然出现的陌生人让高丹青夫妇的心跳加速，他们不知道这个逃兵会带来什么样的影响。在这个风雨飘摇的小镇上，一切都是未知的，充满了紧张和不安。

　　原来，活埋三个逃兵的那个夜晚，高丹青内心十分矛盾纠结，最终还是动了恻隐之心，不愿惨无人道地诛杀弱者、伤天害理。人道主义在他内心深处占了上风，驱使他巧借行刑监看，在行刑队铲土填埋逃兵之前，黑暗中拿过冲锋枪对着逃兵躺卧方向，抬高些许，几梭子出去，并未伤及三个逃兵毫发。如此掩人耳目，谁都没察觉。

　　那个夜晚，对于三个逃兵来说，仿佛是在鬼门关前走了一遭。他们是江湖市靠近神龙架野峡县的柳力夫，岭南省临近港区的鹏圳小镇上的鲍大恩与邻居祁海运。

　　那个夜晚，三人听见枪声，都以为自己死定了，绝望地闭着眼倒在土坑里。他们被恐惧笼罩，仿佛被黑暗吞噬，他们感觉自己的生命就像被一只看不见的手紧紧握住，然后慢慢地被抽离，都感觉其灵魂出窍了。

然而，过了许久，他们都开始有了知觉。他们相互手碰脚蹬，彻底清醒了过来。他们明白，是高师长饶过了他们的性命。他们心中充满了感激和敬畏，同时也有一种深深的庆幸。

他们赶紧爬了起来，朝着没有灯火的黑山林逃去。他们的心跳如同战鼓，每一步都在颤抖。他们身上的每一块肌肉都紧绷着，仿佛稍微一松懈，就会失去生存的机会。

他们感觉像是逃离了虎口，但他们知道，这只是一场新的生存挑战的开始。他们在深山中的一个小岩洞里暂时安顿下来。这小岩洞正是高家祖上当年与地主小老婆常去偷情的地方。他们的身体疲惫不堪，但他们的眼神充满了坚定和希望。

天亮后，他们在岩洞里模仿桃园三结义，结拜为三兄弟。柳力夫为大哥，鲍大恩为二哥，祁海运为三弟。他们的誓言在山洞中回荡，那是一种对未来的期待，也是一种对生存的决心。

他们商议着要潜入山下的村子里，把军服换为百姓的衣裳，然后各自逃回老家。这个计划充满了危险，但他们都有一种无法抵挡的决心。他们要活下去，要回到他们的家乡，要开始新的生活。

夜幕低垂，鹏圳与港区之间的界河在月光的照耀下泛着淡淡的银光。鲍大恩带着高丹青夫妇，在这幽深的夜色中穿行，每一步都如同行走在刀尖之上，危险而紧张。

高丹青紧紧握着叶素荣的手，他们的心跳如同战鼓般急促。界河在他们眼前展开，水流虽然相对平缓，但在黑夜中如同一条巨大的黑色蟒蛇，吞噬着一切敢于挑战其力量的人。

鲍大恩低声嘱咐道："记住，一定要保持冷静，借助雨伞的浮力，你们可以泅渡过去。"他的话语中充满了坚定与信任，让高丹青夫妇心中的恐惧稍微减轻了一些。

高丹青紧紧搂着叶素荣，两人如同一体，共同面对着前方的挑战。他们深吸一口气，纵身跳入界河中。冷水瞬间包围了他们的身体，高丹青感觉到一股强大的力量试图将他们拉向水底。但他紧紧抱着叶素荣，奋力向前游去。

在他们的身后，鹏圳的灯光渐渐远去，前方港区的灯火却越来越明亮。他们奋力挣扎着，每一次划水都似乎在与死神擦肩而过。终于，他们看到了岸边，那熟悉的灯光、那熙熙攘攘的人群，都在向他们招手。

高丹青用尽最后一丝力气，将叶素荣推上了岸。叶素荣躺在柔软的草滩上，大口喘着气，眼中闪烁着劫后余生的光芒。高丹青也紧随其后，疲惫但满足地躺在她身边。

在越过边界河之前，高丹青夫妇作出了一个艰难的决定。他们留下了自己的小儿高平安，请鲍大恩抚养。他们知道，这个决定可能会让他们永远失去自己的孩子，但他们也明白，他们必须这样做，才能让自己的孩子活下去。

高丹青夫妇紧紧地抱着孩子，眼泪在眼眶里打转。他们轻声地告诉孩子，要听话，要好好活着，要跟鲍大恩姓，改名鲍平安。

鲍大恩看着这对父母和孩子，心中也感到了无尽的悲伤。他知道，这个孩子将会成为他的责任，成为他的牵挂。他承诺会好好照顾孩子，会让孩子健康快乐地成长，会让他忘记这段痛苦的过去。

最后，高丹青夫妇擦干眼泪，把孩子交给了鲍大恩。他们深深地看了孩子一眼，然后转身离去。他们的脚步虽然沉重，但他们的心充满了坚定和勇气。他们知道，这是他们为了孩子的未来所必须做的。

鲍大恩抱着孩子，看着高丹青夫妇离去的背影，心中充满了感激和敬意。他知道，这对父母为了孩子，做出了最大的牺牲。他紧紧地抱着孩子，心中也充满了决心和希望。他知道，从此以后，他就是孩子的父亲，他要尽他所能，让孩子健康快乐地成长。

高丹青与叶素荣刚刚踏上港区的土地，他们的心还悬在嗓子眼，尚未完全安定下来。界河对岸的鹏圳仿佛还在触手可及的距离，但他们知道，自己已经跨越了那条看似平静却暗藏杀机的水域。

就在这时，一阵狂风夹杂着暴雨突然席卷而来，让他们所在的河岸陷入了一片混沌之中。高丹青和叶素荣几乎无法站稳，只能紧紧依偎在一起，寻找一丝丝温暖和安全感。

突然，高丹青感到一股强烈的直觉，他猛地回头，只见河对岸的鹏圳方向，隐约出现了三五个人影。那些人穿着军装，手持枪械。他们正对着高丹青和叶素荣的方向，跺脚、挥手，声嘶力竭地呵斥着。

在凌晨的夜色中，坐在办公室的叶志远，双手紧握，眉头紧锁，心中的焦虑使他如同热锅上的蚂蚁，无法平静。

随着时间的流逝，叶志远的焦虑感越来越强烈。终于，他做出了一个决定：立即向上级报告高丹青的行踪，同时委派一支追逃小分队去追捕国民党反动军官高丹青。

在夜幕的掩护下，追逃小分队悄然来到了叶志远家的宅邸。他们分散开来，悄无声息地搜索着每一个角落，然后向港区方向追去。叶志远紧张地握着手中的通信器，时刻关注着小分队的动向，他的心跳加速，手心出汗，仿佛自己亲身参与了追捕行动一般。

虽然最终并未追上逮住他的姐夫高丹青，但叶团长大义灭亲的追捕行动还是受到了赞扬。

第六章

字画新生

　　进入港区，呈现在高丹青夫妇眼前的完全是另一世界。灯火辉煌的建筑物和霓虹灯交相辉映，高楼大厦和商业中心的外墙被灯光点缀，形成了美丽的亮灯效果。街道和广场上，霓虹灯照亮了商店和餐馆的招牌，形成了一道道五光十色的光芒。海港大大小小的船只灯火辉煌，穿梭往来。

　　然而，这一切都不属于他们。国民党政权败退后，近10万残军与家眷逃到港区，这些人起初散居港区各地。后来，港英当局将他们迁往吊颈岭集中安置。

　　这么不吉利的地名，传说是一名叫伦尼的加拿大籍退休公务官曾在这里投资兴建了一间面粉厂，却因成本过高而质量欠佳，不到一年就宣布倒闭，该业主选择上吊自尽而死，这片区域便被叫作"吊颈岭"。20世纪50年代初，吊颈岭自成一角，对外交通只有前往筲箕湾的渡轮，位置十分偏僻，属于港区最贫穷的地方。初到港区，高丹青与叶素荣别无选择，也只能被安置在这吊颈岭。

　　"丹青兄，世界真是太小了，没想到咱俩在这里不期而遇呀！"高丹青站在一棵大榕树下呆望远方，忽听背后有人叫他并拍打他肩膀。他回头一看，原来是他当年在黄埔军校共事过且在书画方面又有共同爱好、同年同月同日生的同僚徐云飞教官。两人相见甚欢，拿出不知是哪方好心人士捐赠的印有黄埔军校校训"亲爱精诚"字样的水杯，坐在大榕树下凸起的粗壮根须上叙旧聊天。

徐云飞说："丹青兄，命运真是奇妙。我们都历经了那么多风雨，最终却在这个角落再次相聚。"

高丹青说："记得当年我们在黄埔军校的时候，热血沸腾，相互鼓励，共同追求理想。如今，我们都经历了战火洗礼与沧桑岁月。"

"没错，我们之间的默契和友谊也依然鲜活。说起来，我还记得你那幅《山水图》，当年可是让我们为之惊叹的作品呢！"

"哈哈，那些年我们一起探讨书画艺术、互相交流心得，原本以为这些都只是年轻时的爱好。没想到，如今的我们依然有机会坐下来，品茗、谈画。"

"是啊，老友啊，我们都经历了太多的变迁，看到你的画作，我仿佛看到了当年那群与我们志同道合的战友们。"

"不仅是那段难忘的岁月，还有我们共同的追求，对于艺术和美的热爱。曾经的黄埔军校让我们结下了真挚的友谊，如今这种情感依然牢不可破。"

"是啊，老友，感恩世间还有这样的缘分，让我们能够在这个困难时刻相聚。我们应该为自己所坚持的爱好感到骄傲。"

他们举起水杯，轻轻碰在一起。那一刻，他们为他乡遇故知而庆幸，为逃离追捕而苟活于这难民营祈祷。

又一个傍晚，雨后的空气带着清新的泥土气息。大榕树下的阴影中，两个身影相对而坐，他们是老朋友，也是久经沙场的老兵。他们的脸上都带着岁月的痕迹，那是他们曾经经历过无数风雨的印记。

他们的谈话很随意，聊的是过去的事情，那些他们曾经一起战斗的日子，那些生死与共的瞬间。他们的声音中充满了怀旧的感慨，那些曾经的荣耀和痛苦都仿佛重新回到了他们的生活中。

然后，随着几块拳头大小、棱角锋利的投石突然从树荫外飞来，他们的谈话声戛然而止。那些投石带着破空的声音，就像死神的声音，接连重重地砸中他们的头脸。他们的惨叫声在傍晚的空气中回荡，那是对生死的恐惧，也是对命运的无奈。

他们的身体在大榕树下无助地歪斜仰翻，没有了动静。

原来这难民营完全没有规划，大家一拥而上，找一块平地后，就用石头，油纸和木头搭起一座棚子。人们往往要为一块石头、一根比较好的木头大打出手。

港英当局虽然设立了难民营办事处，还从社会局抽调人员来管理事务，包括消防、卫生、水源、儿童福利、学校和修理等工作。可这只是表面的领导者，吊颈岭真正的领导者是那些地下社团，各种同乡会首先被建立起来，其后各种同学会、军人会也建立起来，与此同时，各难民营还暗建自卫队，禁止外人出入，成为"国中国"。

这些社团与自卫队又进一步分化为拥蒋、反蒋与保持中立的三大派。拥蒋派到处挂国民党党旗与拥蒋标语。这引起了当地居民的反感，于是发生了其与当地居民的百人械斗。而拥蒋派与反蒋派也势不两立，多次发生数千人的械斗。

剑拔弩张的气氛充斥着整个街头，人们充满怒火和不满的眼神碰撞在一起。阳光透过云层投射下来，照亮了那些激动的面容。

百余人的拥蒋派队伍汹涌而来，他们背负着国民党党旗，高举着拥蒋标语。他们步伐坚定，气势凌厉。蓝天下，旗帜飘扬，如同一股强大的洪流，冲向了街市。

然而，迎接他们的并非喝彩和鲜花，而是当地居民满怀不满发起的冲突。突然，群情激昂的居民纷纷从街边冲出，手里提着简易的木棍、石块，愤怒地准备着迎接拥蒋派的"挑衅"。

一时间，街上的厮杀声、呐喊声、辱骂声混杂在一起。愤怒的居民义无反顾地向拥蒋派冲去，拳脚相交，火花四溅。双方你来我往，躲闪着对方的袭击，挥舞着自己手中的武器，展开了一场生死搏斗。

尖锐的金属与坚硬的石块碰撞的声音此起彼伏，街道上的血迹渐渐染红了肮脏的泥土地。拥蒋派的锋芒渐渐显露出来，他们凭借着人数的优势和紧密的组织，逐渐占据了上风。然而，充满正义愤怒的居民并不示弱，他们奋起抵抗，誓要捍卫自己的尊严与利益。

就在这激烈纷争的时刻，另一股强大的力量涌现出来。反蒋派成群结队地从人群中冲出，他们眼含怨气，冷酷而坚定。不再容忍拥蒋派的嚣张行径，他们迅速组织起来，架起了保卫自己立场的屏障。

数千人的械斗一触即发。仇恨和愤怒撞击在空气中，如同森林中的雷电交织。反蒋派选择了更加激进的手段，他们随手拾起路边的石块，投向拥蒋派的人群。声势浩大的战斗开始了，街道上鲜血和暴力交错，形成一幅残酷的画面。

拳风呼啸着，血肉横飞。硝烟弥漫，战斗的味道弥漫在空气中。每一个拥蒋派和反蒋派成员，都在面对敌人时释放出内心的狂热与愤怒。他们为了自己的信仰，为了所坚守的价值观，奋不顾身地抵抗着对方的攻击。

一时间，整个吊颈岭仿佛都被这场殊死的斗争所笼罩。林立的建筑物和街道被战斗肆虐的火焰和毁坏所点缀，不断传来爆炸的声响，仿佛战争的阴影笼罩了整个山头。

城门失火，殃及池鱼，这两个至交好友就这样莫名其妙地被殃及了。

在医院的重症监护病房中，叶素荣坐在床边，紧紧地握着高丹青的手。他的双眼和嘴角微微动了一下，试图说些什么。叶素荣立刻俯下身子，温柔地抚摸他的脸，用充满爱意的声音说："丹青，你怎么样？感觉好些了吗？"

高丹青费力地睁开眼睛，看着叶素荣。他握紧了她的手，眼中充满了急切和担忧。他问道："素荣，我的至交好友徐云飞怎么样了？"

叶素荣和医生对视一眼，没有立刻回答。他们知道，这个消息可能会让高丹青的情绪崩溃。最后，医生叹了口气，说："徐云飞受了致命伤，我们尽力了，但他还是没有挺过去。"

高丹青闻言，顿时如遭晴天霹雳。他痛心疾首，泪水如断线的珠子般滑落。他大声喊道："我的朋友啊，你怎么就这么走了呢？你和我一样，都是中立的，都是无辜的！可恶的政治争斗，为什么要夺走你的生命？"

他的心在痛苦地抽搐，他在灵魂深处诅咒政治争斗。他发誓："我恨政治、恨争斗！我再也不会让这些政治争斗进入我的生活！"

此刻，他下定了决心，他要逃离那个充满了痛苦和死亡的吊颈岭，远离这一切，重新开始新的生活。

在港区的一个繁华街道上，高丹青和他的妻子叶素荣穿行在人群中。街道两旁的霓虹灯亮起，把整个街区映照得五彩斑斓。高丹青戴着一顶黑色的帽子，衬托出他颀长的身影。而叶素荣则穿着一件淡蓝色的连衣裙，她的鬓发随着微风舞动，展露出她迷人的笑容。

突然，高丹青指了指前方一栋独立的小楼，笑着对叶素荣说："好像那就是我们要找的租屋了。"两人手牵手走进小楼的大门。

一进门，一个宽敞明亮的大厅映入眼帘。光洁的大理石地面，墙上挂着一幅幅精致的油画，彰显着艺术气息。厅内的装饰品展示着港区特有的文化和历史，让人仿佛置身于一座博物馆中。

一位穿着西装的礼宾员走了过来，微笑着向他们问好："先生，女士，欢迎光临。您是预约看房吗？"高丹青点点头，礼貌地回答道："是的，请问您有什么好的房源可以介绍给我们吗？"

礼宾员领着他们穿过一个个美丽的走廊，途中经过了一个精心设计的花园。花园中五彩缤纷的花朵散发出诱人的香气，迎接着他们的到来。座椅上散落着几本书，显然是有些住户停留时忘了带走的。

最后，他们来到顶层的一套户型。礼宾员打开门，一股温馨的气味扑面而来。阳光透过大窗户洒入，照亮了整个客厅。沙发上摆放着几个柔软的靠垫。

两人相视一笑，高丹青紧紧搂住叶素荣。他们终于找到了心仪的家，开始了他们港区新生活的第一步。

经过一番周折，这天下午，他们终于来到了仁爱医院的大门前。高丹青紧握着叶素荣的手，他们的心情充满了期待与不安。他们迈进医院的大厅，消毒水的味道扑鼻而来，墙上挂着一幅堆满鲜花的巨大画作，画中的人们身着洁白的医生服，神情专注。

就在他们四处张望的时候，一双手突然从背后拍来。他们转身，发现是叶素荣当年医学院的老师、仁爱医院院长李光明。他亲切地笑着走向他们："你们终于来了，我听说你们一直在寻找工作，我帮你们找到了一个机会。"

高丹青和叶素荣听到这个消息后，都松了一口气。他们感激地看着李光明："谢谢您，李院长，您是素荣的恩师，更是我们的恩人。"

李光明微笑着摇摇头，"别客气，素荣是我的优等生，我很愿意帮助你们。我在这家医院为你安排了一份工作，你将有一个新的起点。"

听到这个消息，叶素荣的眼中闪过一丝感动的泪花："我……我不知道该怎么感谢您，李院长，请相信，我会努力工作，不辜负您的期望。"

李光明看着高丹青和叶素荣，微微点头，"我相信你们会成功的，加油！"

有了稳定的工作后，叶素荣的生活来源有了着落，不再担忧要靠啃老过日子。

她感激地看着李光明："谢谢您帮我们找到了这份工作。"

高丹青是一位书画爱好者，他不仅对书画有着极大的热情，更拥有扎实的艺术功底。他在家中创作绘画作品的时候，总是能够投入自己的心灵和创造力。他擅长的穿山甲画作更是在港澳地区受到瞩目，引起了市场的广泛关注。

高丹青的艺术之路一直在不断发展和探索。他以自己独特的视角和创作风格，为人们带来了一种全新的艺术体验。他的作品不仅展现了穿山甲的美丽，更传递了对大自然的热爱和对生命的敬畏之情。他的成功不仅源于他的才华和努力，更源于他对艺术的热情和追求。

穿山甲画是高丹青的得意之作，每一幅作品都能展现出穿山甲独特的千姿百态。通过细腻的线条勾勒和鲜明的色彩运用，他成功地捕捉到了穿山甲的灵动和特点，使得作品充满了生机和活力。尤其以下这几幅代表作，由于其独特的艺术风格和精湛的技巧，在港区和东南亚地区享有盛誉，备受收藏家和艺术爱好者的追捧。

《梦幻之旅》，描绘了一只穿山甲在梦幻般的环境中穿行，背景是迷人的星空和奇异的植物，表现出穿山甲的神秘和生命力。

《晨曦中穿行》，以清晨的阳光为背景，描绘了一只穿山甲在晨曦中悠闲地爬行，表达出大自然的宁静和和谐。

《繁花盛景》，展示了穿山甲在一片繁华的花海中穿行，各种花卉在穿山甲的映衬下更加绚丽多彩，表达出生命的繁荣和美丽。

《月光下的穿行》，描绘了一只穿山甲在月光下静静地爬行，周围是静谧的森林和闪烁的萤火虫，表现出大自然的神秘和宁静。

《四季穿行》，以四季为主题，描绘了穿山甲在春、夏、秋、冬四个季节中的生活场景，通过四季的变化展现出穿山甲的生命力和适应力。

不过几年时间，高丹青的艺术成就得到了肯定，他被公认为港区书画界的名人。他的作品展览吸引了大量观众和媒体的关注，备受赞誉。他的名声不仅局限于本地，更是在国际艺术界崭露头角，成为华人艺术界的杰出代表之一。

在艺术成就得到认可的同时，高丹青也积极投身于书画界的组织和交流活动。他被选为香江书画院院长，成为该机构的重要领导人。作为一位资深的艺术家和院长，他致力于推广书画艺术，培养新一代的艺术人才。他组织了一系列展览、讲座和艺术沙龙，为广大的艺术爱好者提供了一个交流和学习的平台。

高丹青特别喜爱港区新水墨运动先驱李守坤先生的作品，为此，他们香江书画院专门组织了一个李守坤水墨画展。他登门邀请李先生亲临画展并发表现场讲话，然后大家畅谈参展感想。

高院长对李守坤先生的作品情有独钟，他认为李先生是港区新水墨运动的先驱，具有独特的艺术眼光和表达方式。出于对李先生的赞赏，高院长决定在香江书画院举办一场李守坤水墨画展，以展示他的作品给更多的人欣赏和学习。

画展的场景布置得令人叹为观止。一进入展厅，顾客就会看到一幅幅李守坤先生的水墨画。展厅被精心布置成一个温馨而雅致的空间，座椅整齐地排列在中央，给人留下一种宁静的感觉。每一幅画作都被精心地装裱在专门设计的画框中，映衬着周围的灯光，使得画作的色彩更加生动鲜明。

在画展当天，高院长亲自去李守坤先生的家中邀请他亲临画展，并发表现场讲话。李先生对于能够受到高院长的邀请感到非常荣幸，并欣然答应了邀请。他身着一袭传统的中山装，气质低调而不凡。当他走进展厅时，人们纷纷起立向他致敬，充满敬意和热情欢迎李先生的到来。

画展正式开始后，高院长在台上发表致辞，赞扬了李先生多年来在水墨画领域的杰出贡献，并对其作品进行了精彩的解读。在高院长的鼓励下，李先生上前讲话，以温和而铿锵的声音分享了自己的创作思路和艺术追求。他用深入浅出的语言阐述了在创作中的琢磨、发现和感悟，让在场的观众深受启发。

随后，画展进入了畅谈参展感想的环节。与会者纷纷围绕着李先生作品的主题、技巧和表现手法展开讨论。有的观众赞叹李先生的用笔独特，犹如闪电般的力度和痕迹使人震撼；有的观众感叹李先生通过水墨画传递出的情感和思想，他们在作品中感受到了一种独特的生活气息和哲学意味。

整个画展充满了艺术与智慧的交流，观众在李守坤先生的作品中找到了创作的灵感和美的感受。他们用心聆听和思索，不仅在艺术上得到提升，也在思想和情感上获得了启迪。这场李守坤水墨画展成为一次艺术盛宴，为港区书画界注入了新的活力和创造力。

"出大事了，高院长！"听到门外传来焦急的声音，高丹青的睡意立刻被赶走，他赶紧穿好衣服，迅速走到门口，打开门的一刹那，被对方惊恐的表情吓到。

"昨晚有盗贼破窗而入，偷走了李守坤先生提供的几幅原作！"那人气喘吁吁地报告着，声音中带有一丝焦虑和无奈。

高丹青顿时如遭雷击，心中涌起强烈的震撼和愧疚。他可是特地请来李守坤先生为书画院的画展提供原作的！如今竟然出了这样的大事，他不知道该如何是好。

急着解决问题的高丹青抱着最后的希望，匆匆踏上赶往书画院的路途。随着车子行驶的震动，他心中的不安也越发强烈。

终于赶到书画院，高丹青被眼前的景象惊呆了。展馆内一片狼藉，残留的碎玻璃散落一地，原作画框空空如也。这个盗贼实在是个狡猾至极的家伙，竟然能在如此短的时间内将这些珍贵的艺术品偷走。

究竟该如何应对这突如其来的危机呢？高丹青的头脑一片混乱，他焦躁地四处张望，慌乱中一时无法下定决心。

心中的焦急与矛盾让高丹青感到困惑，他陷入了无尽的徘徊和纠结之中。如今他面临着双重压力，一方面是需要尽快找回被盗作品，另一方面还要向李守坤先生交代这一噩耗。

高丹青在书画院内来回踱步，每一步都显得激动非常。他的脸上时而是愧疚和焦虑，时而是担心和无助。他努力寻找着办法，希望能够尽快找回那些被盗走的珍贵艺术品，与李守坤先生共同面对这场突如其来的危机。

这时，一位书画院工作人员悄悄走近高丹青，轻声耳语："这次画展投过保，可挽回部分损失。"高丹青的眉头紧皱，他感到胸口一阵憋闷，他心知肚明，这次事故对画廊的影响将是非常严重的。

高丹青迅速做出决策，他立即让身边的助手去联系保险公司，加急申报赔付。与此同时，他又吩咐另一位助手前往警局报案，希望能够通过警方的努力追回失窃的艺术品。

这时，高丹青焦急地走向李守坤先生。他深深地鞠了一躬，向李守坤先生表示道歉。李守坤先生愣了一下，随即露出了一丝惊讶和遗憾的表情。

他的眼神里透露出一丝失落和不安，但又立即镇定下来。

李守坤先生缓了一会儿，用温和的语气安慰高丹青："报了案也许还能追回，不能追回有保险赔付，损失不大，损失不大。大不了我再画几幅！"他说完后笑了出来，试图通过自己的笑声来舒缓高丹青的焦虑和困扰。

高丹青听到李守坤先生的安慰和笑声，感激之情溢于言表，千恩万谢地回复道："非常感谢您的理解和支持，对于这次的损失，我深感抱歉，也非常感激您的宽容和乐观。"

败逃港区的国民党军政要员，秘密携带了不少字画文物，缺钱花的时候就把随身带的宝贝拿出来变卖，由此形成了一个地摊式字画文物市场。

在一个繁忙的地摊文物市场上，人们来来往往，喧闹的声音不绝于耳。市场摊位上陈列着琳琅满目的字画，迷人的色彩和细腻的笔触吸引着观众的目光。

高丹青夫妇穿过人群，他们手里拿着一本详细的字画目录，认真地瞄准着每一幅作品。高丹青宽肩阔背，身穿一套典雅的西装，显得自信而从容。他的妻子则身穿一件华丽的旗袍，二人优雅的穿着，看起来与众不同。

叶素荣眉头微蹙，她指着目录上的一幅作品对高丹青说道："亲爱的，你看看这幅山水画，朱匡文先生的作品，画风清新，恰到好处。我听说他是国民党将军带来的字画中的瑰宝之一。"

高丹青接过目录，翻到相对应的页码，仔细看着画面，眼中闪过惊喜的光芒。他点了点头，表示认同，随即回应道："这幅山水画非常精妙，绘画水平出众。加上它的历史背景，升值的潜力应该很大。我们可以考虑用一部分港币去购买它。"

叶素荣一下子兴奋起来，她的眼睛里闪烁着野心与激情。她提议道："那么，我们可以用咱父母赠送的部分港币来购买一些宝贝收藏。如果我们能够抓住这个机会，将来这些宝贝的价值将会大幅度增长。"

高丹青思考了一下，然后点了点头。他深知叶素荣有她祖传的商业头脑，眼光独到，相信她的判断。于是他们开始挑选作品，一幅幅珍贵的字画交换主人。

走进家门，高丹青轻轻地放下从地摊买回的字画，并将它们一张一张地打开，展示在桌子上。看着这些字画，眼神专注而充满着探索的火花。

他拿出放大镜，将其对准字画上的几个特定部分，细细观察着，一边低声赞叹着某些精彩点线与笔锋的技巧，一边用手指轻轻触摸字画上的纹理。

这么便宜买了这么多古字画，不少是他第一次亲眼瞧见，真是物有所值呀！他躺在沙发上，很满足地闭上双眼，沉浸在字画所带来的美妙感受中。

港区苏富比拍卖行内气氛紧张而又兴奋。灯光昏暗而温暖，照亮了整个拍卖厅。墙上挂满了珍贵的艺术品，散发出一股浓郁的韵味。

人群中聚集了众多艺术爱好者和收藏家，他们身着讲究的西装和华贵的礼服，带着期待的目光，都等待着这场盛大的拍卖会开始。

在拍卖会的一角，香江书画院院长高丹青身穿一身宽松的中山装，显得格外典雅。他身后跟随着仪态优雅的夫人叶素荣，她身着一袭华丽的旗袍，举止间流露出对艺术的深刻理解。

经严格鉴定为真品的《西湖秋月》与《独钓寒江图》一起陈列在高大而华丽的展示柜中，辉映出无尽的艺术魅力。画面中，湖光山色、渔舟唱晚，仿佛将人们带入了那个古代的诗意世界。

这是逃亡港区的一名国民党军高级将领带来港区的两件国宝级文物。他做生意缺钱，就以 10 万港币抵押港区汇丰银行，一年后抵押期满，他无力赎回，银行就将其拍卖。

高丹青的眼中闪烁着激动的光芒，他心中的期待和渴望几乎无法掩饰。他知道，这两幅画作将为他带来一种前所未有的艺术享受和收藏价值。

随着槌声响起，拍卖会正式开始。拍卖师高声宣布了这两幅国宝级文物的独特价值和历史背景，引起了现场观众的欢呼和掌声。

紧张的气氛迅速扩散开来，竞拍者的眼神中充满了渴望和决心。他们挥动着手中的竞拍牌，竞相报价，使得整个拍卖会场充满了激烈的竞争氛围。

高丹青与叶素荣静静地站在前排，注视着这一切。他们的心情既紧张又兴奋，仿佛拍卖会结果将决定他们未来的生活。

终于，高丹青举起手中的竞拍牌，报出了他人无法匹配的高价。整个拍卖厅骤然安静下来，众人纷纷看向高丹青，目光中透露出惊讶与羡慕。

最终，由于高丹青与叶素荣的竞拍价冲击，这两幅名画以 15 万港币成交。高丹青与叶素荣成为这些国宝级文物的幸运拥有者。

拍卖会结束后，人们纷纷围拢过来，向高丹青夫妇表示祝贺并对他们的收藏眉目传情。高丹青与叶素荣微笑着与他们交谈，感受到了艺术与人文的美妙交融。

整个拍卖会堪称一场艺术盛宴，港区苏富比拍卖行成了众人心中的圣殿。高丹青与叶素荣则沉浸在收藏品的浓郁风采中，为艺术与文化的融合鼓掌致敬。

"您是高院长吗？"高丹青晚间在家接到一个陌生人的电话。

"是我，请问您是哪位？"高丹青回答。

"我手头有一大批字画，方便来您家谈谈吗？"来电求见。

"可以，您来吧！"高丹青应允。

来者自报家门孔方圆，说他前些年手头拮据，急需周转资金，就用自己从内地带来的 49 幅字画作为抵押，向同来港区的老朋友谢子胥借了 25 万港币，期限半年，立了字据，若到期借方确认不能归还，抵押字画由谢先生自行处置抵债。一年过去了，他还无可还，谢先生也没催。但他从其他朋友处得知那些字画都极其宝贵，所以又想赎回，就请求高丹青替他还债，赎回那批字画，然后分让给高丹青 20 幅，他自己保留 29 幅。

高丹青一看字画清单，评估这些字画的价值远大于所借金额，其中张大千、于非闇合作的《花鸟》就价值不菲，就答应了孔方圆，当场草签了个简单协议。

孔先生便去找谢先生，谢先生怎么也不答应。孔先生找了律师，把谢先生告上法庭。由于借款字据中有"若到期借方确认不能归还"这一条对谢先生不利，法院判定孔先生可赎回抵押字画，但需补偿预期半年利息，补偿金额由双方商定。商定结果是，谢先生要求翻倍为 50 万港币，才同意退还那批字画。孔方圆答应了谢先生的要求。

他回过头就去跟高丹青要 50 万港币，这样他就不用还那 25 万港币，而又能保留那批字画的一大半。一想可值了！

他毕竟是内行，知道这些真品字画的价值，也就欣然同意。但一下拿出 50 万港币他还是有困难，就把刚刚拍得的那两幅宋画作为抵押，到银行借了 10 万港币，凑齐 50 万港币，欲与孔方圆成交。

他选了清单上的后 20 幅字画。他知道，就其中张大千、于非闇合作的那幅《花鸟》会有很大的升值空间。孔方圆是画盲，当然不知那幅画有多大升值空间，还沾沾自喜。

高丹青邀孔方圆一起来到律师事务所。坐在律师事务所的等候室中，他心中充满了紧张和期待。他看着书架上的法律书籍，思考着这次交易的重要性。他知道，只有经过严密的法律程序，才能保证交易的合法性和确保自己的权益。

终于，律师大楼的门开了，一位着正装的律师走进来。他高大威严的身姿透露着权威和专业，让高丹青对他的能力产生了强烈的信心。他微笑着走到高丹青面前，向他介绍了自己。

"高先生，我是张律师，很高兴能为您服务。"

高丹青说："您好，很高兴认识您。我对这次交易非常重视，希望您能为我提供专业的意见和支持。"

"您放心，我会全力以赴地为您处理这项交易。请跟我来我的办公室，我们详细讨论一下。"

他们一起进入律师的办公室。办公室的布置简洁而专业，墙上挂着律师的执业证书和重要的法律文件。高丹青环顾四周，感叹着律师的严谨和专业。

张律师说："首先，我们需要了解这些字画的来源和背景。请您提供相关的文件和证明材料，我将进行仔细审查。"

高丹青递给律师一份包括字画作品的详细描述和艺术家的档案。他知道这些资料的准确性对于交易的顺利进行非常重要，所以他在收集和整理时非常认真。

张律师拿着文件，仔细地研究着每一份材料。他低头聚精会神，眉头微微皱起，表情凝重。

高丹青心中满是忐忑不安，不知道律师是不是对文件中的细节有什么疑问。他紧紧盯着律师的表情，希望能从他的脸上读出一些信息。

过了一会儿，律师放下文件，抬起头来。他露出了一个微笑，让高丹青的心放松了些许。

"高先生，你们的材料非常齐全，也很准确。我没有发现任何问题或疑点。你对这次交易的筹备工作做得非常出色。"

高丹青松了口气，感到非常欣慰。他的辛勤努力没有白费，律师的认可让他更加相信这次交易会成功。

张律师："现在，你们需要签署正式的合同，确保交易的合法性和双方的权益。"

高丹青点点头，准备从包里取出已经准备好的合同。他注意到律师的手指轻轻按在桌上，充满自信和决心。这让他相信，他选对了这位律师，张律师将会为他争取最好的结果。

他与孔方圆一起签署了合同，确认了双方的权利和义务。高丹青从包里拿出一张 50 万港币的支票付给孔方圆。这个数字对他来说是一笔巨款，但他对这 20 幅字画的价值坚信不疑。

与此同时，他当即付给律师公证费用，律师接过支票，看了一眼，表示确认。

张律师说："交易已经完成了。恭喜您，现在您已经获得了这 20 幅字画的所有权。"

高丹青接过文件，感到无比骄傲和满足。他知道，这是他辛勤努力的结果，也是他对艺术的执着和热爱的实现。

高丹青说："谢谢您的辛勤工作和专业的指导，张律师。没有您的支持，我无法成功完成这次交易。"

张律师微笑着，拍了拍高丹青的肩膀。

"高先生，你是一位非常杰出的艺术品收藏家。我很荣幸为你服务。如果将来您有任何其他法律需求，请随时联系我。"

高丹青满怀希望地离开了律师的办公室。他感到充满信心和动力，因为他知道，这20幅字画将带给他无尽的艺术和精神的享受。

接下来的几年里，高丹青夫妇不断扩大他们的收藏。每一次的购买都是精挑细选，他们紧密地关注着市场动向，努力寻找具有增值潜力的艺术品。

经过一段时间的等待，他们的耐心终于得到了回报。随着时间的推移，他们所收藏的字画大幅升值，随之而来的是财富的迅速增长。

这些收藏成了他们最宝贵的财富，不仅让他们享受着艺术品带来的美感，还为他们创造了巨大的财务收益。他们的决策和努力成就了他们事业的辉煌，同时也开辟了一条成功的商业道路。

真是"人怕出名猪怕壮"，高丹青在港区书画界出名后也引起了窃贼的惦记。这贼还是他当年带领去宜昌石牌抗击日军的学生军中的一个排长，后经高丹青推荐，这排长在国民党军高级将领邢琪珲部下升任为团长，名叫胡槐树。

大约在一个冬季，港区遭遇少有的寒流。点点星光和微弱路灯在空气中投下的光影都是冷光。冷风穿过狭窄的街道，带走了城市的喧嚣和繁忙，只留下一种寂静而冷酷的气氛。邢琪珲，这个曾经在国民党军中享有高位、如今被中共中央的新政权列入战犯名单的高级将领，带着他的家人出现在港区街头。

他身穿一件厚实的军大衣，头戴一顶深色的布帽，试图抵挡住这瑟瑟的冷风。尽管他的外表显得坚强有力，但眼中的疲倦和沮丧无法掩饰。他的眼神深邃而沉寂，像是承载了无尽的往事和无法言说的哀伤。他的步伐虽然坚定，其中却透露出一种深深的无奈和疲惫。

瘦死的骆驼比马大。他逃离内地时携带了大量金银财宝，有的是钱，所以很快就在港区找到了豪华的府邸。邢琪珲在港区的府邸是一座豪华的别墅，装饰得富丽堂皇。他的妻子和孩子在客厅里低声交谈着，他们的脸上带着不安和恐惧。

而在另一边，胡槐树，邢琪珲的老部下、老熟人，正带着一些老部下、老熟人来到邢琪珲的府邸。

胡槐树是一个中等身材的男人，但他的体型壮实，看起来孔武有力。他的脸庞被岁月刻画得沧桑而刚毅，一双眼睛闪烁着狡黠的光芒。他的头顶已经稀疏，略带卷曲的灰发让他看起来有些苍老。他穿着一身深色的西装，虽然款式普通，但被他的气质衬托得别有一番风味。

他带着一群老部下和老熟人在邢琪珲府邸的门口等待。他的部下大多和他一样，都已经上了年纪，但他们的眼神仍然充满了坚毅和忠诚。他们在等待着邢琪珲的接见，希望老长官能够给予他们一些帮助。

胡槐树站在人群的前面，他的眼神坚定而果敢。他貌似是这个群体的领头者，他的存在给其他人带来了一种安慰和依赖。他不停地四处张望，仿佛在寻找着机会或逃脱的路线。

当邢琪珲府邸的门打开时，胡槐树立刻向前走去。他的步伐坚定而有力，他的眼神里透露出一种强烈的决心。他想要与邢琪珲交谈，他想要得到他的帮助。

当邢琪珲看到胡槐树时，他感觉到一种强烈的不安。他知道胡槐树是一个狡诈的人，可能会给他带来一些麻烦。但是胡槐树是他的老部下，是他的老熟人，自己不能不接待他。

一开始，邢琪珲还以礼相待，虽然有些不耐烦，但还是多少给予他们一些经济上的帮助。但是随着时间的推移，越来越多的人来到他的府邸要求接济。邢琪珲感到厌烦了，他决定报警，让港区警察将这些无赖赶走。

港区警察来到邢琪珲的府邸，将那些要求接济的人赶走。但在清理的过程中，他们意外地发现了邢琪珲一家在黑市上购买南美假护照，准备外逃阿根廷。这让港区警察对邢琪珲产生了怀疑。于是他们将这位国民党军高级将领抓进了拘留所。

在这期间，胡槐树多次潜入老长官邢琪珲家中，盗走了大量珍贵的字画。他知道这是老长官最后的财富，也是他最后的尊严。胡槐树看着那些字画，心中五味杂陈。他知道自己曾经尊敬的长官已经失去了所有的荣耀和权力，现在只能任人摆布。

一天傍晚，胡槐树来到军校时期的老长官高丹青住所门口，手轻轻地敲着门。

高丹青开门见到胡槐树，脸上显出惊讶的神情，但随后便是一阵欣喜。"胡槐树？你怎么会在这儿？"他疑惑而又带点喜悦地问道。

胡槐树走进门，礼貌地向高丹青的妻子问候后，面对高丹青，神情诚恳地说道："高教官，我是特地来感谢您当年在军校对我的栽培之恩的，更感恩您向邢琪珲将军推荐之恩。如果没有您的指导与推荐，我不可能有今天的。"

高丹青听罢，满面笑容，对于胡槐树的赞扬，他显得非常受用。他拉着胡槐树坐下，两人开始叙旧，回忆军校的那些日子。

这时，胡槐树假装不经意地说起有一批贵重字画，因缺钱想出售，这引起了喜爱字画的高丹青的兴趣。

第二天，胡槐树带着一批珍贵的字画来到高丹青的家。高丹青对这些字画非常感兴趣，他仔细地查看每一幅画，脸上的表情越来越惊喜。最后，他同意以50万港币的价格购买这批字画。在确认了所有的细节后，他们在律师的见证下完成了交易。

交易完成后，胡槐树走在繁华的街头，想着手中的那笔巨款，脸上露出了满足的微笑。

邢琪珲的家人和朋友们聚集在拘留所的门口，等待着他的释放。没过多久，邢琪珲疲惫不堪地走了出来，他的眼神中透露出一丝不安和疑惑。

他看着自己的家人和朋友们，心中不禁一阵悲凉。

邢琪珲回到家中，发现原本摆满珍稀字画的书房空空如也，他惊愕地看着空荡荡的书房，心跳加速，血压升高。他立刻询问家人和朋友，得知没有人偷走他的字画。他开始意识到，这一切可能都是胡槐树干的。

邢琪珲立即开始追踪胡槐树的行踪，但是胡槐树好像已经消失在港区的茫茫人海中。

邢琪珲变得越来越焦虑和愤怒，他觉得自己被胡槐树欺骗了。他决定报警，但是警方的调查并没有什么进展。邢琪珲的情绪变得越来越不稳定，他经常发脾气，责怪家人和朋友没有及时告诉他的字画被偷走的事情。

邢琪珲的心情渐渐变得绝望，他觉得自己已经被胡槐树彻底打败了。他开始怀疑自己的判断力和交友能力，感到自己已经无法承受这样的打击。他渐渐变得沉默和孤僻，不再愿意和家人、朋友交流。

这天，邢琪珲突然感到一阵胸闷，随之而来的是一阵剧痛，他捂住胸口，跌坐在沙发上，随后被家人送进了仁爱医院。

刚升任护士长的叶素荣曾在军校见过他，知道他曾是国民党军的长官，还曾是高丹青的顶头上司，便十分专业地亲自护理。她双手稳定而有力，每一个动作都无比精确和熟练。她为他测量血压，为他检查心电图，同时还密切关注着他的生命体征。她的每一个动作都让他感到安心和舒适。

在叶素荣的精心护理下，邢琪珲的病情开始逐渐稳定。他的疼痛逐渐减轻，心跳也开始恢复正常。他看着叶素荣，眼中充满了感激和敬意。他知道，是她的专业和尽责让他得以度过这次危机。

在接下来的日子里，邢琪珲的病情逐渐好转。他知道，这一切都归功于叶素荣的专业护理和无微不至的关心。

出院后，邢琪珲坐在豪华的宅邸中，双眼凝视着前方，他的内心充满了怒火。电话铃声突然响起，他拿起了电话，听到了一个震惊的消息：胡槐树已经将偷去的字画卖给了高丹青。他顿时感到一阵眩晕，这是他无法容忍的背叛。

邢琪珲迅速展开了调查，并发现胡槐树确实已将那批珍贵的字画卖给了高丹青。虽然高丹青的太太叶素荣刚刚精心治好了他的冠心病，他还是气愤地将高丹青告上了法庭，控诉他销赃的罪行。在法庭上，邢琪珲的情绪非常激动，他详细地描述了胡槐树偷窃和销赃的经过，并向法庭展示了证据。

港区法院审理了这个案件，并认定高丹青有罪。法庭要求高丹青退还所有字画，并判其入狱。高丹青面对邢琪珲的控诉，一直保持着沉默，他知道自己有罪，并深深地忏悔自己的错误。

邢琪珲坐在自己的办公室里，心情复杂。他想到了自己和高丹青过去的友谊以及他们在军校和战争中的共同经历，且高丹青的太太叶素荣刚在仁爱医院精心护理治好了他的冠心病。他觉得高丹青并不是有意为之，而且他也需要承担自己的责任。于是，邢琪珲决定接受和解，并慷慨地留给高丹青两幅字画，以减少一点他的损失。

高丹青感激涕零地接受了邢琪珲的和解条件，他深知自己有错在先，对邢琪珲的宽容和大度感到非常感激。两人重归于好，并且保持着密切的联系。

几年后，邢琪珲留给高丹青的两幅字画价值不断攀升，甚至超过了50万港币。邢琪珲对此感到非常欣慰，他觉得自己做了一件正确的事情，同时也让高丹青得到了实实在在的利益。这对老朋友最终实现了双赢。

败军之将高丹青在港区书画市场意外获胜。这也是另一种"失之东隅，收之桑榆"。他已经不在乎曾被解放军追打而屡吃败仗的军人的耻辱，也不在乎溃败后隐姓埋名东躲西藏而穿行逃亡的痛苦，甚至忘记了自己的军人身份，他要下意识地在自己记忆中抹去军人经历。

他自己写写画画的作品与在各种场合先后购买收藏的珍稀书画，已然构成其不菲的资产。随着港区社会稳定与发展，这些资产的价值可谓与日俱增。他通过这种方式获得了财富自由，不仅衣食无忧，而且积累了相当可观的原始资本。

财务自由后，高丹青夫妇拥有了自己舒适而宁静的房舍。从阳台上，他们可以俯瞰到整座城市的繁华景象，灯火辉煌的摩天大楼在黑夜中如星空般美丽。屋内的装饰简约而优雅，柔和的灯光营造出舒适温暖的氛围。

进入客厅，一阵轻柔的音乐飘荡在空气中，柔软的皮质沙发宽敞舒适，让人可以尽情地放松身心。沿着客厅一侧的大窗户，透过玻璃可以看到绚丽多彩的夜景，闪耀着迷人的光芒。墙上挂着高丹青夫妇都喜爱的一幅幅优雅的油画作品，为整个空间增添了一抹文艺的气息。

卧室宽敞明亮，大床上铺满柔软的丝绸被褥，床头柜上摆放着高丹青夫妇最喜欢的香薰灯，散发出芳香的气息。卧室的窗帘轻轻飘动，微风吹进来，带来了远处海洋的阵阵清凉。

浴室的设计简约时尚，充满了现代感。洁白的瓷砖墙壁和光亮的镜面搭配出明亮的空间，浴缸旁边放着一束新鲜的花朵，绽放出诱人的芬芳。洗浴用品摆放整齐有序，让人感受到泡温泉般的放松与享受。

高丹青夫妇已经过了花样绝艳的年纪，他们的脸上透露着岁月的痕迹，却依然年轻、活力四射。

安居乐业后，高丹青与叶素荣才感觉他们的二人世界很孤寂。

他们心中时刻挂念着两个儿子。大儿子高技成一直放老家江阳县由奶奶代养，小儿子鲍平安则被寄养在鹏圳鲍大恩家。十多年来，高丹青与叶素荣夫妇没有见过自己的两个儿子，甚至没有他们的音信。

每天，高丹青夫妇都会坐在窗前，眺望北方。他们盯着那深邃的天空，内心涌起一阵无尽的思念和渴望。他们思念父母与两个儿子，时常相互交流这种思念，努力回忆两个儿子小时候的模样。

一天早上，阳光透过窗帘的缝隙，洒在床上仍在熟睡的高丹青脸上。叶素荣早早地起床，走进书房，准备开始新一天的工作。她记得昨晚睡前，高丹青还在念叨要与他们两个儿子进行量子纠缠式隔空意念感应，现在看来，他似乎已经找到了新的灵感。

书桌上，一叠素描画像吸引了她的注意力。那是他们的儿子高技成，从 5 岁多到现在，每一张素描都栩栩如生。她知道，这一定是高丹青昨晚半夜起来描画的。在画中，她看到了儿子的成长，看到了他的喜怒哀乐，也看到了高丹青作为父亲的爱与关怀。

她静静地看着这些素描，心中充满了感动。等高丹青醒来，她拉着他走进书房，指给他看这些素描。高丹青一脸惊讶，他看着这些素描，仿佛想起了些什么，但又似乎有些模糊。他试图回忆起昨晚的事情，但他的记忆只停留在了迷迷糊糊地走向书房的片段。他看着叶素荣，以为这些素描是叶素荣在他熟睡后偷学的结果。

叶素荣笑着摇摇头，她知道高丹青出现了短暂的失忆。她没有揭穿这个秘密，而是轻轻地带过这个话题，她知道，高丹青早晚会明白真相的。

当晚，月光如水洒在安静的夜晚。高丹青又一次轻手轻脚地起身，走向书房。叶素荣静静地跟在他的后面，看着他走进书房，看着他趴在书桌上，全神贯注地开始描画。

这次，他的画笔下出现的是他们的另一个儿子鲍平安。从小到现在，每一个阶段的素描都展现了他的成长。叶素荣在后面静静地看着这一切，心中充满了温暖和感动。

直到次日天亮，高丹青还在熟睡。叶素荣走进书房，看到书桌上整齐排放着昨晚的素描。她知道，这是她的丈夫在梦游中创作的杰作。

作为医生，叶素荣知道如何处理这种情况。她知道高丹青出现了暂时性的失忆，也知道这是深度梦游的一种表现。她决定与高丹青好好沟通，帮助他解决这个问题。

她开始关注高丹青的生活习惯，确保他的身体状况良好，并鼓励他保持积极的心态。在叶素荣的精心照顾下，高丹青的身体逐渐恢复了活力。他的饮食更加健康，锻炼也变得规律起来。

随着时间的推移，高丹青的深度梦游症逐渐得到了改善。他开始意识到自己的梦境与现实的区别，并且能够更好地控制自己的行为。

两个月下来，高丹青的深度梦游症得到了有效的治疗，他们的生活质量也得到了极大的提高。他们开始更加珍惜彼此的感情，重新找到了中年生活的乐趣和意义。

二人增强了活力与体能，也改善了睡眠，但还是多梦，经常梦见与父母、儿子和亲人们相聚。他俩也常交流各自的梦境。

"我昨晚做了一个很奇妙的梦。"高丹青对妻子说。

他说他清晰地记得，他与妻子叶素荣在港区维多利亚湾海滨打着一把雨伞在雨中漫步，走着走着，那伞飘起来，把他俩带入高空，飘呀飘，将他和叶素荣带入高空，飘荡在空中，那种奇妙的轻盈感觉令他惊叹。他们被带到了一片熟悉而又陌生的地方——他们的老家，江阳县高家老宅。这个老宅子，他们已经数十年未曾踏足，但梦中的一切又如此真实，甚至让他们能够闻到老宅特有的古老气息。

他们穿行在迂回曲折的街巷里，这些街巷他们曾经熟悉得不能再熟悉，但如今带着一种陌生的新奇感。他们走得艰难，找到家门的时候，已经是精疲力尽。又敲了很久的门，才见他老母亲快步走来开门。

他母亲一如他记忆中的样子，60多岁，面容清瘦而慈祥，缠裹过的小脚走起路来一跛一跛，但碎步快行。进了家宅，老母亲不惊不喜，不言不语，仿佛他们并非久别重逢，而是一直都在身边，又好像有什么难言之隐。这让他们有些困惑，也有些忧虑。

"我们的儿子技成呢？"高丹青与叶素荣异口同声地问他老娘。"他在野外被一群马蜂追蜇，被蜇得鼻青脸肿，面目全非，还受了内伤……"老母亲回答。

"啊……"高丹青与叶素荣夫妇不约而同地惊叫。

还没等母亲详细解释，他们就打开了那把飘起的伞，腾空而起，急切地寻找他们的儿子。他们在一片丛林中找到了他们的儿子——一个已经长成的少年。

他们看见他背靠一棵大树，手捧一本书在认真阅读，一副"两耳不闻窗外事，一心只读圣贤书"的模样。大树的枝叶随风摇晃，驱赶着马蜂，仿佛是他的守护神在保护他。看到儿子安然无恙，他们如释重负。他们走上前去，急切地要摸摸抱抱他们的儿子……惊喜中他醒了。

"这太不可思议了，科学没法解释。"叶素荣惊讶地对丈夫高丹青说。

"你说我这梦境吗？"高丹青问。

"不是不是，我是说我昨晚做了一个跟你这一模一样的梦，也是咱俩乘雨伞飘行到了你老家江阳……"叶素荣解释说。

"真的吗？那真太不可思议、不可解释了！"高丹青表示惊讶。

"弗洛伊德《梦的解析》只能解析部分梦境，有些梦境是迄今为止的科学所不能解释的。梦境或是脱离人身肉体的纯灵魂运行。类似这样的梦境，俗话叫'串梦'，或许也就是血缘亲情关系的量子纠缠？"叶素荣用她不久前在一份文献中接触到的量子纠缠理论来猜想他们夫妻俩同床同梦的奇异事件。

他们用激动而颤抖的手写下了对儿子们无尽的牵挂和爱意，但是这些信件像投入一个无底洞般，没有任何回信，只有空荡荡的等待。

高丹青夫妇的日子在等待和悬念中度过，他们不愿意忘记自己的亲人，他们的心始终与高技成和鲍平安紧紧相连。他们渴望着与儿子们早日相见，渴望着再次拥抱他们。他们的情感着实无法用语言来表达，只能埋在心底，默默地期盼着他们的归来。

第七章

强生市长

听到这里，柳市长急不可待地插话："三个逃兵中的柳力夫，就是我父亲。我打小就听他无数次地讲起他和另外两个外省籍逃兵在高家寨被姓高的师长放生的故事，时间、地点、姓名都对得上。高师长就是您父亲呀！"

柳力夫是 5 岁时过继到他无子无女的大伯家的。他亲生父母养育了他们五兄弟与两姐妹，三亩薄地，租种地主土地，或给地主打长工，也根本养不活这么多人，长年过着衣不遮体、饥寒交迫的日子。

而他养父有点商业头脑，靠种植制作粗布染料农家小作坊发了点小财，买了几丘田，衣食无忧，但就是无儿无女。所以柳力夫被过继到大伯家，那可是交上好运了。养父有了这亲兄弟的儿子过继过来，也是满心欢喜，就跟亲生儿子一样疼爱他。

原本这样的独苗是可以免服兵役的，但临近解放时，国民党兵源枯竭，逼得地方上负责抓兵抓夫的保长们完成任务，碰见青壮男子就不问青红皂白，一律抓去强迫反背双手用绳索串拴，成串成串地押往兵站。

两年前，柳力夫正与养父在自家一大丘水田插秧，靠近田坎时后背被保长举起文明棍子敲击了一下，只听保长呵斥道："你狗日的逃避兵役，该当何罪？"

"不是说独苗免兵役的吗？我无儿无女，他过继到我家，可是我家独苗呀！"柳力夫养父抖抖满身淤泥，紧紧抓住继子，哀求保长放过他这独苗。

"去你的，你哄谁呀，他原本兄弟五个，哪是什么独苗！"保长狠狠一棍子打在养父紧抓的手腕上，不由分说就把柳力夫抓去押送到宜昌服兵役了。

在银装素裹的高家寨岩洞下，那尘土飞扬的十字路口被一层厚厚的白雪覆盖，显得格外寂静而庄严。柳力夫与鲍大恩、祁海两位逃兵兄弟紧紧相拥在这片被冬日严寒凝固的土地上，眼中满是对未知命运的忐忑与不舍。冬日的夕阳虽然稀薄，却依旧努力地将他们的影子拉得长长的，映照在雪地上，仿佛连时间都在这一刻凝固，为这份短暂而珍贵的重逢做最后的见证。雪花无声地飘落，为他们的离别增添了几分凄凉与不舍。

告别了两位生死之交，柳力夫踏上了归乡的孤独旅程。他身穿一件破旧不堪的棉衣，衣角挂满了沿途的风霜和未化的雪花，每一步都似乎在与被冰雪覆盖的大地进行着无声的对话。沿途，柳力夫靠乞讨为生，在这寒冷的季节里，他的身影显得更加孤单与无助。遇到恶狗时，他记起祖传的"是狗怕三蹭"，假装弯腰捡石头反击，那些狗在寒风中瑟缩着，退而不近。遇到冷眼恶人，他就"惹不起躲得起"，赶紧在刺骨的寒风中走开。他也不时遇到好心人慷慨施舍些剩饭剩菜，偶尔还能在简陋的农舍中借宿一宿，这些温暖的瞬间成了他心中最宝贵的记忆，在这冰冷的旅途中给予他一丝丝希望的光芒。

风餐露宿的日子里，柳力夫穿越了被白雪覆盖的密林，跨过了湍急而冰封的溪流，每一步都充满了挑战。夜晚，他常常蜷缩在荒郊野外的草堆中，四周是呼啸的北风，天空中繁星点点，他望着这寒冷的星空，心中默默计算着与家的距离。偶尔，一阵夜风吹过，带来远处村庄灯火阑珊的模糊景象，那一刻，他的心中便充满了无尽的向往与温暖的渴望。

　　就这样，半个月的时间如同流水般逝去，柳力夫凭借着坚韧的意志和对家的深切思念，终于穿越了漫长的路途，来到了那熟悉而又陌生的野峡老家。那是一个寒冷的冬日黄昏，天空中依旧飘着零星的雪花，他记得清清楚楚，那天正是腊月二十八，家家户户都沉浸在迎接新年的忙碌与喜悦中。

　　"腊月二十八，又打豆腐又贴画"，是那一带的年关习俗。站在屋前那棵被雪覆盖的老白杨树下，望着袅袅升起的炊烟，柳力夫心中五味杂陈。他深吸一口气，仿佛要将这份久违的安宁与温暖深深吸入心底，然后，迈着坚定的步伐，踏上了那条通往家的熟悉小路，心中默念着："我回来了。"在这寒冷的冬日里，他的心中却充满了前所未有的温暖与希望。

　　他走到家门口时，已是傍晚时分。老两口正出大门贴年画，突然看见一个穿着破衣烂衫、蓬头垢面黑乎乎的人影，老妈惊叫："老头子，你看这是不是野人，咱们遇上野人啦？"

　　因神农架一带一直传说有野人，所以他老妈第一感觉就是他们家遇上野人了。

　　见过世面的老头子胆子大一些，就移步走近那人影，只见那人影嘿嘿憨笑："爸妈，我总算是回自己家了！"

　　"是你呀，力夫，我们以为你不在了！这是你的真身，不是你的魂魄吧？"二老几乎同声惊讶。

　　"是我的真身，你们摸摸！"力夫低沉嘶哑地说道，同时伸过手去让老爸老妈抚摸。

　　"那赶快进屋呀！"他爸妈异口同声。

　　柳力夫迟疑了一下，艰难地抬起脚跨过高高的门槛，走进老屋，倒头就睡。这一睡就是三天三夜。

　　在他沉睡时，老两口替他脱下满是尘土、汗渍、虱子与臭虫的破衣烂衫，一把火烧掉了。待他醒来后，又烧了几锅水清洗，用自家剪刀剪去长发，换上新衣。一个洗得干干净净的 20 多岁农家小伙子，露出了神清气爽的憨笑。

土改时，柳力夫家庭成分被划为中农。生产队成立时，他因上过半年私塾，识几个字，出过远门，加之嗓门特别大，一个"呜呼"能让小山丘那边的人听见，被推选为第一任生产队长。这一年，柳力夫得了第三个孩子，且是两女之后的第一个男孩，他就是柳强生，柳家可高兴了，为此请了几十桌亲朋好友吃醪糟、红蛋贺喜。

不过，柳强生上学前是只有小名，没有这学名的。请来的算命先生说他命里缺木，就取名柱子，当地的习俗多叫"柱娃子"。

到了1958年，"人有多大胆，地有多大产"，浮夸风盛行。大队领导指示柳力夫把生产队好几丘水田接近成熟的水稻移栽到一丘，迎接县里领导现场视察高产田。他感觉这是欺骗上级，要不得，就消极敷衍。这下激怒了大队领导，他的生产队长一职当然也就被撤销了。这让他终身背上了"下台干部"的名声。

中农成分加下台干部，让柳力夫在生产队沦为下二等社员。年底回家，队办食堂散伙了，锅碗瓢盆归还各家，但家家无粮，青黄不接，只得先吃玉米棒芯，再挖葛根、剥树皮、抓老鼠、掏观音土填肚子，好不容易熬到次年春季，有各种野草了，就去挖各种野草度日。

柳力夫亲生母亲饿死了，他不得不将亲生父亲接来一起过。粮食生产稍微恢复后，柳力夫一家八口有一年时间每天也只能从生产队分得半斤玉米，他与妻子只能自己尽量少吃而省给三老与三个儿女。过几天就有哪个亲友熟人饿死的噩耗传来。柳力夫知道保命要紧，就多喝水多晒太阳，那也没逃过腿脚浮肿的折磨。

3—6岁的柱娃子也有了记忆。他记得当年他父亲腿脚浮肿的惨样，记得吃树皮、观音土、野菜的情景，甚至记得在哪挖过蒿子根、鹅儿肠、婆婆丁什么的。

"看见煮好的野菜上有几粒玉米面粉，就跟后来见了好吃的肉一样，味觉自然有种兴奋感。"柳强生后来回忆说。

他当然也是后来才知道那多是他爸妈挣来又省给他们的。队里队外，与柱娃子年龄差不多的小孩，不少都饿死了，而他之所以活下来，一方面是爸妈忍饥挨饿坚持在生产队出工劳作挣点粮食，还自己尽量节省，让他们哪怕有几粒玉米面粉沾着野草入口；另一方面是他从不挑食，什么树皮、野菜、观音土，都大口大口地嚼咬吞咽下去。

总算熬过了那几年饥荒，柱娃子长到 6 岁了。那年春节过后的一天，天气乍暖还寒，柱娃子在山上放着牛羊。他腰里系根绳，绳上套着一串竹藤编织的防牛羊乱吃东西的兜嘴，站在路口，忽见河边走来两位穿着整齐干净的年轻女教师。

"你姓什么，几岁了？" 一女教师走近柱娃子，拿出个笔记本弯腰问他。

"我姓柱，叫柱娃子，几岁我不知道！"柱娃子回答道。

"你应该到上学年龄了，带我们到你家去好不好？"两位女教师亲切地说。

"好的，我家就在那边！"柱娃子于是赶着牛羊，带着两位老师回到家。一问他爸与大姐，才知道他姓柳，还没学名。

"取个什么学名呢？"老师问家长。

"按老辈人给排好的辈分，他这一辈排行是强，只能叫柳强什么。"他父亲柳力夫说。

"那就叫柳强生吧！"已小学毕业有了点文化的大姐建议。就这样，柱娃子有了柳强生这个学名。

上学没几天，柳强生回家对父亲说："老师问我们家是什么成分，说要登记。"

他父亲回答说："我们家是中农成分。"

"什么是成分呀？"柳强生又问。

"这，现在跟你说不明白，等你长大了再说吧！"父亲这样回答。

在他上小学时，才渐渐感受到家庭成分中农虽比地主富农及上中农好些，但总比贫下中农差很多，加之他爸又是下台干部，就更不可与贫下中农的子弟比了。比如免学费、发救济衣等，总也轮不上他这中农加下台干部的子弟。当然，比上不足，比下有余。地主富农同学的老爸老妈总挨批斗，在学校也常被欺打。

初中毕业后，有几个贫下中农的子弟被招工招干，进城吃商品粮，着实让他羡慕，他也只有羡慕的份儿，这让他感觉比上不足。

到高中时，地主富农子弟都无机会，而他这样的中农子弟还可与其他贫下中农的子弟一样上高中，这又让他感觉自己比下有余。这两比，让柳强生觉悟到，他的生存空间就只能是贫下中农与地富反坏右之间的缝隙，在这个缝隙间，他只能通过努力学习改变自己的命运。

高中阶段，柳强生语文、数学、英文成绩全优，颇得任课老师喜欢。高中毕业后，他也只能回乡劳动，算是回乡知青，队里社员视他为小秀才。他立志要在农村好好干，什么农活都干，任劳任怨，吃苦耐劳。与此同时，但凡生产队开会学习，队长都安排他读报、读文件，用石灰浆水在墙壁岩石刷大幅革命标语，也都是他的专活，这让他养成了坚持学习的习惯。

一天，他在家全神贯注看报，奶奶凑过来好奇地问："强生，你是一个字一个字看的吗？"

按当时规定，回乡劳动两年后就可被推荐上中专或大学，但因为家庭中农成分加父亲曾是下台干部这背景，他一直未能如愿。直到1977年全国恢复高考，他才有机会靠自己的实力一举考上江湖大学经济学系。

那个春节，家乡下了好大一场雪。就在他准备去县城买车票次日乘车到省城上学的上午，雪后天晴。柳强生站在沿土墙堆满干柴的老屋前抬眼望去，只见远处高山上白雪皑皑，看上去白美白美的。而绕行家门的小山溪两边的低小山丘，冰雪已开始融化，渐渐露出轮廓分明的岩石，透过稀疏的剩雪，依稀可见青绿植被。

触景生情，柳强生心旷神怡，踌躇满志。

柳强生在江湖大学经济学系本科毕业后接着考上该系改革开放后首批

硕士研究生。这在当时是极稀缺的高学历人才，他很受器重，所以毕业后直接被分配到市政府经济发展研究中心，并很快获得副研究员职称。

次年，单位公派英语考试成绩第一名的柳强生去美国叶尔大学做一年期的高级访问学者。他是单位里的佼佼者，不仅业务能力出众，英语水平也备受称赞。这次被派去美国叶尔大学，更是证明了他的实力和才华。

在出发前，单位拨给他一笔置装费，让他购置一些必要的衣物和装备。柳强生非常珍惜这次机会，他决定用这笔钱为自己打造一身漂亮的西服和一双皮鞋。

他走进了一家知名的西服店，挑选了一款高品质的羊毛料子，选择了最时尚的款式，让师傅为他量身定做。当他穿上这套西服的时候，感觉自己就像是一个真正的绅士，不仅外表焕然一新，内心也充满了自信和骄傲。

接着，他走进了一家鞋店，挑选了一双棕色的皮鞋。这款皮鞋是用上好的牛皮制作，质地柔软，贴合脚型，走起路来非常舒适。他穿上皮鞋后，感觉自己更加自信，步伐也更加稳健了。

当柳强生穿着这套西服和皮鞋出现在单位时，同事们都眼前一亮。他们夸赞他的形象大变，变得更加有气质和风度了。柳强生也感到自己从未有过的风光和扬眉吐气。

经过近 12 个小时的飞行，柳强生终于抵达了纽黑文市机场。他拿着行李，一边走一边感叹着美国的现代化和繁荣。这时，他接到了来自叶尔大学经济系对接其访问项目的合作者 Watson 副教授的电话。

"柳先生，欢迎来到纽黑文市！我已经在机场外面等您了，请跟我来。"Watson 副教授热情地说道。

柳强生一眼就认出了 Watson 副教授，他有着一头灰白的头发，戴着一副金丝边眼镜，穿着整洁的西装。他微笑着向柳强生招了招手，示意他上车。

Watson 副教授开着一辆黑色的奔驰车，向柳强生介绍了纽黑文市的风土人情和叶尔大学的校园文化。车窗外，纽黑文市的美丽景色和校园的壮丽建筑让柳强生感到惊叹。

不久之后，他们到达了叶尔大学给柳强生预订的酒店。这是一个位于校园附近的舒适酒店，有着现代化的设施和温馨的氛围。

他很快办理了入住手续，放好行李，躺在柔软的床上，感叹着这个新的开始。

叶尔大学给他的资助费用是每月 1500 美元，这让他在叶尔大学附近租住一室一厅的公寓绰绰有余。但为了尽可能多地节省美元带回国，他还是通过出国前联系好的一个朋友约了一个叫李多生的医学博士来与他合住。

李多生博士是一位经验丰富、学识渊博的医学专家。他来自上海，曾在日本东京获得医学博士学位，之后在美国叶尔大学医学院进行博士后研究。他的研究领域涵盖了广泛的医学领域，包括分子生物学、遗传学和生物医学工程等。

李博士性格沉稳、内敛，但他的智慧和才华让人敬仰。他对待科学研究严谨认真，对待生活却十分简朴。为了节省开支，他选择与柳强生合住。他经济条件优于柳强生，多出点钱，就住里间一室，柳强生在客厅一个角落打地铺居住。

在先前到访朋友的引导陪伴下，柳强生在夜晚漫步到了一个街头。这里有各种有趣的物品和摊位，让他感到非常新奇和兴奋。他的朋友告诉他，这里的人流动搬迁率较高，经常有人扔放一些半新的家具，包括席梦思床垫、沙发、座椅和电视机等。

柳强生很快就被这些物美价廉的家具吸引住了，他开始仔细寻找起来。不久之后，他发现了一款看上去很不错的席梦思床垫，沙发和座椅也相继进入他的视线。他用朋友准备好的拉车分次将它们拉回公寓租住的房间。

为了让这间房间更加符合自己的口味和需求，柳强生还特意挑选了几块平整的木板，自己动手组装成了一个实用的书桌。他很满意自己的工作成果，很快就将这间宽敞的客厅一角布置得温馨而舒适。

在这个舒适的角落里，柳强生美美地睡了一觉。他感到自己仿佛置身于一个全新的世界，时差也在这个舒适的夜晚逐渐倒了过来。

第二天早上，阳光透过窗户洒在柳强生的脸上，他慵懒地睁开眼睛，看到自己身处这个舒适的角落，心中充满了感激和满足。他知道，这个小小的角落将成为他在异国他乡的温暖港湾，为他开启一段全新的生活旅程。

那个周末后的第一个周一，柳强生穿着笔挺的西装，走进了叶尔大学经济系的大门。他的形象和精神状态都焕发着一种崭新的光芒，他感到自己充满了自信和期待。

项目负责人 Mina 女士热情地迎接了他，并带领他前往银行开设了账户。在银行柜台，业务员递给他一本印制精美的空白支票，告诉他可以凭此进行购物支付。

柳强生拿着这张崭新的支票，心中既兴奋又紧张，这可真是他人生中第一次使用支票啊！

在国内只有大公司大机构大额客户才用得上，他只在书本上知晓一点点，从未亲眼见过，更不要说亲自使用。而现在，他即将开始尝试这种全新的购物方式。学校每月给他银行账户汇入 1500 美元，到哪购物填签支票就有效，原来自己的签名是值钱的，他多少也有种自豪感。

其实在美国到现代化大商场购物，也是他的第一次。当时国内还没有那样大的现代商场，更没有给标准购物袋的惯例，也没有那样丰富多彩的促销活动，那都是他到美国第一次见识的世面。

办完银行账户后，Mina 女士带着柳强生前往他专属的办公室。办公室宽敞明亮，环境舒适，柳强生对这一切感到非常满意。Mina 女士指着书桌上的电脑说："如果需要的话，我们可以教您用电脑。"柳强生立即彬彬有礼地回应："不用了，谢谢。"

其实，他在国内只是听说电脑这种东西，根本没近距离见过，更不要说碰过电脑，甚至连使用四通打字机写作都只是奢望。但他毕竟是国家单位公派来的高级访问学者，怎能说自己不会电脑而要让学校派人指导呢？"那太丢国家的面子了。"他那样想着，就毫不犹豫地回绝了 Mina 女士的善意安排。

接下来的几天，柳强生按照操作说明，开始了他的电脑学习之旅。他一步步地弄会了电脑操作，从打开电脑到浏览网页，再到发送邮件和制作文档，每一步都充满了新奇和挑战。但他并没有被困难打败，反而更加坚定了自己的信心和决心。

在这个过程中，他也开始思考如何更好地利用电脑来辅助自己的研究和学习。他开始了解各种学术资源和数据库的使用方法，如何查找和引用文献资料等。这些新的知识和技能让他感到非常兴奋和充实，也让他更加确信自己的能力和价值。

住所装电话也是他到美国才第一次享用。那时国内，只有一定级别领导家里才有电话，没有私人电话，普通员工要打电话，都只能到公用电话亭。他在美国有了住所电话后，都通过大约三周往返的信函约好时间与在国内电话亭等候的家人通话。那成了每个月很期待的例行公事。

一次，李博士邀请柳强生去旁观他做实验。在一个明亮的实验室里，李博士正全神贯注地站在显微镜前，对一条鱼的器官进行细致的解剖。他的动作熟练而精准，就像一个艺术家在细致地雕刻他的作品。

实验结束后，鱼的身体在银色的不锈钢台上静静地躺着，它们被仔细地清洗过，看起来新鲜而干净。李博士从中挑选了几条给柳强生。

"这些鱼本要扔掉的，我们带回去，你烹饪技术高就烹制一下，咱俩共同享用。"他微笑着说。

柳强生欣然接受，他小心翼翼地接过鱼，仿佛手上捧着的是珍贵的宝石。

当晚，他们在温馨的灯光下，品尝着柳强生烹制的鱼。鱼的鲜美与柳强生的烹制技艺相得益彰，他们的味蕾在这场美食中得到了极大的满足。

那以后几个月，李博士几乎每天下班都带回好几条鱼让柳强生烹制。

他们为能改善生活而感到欣喜，同时也为能节省宝贵的美元而感到宽慰。

在品尝的过程中，李博士向柳强生描述他在日本的所见所闻。他谈到了日本产业竞争的激烈以及他们如何在追求极致的过程中，生产出性价比极高的产品。然而，这种快速更新换代的方式也导致了资源的浪费。

柳强生听着李博士的描述，陷入了深思。"看来，竞争是积极而必要的，但也不能过度，过度也会浪费资源。"他用经济学语言与医学博士交谈，表达出对资源浪费问题的深度关注。

他们的对话在安静的夜晚进行着，仿佛一场关于生活与科学的哲学对话。

随着时间的推移，柳强生逐渐适应了美国的生活和学习环境。他的英语水平也得到了很大的提高，能够更加流利地与教授和同学们进行交流和讨论。同时，他也开始积极参与各种学术活动和课程的学习，不断提升自己的学术素养和研究能力。

柳强生的电脑操作变得越来越得心应手，这让他感到非常兴奋和自信。他开始尝试用英文进行研究和写作，并且发现这对他来说是轻而易举的事情。他很快就完成了自己的第一篇英文论文，*The Initial Results of China's Economic Reform and Opening up*，并运用经济学原理系统深入地分析了中国改革开放的历程与成效。

他将论文交给 Watson 教授，Watson 教授阅读后非常满意，并连连叫好。他觉得柳强生的论文非常出色，不仅逻辑清晰、分析深入，而且表达流畅、语言准确。Watson 教授决定在叶尔大学的学术报告厅举办一个专场，让柳强生用英文向全校师生讲述中国的改革开放。

这个专场吸引了很多人前来聆听柳强生的演讲。在那金碧辉煌的学术报告厅里，他站在台上，面对着台下全神贯注的听众，深吸一口气，定了定神。他清晰地感受到来自异国他乡的目光，那是一种充满好奇与期待的眼神。他明白，这是他向世界展示中国经济的独特视角与见解的机会，也是他阐述改革开放政策影响力的时刻。

他清了清嗓子，尽量用那些洋师生听得懂并感兴趣的专业语言演讲。他用流利的英语开始演讲，声音在空气中回荡："亚当·斯密的《国富论》有 30 多处提到咱中国。"他语气肯定，仿佛每个字眼都闪烁着智慧的光芒，"其中有这样一段话给我这个中国经济学者留下深刻印象：'中国幅员是那么广大，居民是那么多，气候是各种各样，因此各地方有各种各样的产物……所以单单这个广大国内市场，就够支持很大的制造业，并且允许很可观的分工程度……假设能在国内市场之外，再加上世界其他各地的国外市场，那么更广大的国外贸易，必能大大增加中国制造品，大大改进其制造业的生产力。'"

当他演讲到这一段话时，他仿佛看到了听众眼中的光芒。他们开始交头接耳，互相讨论。他明白，他们被斯密的洞见所吸引，被中国市场的潜力所震撼。

然后，他话锋一转，将听众的注意力引向了改革开放政策。"实践证明，中国共产党十一届三中全会以来采取的改革开放政策，就是打开中国这广大市场的一把钥匙，"他解释道，"这个政策为中国打开了一扇通向世界的大门，让中国的经济得以融入全球市场，为中国的制造业和农业带来了前所未有的机遇。"

在他的演讲中，听众仿佛看到了中国这个巨大市场的潜力以及改革开放带来的变革。他们开始理解中国经济的独特之处以及中国政策制定者的远见卓识。

演讲结束后，听众热烈的掌声在学术报告厅里回荡。他站在台上，微笑着接受他们的赞扬。他知道，他已经成功地传达了中国经济的魅力以及改革开放政策的深远影响。他的演讲不仅增进了世界对中国的了解，也激发了听众对未来合作的期待。

这次演讲之后，柳强生的名声开始在叶尔大学传开。越来越多的人开始关注他的研究，并邀请他参加各种学术活动和课程。柳强生也继续努力地学习和研究，为中国的经济发展和改革开放做出了更多的贡献。

那时的中国经济还处于起步阶段，与美国的经济发展差距很大。柳强生作为中国某大学的副研究员，每月的工资还不到80元人民币，而叶尔大学给予他的资助每月高达1500美元，按照当时官方汇率换算，这1500美元等于他在国内工资的32倍还要多。在美国，副教授和副研究员的年薪高达6万美元，这是当时官方汇率下他在国内作为副研究员的100多倍。就人均GDP而言，当时中国的经济水平还远远落后于美国，差距达到了惊人的比例，即1：60。

在新年的第一天，Watson教授热情地邀请柳强生去他家做客。当柳强生看到Watson教授家的那栋宽敞且带有地下车库的独栋别墅时，他被深深地吸引住了。

这栋别墅坐落在绿树成荫的街道上，外观典雅大气，内部空间宽敞明亮。柳强生不禁感叹，这样的居住环境对他来说是如此遥不可及。他心里明白，这样的别墅代表了美国中产阶级的生活方式和价值观，而在当时的国内，他这一代的副教授或副研究员们普遍是不可能拥有这样的独栋别墅的。

他沉浸在这份羡慕之中，但同时也清楚地知道，他们这一代人中的副教授不可能像Watson教授那样拥有这样的别墅。然而，他没有放弃希望，反而开始憧憬未来的生活。

"但愿我们下一代中的副教授与副研究员们能拥有这样的居住条件。"他心里默默地想着，表达出他对未来生活的期待和希望。

在那个元旦的下午，柳强生在Watson教授家的别墅里度过了一段愉快的时光。他与Watson教授以及他们的朋友们一起分享美食、畅谈人生，感受着不同的文化和生活方式。虽然他无法拥有那样的别墅，但他坚信，只要他们努力学习和研究，下一代的人们一定能够过上更好的生活。

长暑期到了，那也是中国留美学生与访问学者的打工季。无数留学生都渴望在这个时候找到一份工作，既可以额外赚取一些外汇，又可以获得宝贵的打工体验。如果出国留学的时光中没有打过工，那定会是一大缺憾。柳强生这样想着，于是也加入了这个找工打工的中国留学人员群体。

　　刚开始，他在叶尔大学新结识的一位名叫顾有为的朋友，凭借在国内获得的厨师证书以及他精准地将一些中国菜谱翻译成准确英文的能力，例如将宫保鸡丁翻译为 palace chicken，很快便被一家韩国餐馆的老板亲自开车接走，以每小时 9 美元的报酬上岗。看到这一切，柳强生心中充满了羡慕，后悔自己没有在出国前考取一个厨师证。

　　然而，仅仅两周后，顾有为又被送了回来。据说是他的实际操作没有达到韩国老板的期望。之后，他们两人便一起继续寻找工作。初次面试时，老板问他是否做过这个工作，柳强生诚实地回答说没有。对方手一挥，让他走开。从此以后，他只能撒谎说做过。

　　有一次，他们来到一个大型肉鸡切割厂，工头带他们换上白大褂站在大长条案桌前试试。柳强生拿起刀，拿起鸡腿，刀还没落下，就听到围过来的一群身穿白大褂的师傅哈哈大笑。

　　过了些天，顾有为从报纸广告上看到一则消息，说是一位港区老板在纽黑文市新开了一家大型自助餐馆正在招工。他们穿上看上去很像劳工的服装，来到餐馆说自己在某餐馆洗过 3 个月的碗。就这样，他们两人双双被录用为洗碗工。

　　由于学校禁止私下打工，他们没有合法的身份证明，所以只能接受最低的工资标准，每小时的工资只有 6 美元。然而，这样的低工资也带来了极大的风险。工头经常带着他们去洗手间，偷偷地数着他们辛辛苦苦赚来的血汗钱。

　　刚去的头几天，由于餐馆人手不足，客人又特别多，每天都忙得不可开交。他们每天工作 13 个多小时，即使按照当时的官方汇率计算，一天能挣到 117 元人民币，这差不多是他们在国内每月 70 多元工资的两倍。这种真金白银的物质动力让他们心甘情愿地忍受着劳累和辛苦。

　　长时间站立使他们的脚底感到疼痛和疲劳，有时候只能借上洗手间的机会在马桶上多坐一会儿，享受那难得的片刻休息。那种坐一会儿的感觉让他们感到非常舒服。

随着时间的推移,餐馆的人手逐渐增多,加上他们的工作也越来越熟练,每天的工作时间逐渐缩短到了八九个小时。有时候,如果看着进来的碗盘不多了,工友们就会用暗语"抓特务",意思是把一个碗或盘在水池里洗许久,故意磨洋工拖延时间,以确保每天都能工作满八九个小时。这种小伎俩让他们能够在繁忙的工作中稍作休息,也让这种打黑工生活多了几分趣味。

在这家餐馆里,打工的人来自五湖四海,各种背景的人都有。有来自湾省、港区的,来自越南等东南亚国家的,也有当地的美国人。

餐厅里的工作人员之间既有合作,也有竞争。大家在锅碗瓢盆的交响曲中忙碌着,脸上洋溢着笑容。来自不同地方的人之间有着不同的合作方式,比如打工的音乐家可以利用他的专业技能创作出美妙的音乐,为餐厅营造出愉悦的氛围。而偷渡客则可以利用他们的力量,快速地将大量的碗盘清洗干净。

在这个餐厅里,洗碗工作是柳强生的主要业务。他将不断送进来的碗盘进行大致分类,然后竖立着放进有隔断的框子里。他需要先用冷水冲洗掉碗盘上的残渣,然后用滚烫的开水再次冲洗,最后将碗盘推进洗碗机。有一次,他不小心拧错了水龙头,把开水当成了冷水,结果浇在了自己的手上,受了点小伤。幸运的是,他没有让工头发现这个失误,自己处理了伤口。

与他一起干洗碗活的是一位据说在岭南沿海农村当过生产队长的偷渡客。这位偷渡客的腕力很强,一大摞碗盘端起来毫不费劲,但往有隔断的框子里竖立插放碗盘的动作显得笨拙,速度上不来。柳强生观察了一段时间后,利用过去在农村干过的插秧原理,左手推分,右手插放,速度很快上来了。小工头在一旁夸赞他可以参加北美华人洗碗比赛了。

一位来自港区的瘦小子把碗、盘送进大框时,总是胡乱地堆放,让柳强生感到十分头疼。他好心提醒对方要按顺序摆放,那瘦小子却故意挑衅,存心为难柳强生。他的碗盘堆放得更乱七八糟了。

这一切都被一个来自国内江湖市的壮实老乡姜大力看在眼里。他是个有正义感的汉子，见到柳强生受到欺负，便决定替他打抱不平。

在一次拖地的过程中，姜大力故意把那瘦小子推倒在地。那瘦小子哇哇大叫了一阵，从此再也不敢挑衅了。

一位也来自港区气质不凡的餐厅女服务生刚好也在冲突现场。她轻盈地走近柳强生，用吃力的岭南普通话低声而清晰地耳语道："柳先生，您好！我是客家人，祖籍岭南。再过十几年，咱港区就要回归祖国了！"她知道明星洗碗工姓柳，柳却不知他姓甚名谁，也没问。

回国时，柳强生按照当时的规定，先在美国购买了一些家电和电脑，然后再前往港区这个购物天堂进行购物。他购买了八大件、四小件家电与电脑，这些商品不仅质量上乘，而且价格实惠，让他感到非常满意。

在购买完这些商品后，柳强生还剩下了 8000 美元。这在当时的中国算是中等收入群体了。虽然他购买了很多商品，但这些商品的价值并没有超过他的收入，因此他仍然有足够的资金来应对未来的生活和学术研究。

这次美国之行给柳强生留下了深刻的印象，他见识到了中美经济的巨大差距，也体验了不同的文化和消费方式。这些经历让他开始深入比较和反思中国的经济问题，思考中国经济追赶以美国为代表的发达国家的目标与路径，他希望能够为中国的经济发展做出自己的贡献。

回国后，柳强生立即开始撰写访问考察报告，将他在美国的所见所闻和自己的思考总结出来。这份报告不仅在内部提交给了中心领导，他还公开发表了好几篇论文，得到了领导的高度肯定和社会的广泛关注。

这份报告让柳强生在职业生涯中获得了更多的机会和认可。他很快就被提拔任命为中心农村研究处处长，在这个岗位上，他充分发挥了自己的能力和智慧，推动农村研究工作取得了显著进展。

几年后，柳强生又被升任为中心主任，他在这个岗位上展现出了出色的领导力和决策能力，带领中心取得了更加优异的成绩。

再后，他被下派到大矿市担任市长和书记，在这个岗位上，他充分发挥了自己的才干和经验，推动当地经济发展和社会进步，得到了人民群众的广泛赞誉和好评。

有了新的用武之地，经济学高材生柳强生要大展才华，实施自己的发展理念，变现自己的经济学识。在这期间，他按"三部曲"思路展开工作，即解决遗留问题、谋划未来发展、营造循环发展。

"我们必须重点解决本市城乡人民群众反映强烈的十大遗留问题！"柳强生在当年的政府工作报告中朗声讲道。

他到任后深入城区与乡村调研，了解到本市人民群众反映强烈的十大遗留问题：城区市民住房拥挤、菜篮子短缺、街道脏乱差、子女就业难、个体工商户登记注册开业难，乡村农民种肥质量无保证、建房木材与水泥供不应求、出行进城住店难、销售农副产品难、就医看病难。他与市政策研究室的同志们共同调研，挑出这十大重点遗留问题，进一步分析认为，其中不少问题相互可解，比如子女就业与个体工商户登记注册开业难，解决好了后者，也就很大程度可解决前者；增加环卫工人数量，就既可解决一部分人的就业问题，也解决了街道脏乱差的问题；解决住房拥挤的问题的同时也可创造大量新的就业机会。还有一些问题是城乡统筹即可解决的问题，比如解决好了乡村农民出行进城住店难与销售农副产品难的问题，也就很大程度能解决城区市民菜篮子短缺的问题，而解决乡村农民种肥质量无保证、建房木材与水泥供不应求等问题的同时，又可增加城区市民的就业机会。基于上述分析，柳强生提出城乡统筹发展的总体构想与若干具体政策措施。几年时间下来，这些遗留问题逐步得到解决。

接下来，他又带队深入城乡社区，大兴调研之风，了解本市城乡人民群众对未来新生活的期望，在此基础上谋划未来发展，制定新的五年发展规划。与此同时，他按自己的发展观，逐步营造资金—人才—科技—产业—市场—再资金……这样一个循环发展的模式。

他在一次研讨会上这样阐述自己的发展观："一个地方，有了资金，就可招来各类人才，有了各类人才，就可带来科技要素，进而形成若干科技含量高的产业，高科技产业有市场订单，就又可获得资金，如此汇集循环，还可产生虹吸效应，形成正反馈汇集循环，从而加速一个地方的繁荣发展。"

　　经过八年苦心经营，由于政绩显著，柳强生很快被提拔为副市长、市长，从而有机会带队到港区招商。这也是他力图将在大矿市营造循环发展的成功经验在江湖市升级扩版的新尝试。没想到在这里遇见高技成，去他家做客，意外获悉他父亲多年反复念叨感恩不尽的救命恩人高师长原来就是高技成的老爷子高丹青。

第八章

久别重逢

时隔多年，高丹青和叶素荣老两口终于收到了小儿子养父鲍大恩通过熟人带来的信。信上详细叙述了他们的生活状况，让两位老人心中的担忧得以缓解。

新中国成立后，鲍大恩一家被划分为小摊贩成分，这相当于村里的中农，属于被团结的对象。他们家祖传的小店铺在新的政策下，加入了公私合营的行列，鲍平安的养母成了供销社的职员，继续经营着这个小店铺，从早到晚，勤勤恳恳。

鲍平安是一个聪明懂事的孩子，他快上初中了。小摊贩家庭成分不影响他上初中。他热爱学习，成绩优异，老师们都很喜欢他。养父母也全力支持他的学业，期待他能够在未来有更好的发展。

自那年起，政府对渔民们采取了新的政策，允许他们到海边打鱼，并可以到集市去卖。这个新政策给渔民们带来了极大的自由和收益，让他们能够更好地利用自己的资源，增加收入，改善生活。

鲍平安也是这个小镇上的一名小渔民，他一有空就会跟着鲍大恩到海边去捞鱼。他十分机灵，捞鱼的技术非常好，是抓鱼高手。他每次都能捞到满满一筐的鱼，不仅足够一家人吃，还有多余的可以拿到集市上去卖。

在集市上，鲍平安的鱼总是大受欢迎。他的鱼新鲜又美味，而且数量充足，总是能卖个好价钱。这些钱可以用来换取粮食，让他们的餐桌更加丰富。有时候，鲍平安还会用卖鱼的钱买一些其他的生活用品，让生活过得更好。

看到信上这些内容，高丹青与叶素荣老两口心中一块悬着的石头总算落了地，便赶紧按地址给汇去 1 万元港币。对鲍大恩来说这可是一笔巨款，他请人给换成人民币后买了自行车、缝纫机、收音机和渔具，还给家人都添置了新衣新鞋。没用完的钱存起来了。这让镇上熟人羡慕不已。

改革开放后，高丹青与叶素荣获准去鹏圳看望小儿子鲍平安。当年逃离时托付给鲍大恩时鲍平安才 2 岁多，现在三十出头的鲍平安出现在老两口面前，他们简直不敢相信自己的眼睛，不敢贸然相认。

只见再前是一个身材中高、面容轮廓清晰的男子，他黝黑的皮肤和渔民的模样显露出他在海边长大的痕迹。他眉宇之间透露出坚定与果敢，目光炯炯有神，透露出内心的智慧与坚忍。虽然他的外表带有渔民的痕迹，但可以看出他身上仍然存在着高丹青的气质与叶素荣的魅力。

他身上散发着自信和坚毅的气息，他的举止从容得体，自然而不造作，表现出他的自信和自尊。面容中还散发着一股温暖和善良，他的微笑中流露出的真诚与友善，使得他在人们心中留下深刻的印象。

"太像他老爸梦游时画的素描肖像了！"叶素荣无比惊讶，内心嘀咕。

在鲍平安的记忆中并无这对父母。很长时间，为保护他，鲍大恩与老婆阿梅一直隐瞒其真实身份，只当亲儿子抚养，让他以为他就是鲍大恩的儿子。后来，这两口子又生育了一男二女。鲍平安与他们不是亲兄弟、亲兄妹胜过亲兄弟、亲兄妹。

虽前几年才得知自己的真实身份，知道自己亲生父母在港区，但这次见面还是难以转换身份，一见面，鲍平安有点僵住，只是憨憨地笑。

"快叫你亲爸亲妈呀！"鲍大恩夫妇大声说。

三十出头的鲍平安像个腼腆的小孩子，不知所措。还是高丹青老两口走上前，上下细看，像当年怀抱婴儿一样紧紧抱着鲍平安，轻轻拍打，泪流满面。

"爸，妈！"鲍平安终于叫出口。

高丹青夫妇谢过鲍大恩夫妇抚养儿子之恩，鲍大恩夫妇又谢高丹青当年放生之恩。互为过命之交，互谢不已。

鲍大恩提出将鲍平安姓名改回姓高，叫高平安，高老爷子夫妇真诚表示："他是你养大的，你俩养育之恩胜过我们亲父母。他就是你亲儿子，永远跟你姓，终生叫鲍平安！"

鲍平安听罢，双膝跪在鲍大恩夫妇面前，连连叩谢收养之恩，说他永不改姓，永做鲍家的好儿子，同时转过身叩谢亲生父母的生育与关爱之恩。

高家老两口问起鲍平安30岁了怎么还没娶妻，鲍大恩夫妇说给他介绍了好几个，他都不感兴趣。原来是他得知其真实身份后，表示只喜爱小妹阿珠，非阿珠不娶，阿珠也只喜爱平安，非平安不嫁。

阿珠是一个十分可爱的女孩，娇小玲珑，眼睛明亮有神。她聪慧善良，深受镇里人的喜爱。与鲍平安一样，她心心念念的也只有一个人，那就是鲍平安。她决定，非鲍平安不嫁。

鲍平安和阿珠之间的爱情是一个青涩而天真的故事。在家里，他们默默地关心着对方，无论是风雨还是酷暑，他们总是互相关照。鲍平安常常为阿珠做一些小事，比如为她捡村口的花瓣，或者送她一些采回来的野花。而阿珠则会在鲍平安忙碌时，默默地为他端来一碗热腾腾的鱼汤。这些小小的举动，渐渐地成为他们之间深深的感情纽带。

他们喜欢一起下河捕鱼，或者在黄昏时分漫步在田野里。他们互相陪伴，一起分享生活的点点滴滴。他们眼中只有对方，在他们的世界里，没有其他人能够取代彼此。

对于高家老两口来说，他们看到了孩子们之间的真挚感情，也理解了他们的决定。他们希望儿女们能够幸福，镇上的人也渐渐认同了他们的爱情。

鹏圳一家竹园酒店的豪华宴会厅里即将举行婚礼。从大门入口处，长长的红地毯引导着客人们的步伐，彰显出这场盛大婚礼的庄严性。

宴会厅的装饰豪华而高雅，巨大的水晶吊灯散发着柔和的光芒，瞬间将整个场地映照得明亮而温暖。鲜花装饰点缀在每个角落，用鲜艳的色彩增添了活力与喜庆的气氛。圆形的婚礼舞台上精心搭建着一个宏伟的背景，周围环绕着精美的布置。

婚礼的开始，主持人宣布平安与阿珠步入礼堂。他们身着华丽的婚纱与中山装，相互之间交织成一幅美丽的画卷。阿珠的披纱轻轻飘动，展现出她独特的优雅与喜悦。平安的笑容灿烂而自信，他的目光只注视着阿珠，仿佛整个世界都沉浸在他们甜蜜的爱意里。

高家二老与鲍平安的养父母鲍大恩夫妇，坐在新郎和新娘的身旁，彼此微笑着欢快地说话。四周的亲朋好友也都穿着盛装，在座位上笑语盈盈，情绪高涨。婚礼舞台旁的乐手，随着新人步入，奏出动人的乐曲，将幸福的氛围进一步推向高潮。

婚礼进行过程中，高家二老与鲍平安的养父母一同举杯为新人祝福，表达对他们幸福和美好未来的祝福。随后，宾客们也纷纷起立，举起手中的香槟，庆贺这对新人的美好未来。欢乐的气氛蔓延开来，宴会厅里充满了祝福的声音。

钟声响起，在这个美好的日子里，两个家庭相互融合，共同见证平安与阿珠爱情的绽放。整个婚礼，欢声笑语中充满了温馨与浪漫，大家相聚在一起，共同庆祝着这个人生中重要的时刻。

婚礼结束后，高晴夫妇给鲍平安送了个 10 万元港币的大红包。鲍平安满怀喜悦地接过红包，感受到了父母亲对他的深深祝福。他心中充满感激和感动，明白这笔钱意味着老两口为他们的未来付出了巨大的努力。他的眼中闪烁着坚定的决心，决定将这笔款项充分利用起来，为自己的家人创造更好的生活环境。

给小儿子办完婚事，高丹青与叶素荣再去回州见多年不见的弟弟、弟媳。

"土改时，老宅院分给了十几户贫农分住，那就不属于我们了，现在住着军分区给分的公房。"回州军分区司令员叶志远去长途汽车站接上姐夫、姐姐，颇为自豪地对他们说。

军分区给分配的公房，是一个坚固的建筑，位于一方安静的街区中。它是一座宽敞的楼房，外墙涂着淡黄色的涂料，显得干净整洁。楼房周围有绿树环绕，花草点缀其中，增添了一丝生机。

公房的大门是由厚实的木材制成，油漆得很漂亮，交错的纹路展示了岁月的痕迹。门上挂着一块洁白的牌子，上面写着门牌号码。门口是一条宽敞的石头小路，石板紧密排列，散发着一股浓郁的花香。

走进公房内，可以看到一间间整洁的房间，每间房都装饰简单而温馨。墙上挂着家人的合照，悄悄诉说着过去的岁月。房间里摆放着朴素的家具，如木制床、桌椅等，给人一种温暖舒适的感觉。

公房的窗户宽大明亮，透过窗户可以看到远处的风景。阳光透过窗户洒进房间，落在地板上形成明亮的光斑。屋内充满了家的氛围，有阿爸、阿妈生前的回忆，有过去的幸福与快乐。

公房里一直有着家人的陪伴，阿爸、阿妈与叶志远家人合住，共同度过了十几年的光阴。然而，岁月不饶人，阿爸、阿妈也已经离世。公房如今只剩下司令员叶志远和他的家人，但它载满了回忆与情感。

高丹青夫妇被安排在军分区大院招待所住下。这大院是一个宽敞的院落，周围被高墙所环绕，形成了一个安全而封闭的空间。院内的大门宽阔，由两扇厚重的黑色铁门组成，上面镶嵌着金红色的"中国人民解放军回州军分区"标志，给人一种庄严而威武的感觉。

进入院内，一条宽阔的柏油路贯穿整个大院，两旁种植着整齐划一的行道树，树冠茂密，给人带来一片阴凉。沿路两侧是整齐排列的建筑，有宽敞的军营、训练场和各类宿舍楼。这些坚固的建筑物的外墙涂成了军绿色，墙壁上挂满了军事训练的宣传横幅和各种奖状，彰显着军队的英勇形象。

军分区大院的招待所是一幢三层建筑，采用欧式建筑风格，墙体洁白，窗户干净明亮。

进入招待所，可以看到宽敞明亮的大堂，大堂中央是一张宽敞的接待台，台上整齐码放着各种宣传册。墙上挂着军队领导人的塑像和英雄事迹图片，展示了军人的英勇与忠诚。大堂的一侧是一间装饰豪华的休息厅，里面摆放着舒适的沙发和一架钢琴，可以供军人在闲暇时放松娱乐。

走廊两侧是整齐排列的客房，每间客房内都设有舒适的床铺、写字台和卫生间。床铺上叠放着整洁的被褥，床边放着一个小型的军绿色床头柜，上面放着一盏柔和的台灯和一本印有军旅故事的书籍。

在军分区大院的部队招待所内，无论是建筑风格还是室内装饰，无不散发着强烈的军事气息，让人感受到军营的严谨、庄重和军人的英勇精神。

晚上，叶志远夫妇和他们的子女热情地准备了家宴，专门招待远道而来的姐夫和姐姐。这是一场充满温馨和欢乐的团聚，人们的心情格外愉快。

餐厅里弥漫着各种美食的香味，叶志远夫妇忙着布置餐桌，摆上各种美味佳肴。他们的子女也在一旁帮忙，脸上洋溢着开心的笑容。

姐夫高丹青和姐姐叶素荣终于到了，他们一进门，就受到叶志远夫妇的热情迎接。大家围坐在一起，开始了愉快的用餐。

推杯换盏之间，高丹青用带点港腔的普通话，向叶志远夫妇表达了他的感激之情："党和政府对我过往的罪责既往不咎，这让我感激不尽。还请叶司令向贵党贵军贵政府转呈我这感恩之心！"

叶志远听了高丹青的话，微笑着回应："改革开放后，形势已经发生了很大的变化。过去的就让它过去，一切都要向前看，这是我党博大胸怀的展现。我们国共两党、两军也大可一笑泯恩仇了！"

听到叶志远的话，高丹青激动地站了起来："改革开放好呀！大有作为。我个人也要乘改革开放的东风，为祖国发展尽微薄之力，以报答贵党、贵军、贵政府赦我之恩，报答生我养我的故国故土！"

在场的人都为高丹青的话鼓掌，气氛达到了高潮。他们一边品尝美食，一边畅谈着过去和未来。

席间，叶志远妻子颇为自豪地向姐姐、姐夫介绍长子叶海梦与小女叶爱乐："海梦一直是个听话的好孩子、好学生，他刚考上清华大学物理系；爱乐从小喜欢音乐，刚考上市一中读高一，学习成绩中上等。"

兄妹俩起身向姑妈姑父行礼，并自告奋勇地清唱《祈祷》助兴：

让我们敲希望的钟啊

多少祈祷在心中

让大家看不到失败

叫成功永远在

让地球忘记了转动啊

四季少了夏秋冬

让宇宙关不了天窗

叫太阳不西沉

让欢喜代替了哀愁啊

微笑不会再害羞

让时光懂得去倒流

叫青春不开溜

让贫穷开始去逃亡啊

快乐健康留四方

让世界找不到黑暗

幸福像花开放

让我们敲希望的钟啊

多少祈祷在心中

让大家看不到失败

叫成功永远在

婉转的歌声与贴心的歌词，唱得大家热泪盈眶。

次日，阳光明媚，微风拂面。叶志远夫妇引高丹青与叶素荣踏着小径来到父母的墓地。他们沿着弯曲的山路一直往上走，最终来到一个杂草丛生的土堆前。这个地方显得极其荒凉，仿佛能够听到微弱的叹息声，那是他们父母在地下叹息的声音吗？

叶志远夫妇默默地站在坟前，他们感觉到父母的无声呼唤，仿佛他们的灵魂仍然在这里。

高丹青和叶素荣与叶志远夫妇商定，对这座杂草丛生的坟墓进行整修。他们清理了丛生的杂草。又请工匠刻字立合葬墓碑，碑阴："苦心经营，致富成仁"概括了父母的经历。

而在这一瞬间，他们透过墓碑前的香火烟气，似乎看到了父母亲高兴的面容。他们脸上洋溢着温暖而欣慰的笑容，仿佛看到了孩子们的用心和努力，感受到了他们对父母的深深的思念。

第九章

传奇生长

自从收到了小儿子鲍平安的信后，高丹青和叶素荣夫妻俩每天都在期待着大儿子高技成能够给他们回信。他们思念着这个他们最牵挂的人，担心他的生活，想知道他的情况。

1963 年的春节期间，他们终于收到了高技成从江阳寄来的回信。他们迫不及待地打开信封，急切地阅读着信上的每一个字。

大儿子回信告知，他模糊记得的是 5 岁那年见过爸妈，那是记忆中的第一次，也是最后一次，那应该是 1946 年春节。之后就与奶奶两人在江阳县城相依为命，奶奶爱他护他无微不至，她变卖了自己的金银首饰等值钱的东西，让他不仅衣食无忧，而且 6 岁就上了当地最好的小学。

全国镇反运动开始，高技成遭遇厄运。在一个阳光明媚的下午，放学铃声响起，教室的门打开，人们纷纷涌出。高技成背着书包，迈着轻快的步伐，准备回家。

然而，走到教室门口时，他突然被几个高年级的大男孩拦住了去路。这些大男孩个个身高力大，如同一群凶狠的猛兽围攻着瘦弱的高技成。

指责声从四面八方传来，让高技成犹如置身于风暴之中。其中一名高大男孩用力扇着高技成的脸，口水溅得漫天飞舞。另外一名男孩更是毫不客气地挥舞拳头朝着高技成的身体砸去。

高技成惊慌失措，他感到眼前一片模糊，心脏怦怦直跳。他尽力回避这些恐怖的攻击，却无处可去。他像一只受惊的小鸟，本能地寻找着安全的港湾。

眼前突然出现了班主任的身影，高技成冲向他，泪水夺眶而出。他的嘴唇哆嗦着，哽咽地说道："老师，他们欺负我，他们说我是国民党大反动派的狗崽子，说我爸爸双手沾了解放军战士的鲜血。"

班主任一见高技成的泪水，连忙后退了几步，避开了他。他的脸色凝重，目光闪烁不定。这个突如其来的情况让他措手不及，他尽力平复自己的情绪，小心翼翼地询问高技成的遭遇。

这时，其他同学们也陆续走出教室，纷纷围在旁边观看。他们脸上写满了好奇。

高技成站在班主任身旁，泪水还未停止流淌，他的身体依然颤抖着。他的目光游移不定，不敢正视这群男孩。而男孩们则固守在原地，傲慢地看着这一切。

整个场景充斥着紧张的气氛。阳光透过树叶间的缝隙洒下，映照在高技成的泪光之中。他的衣服被欺凌者的手所触碰，现在染上了一片污渍。

在这个瞬间，高技成感受到了孤立无助和绝望的痛苦。他深深地被排挤、伤害，他想要寻求帮助，却无处倾诉。

回家问奶奶，才知道原来他爸当过国民党师长，新中国成立时已逃亡，是死是活还不知晓。这消息比在学校挨骂挨打还如五雷轰顶。

"我怎么就有这么个反动派老爸呢？"他百思不得其解。

就那样，他成了校园里镇反的对象，他能躲则躲，骂不还口，打不还手，忍气吞声，逆来顺受。

突然有一天，他回家见到了消失多年的二叔。

"这么多年，你去哪儿了？也不跟我们通个音信，我们都以为你不在了呢！"只见奶奶抹着泪对二叔说。

"我参加地下党后，改名武振华，长期隐蔽在国民党军统系统武汉站做地下工作，现在我被组织安排到江阳县公安局任局长，"二叔回答道。"不过，我已不用高习武那原名了，我现在叫武振华，您就叫我振华吧！"他接着说。

"技成你以后就叫我武二叔好了！"他转过头对高技成说。小技成内心惊喜，抿着嘴，没有吱声，使劲地点点头。

次日，武振华身着公安局长的服装，腰间挎着手枪，全副武装，好不威风，拉着小技成到学校跟班主任和校长说："这孩子已跟他反动老子划清了界线，以后跟我姓，叫武学文，归我收养，也就是我儿子了！"

小技成看着武振华，心里既有些害怕又有些激动。他以前是被大家欺负的对象，现在却摇身一变，成了公安局长的儿子。以后谁还敢欺负他呢？

班主任和校长听到这个消息后，也大吃一惊。

小技成看到自己新爸爸的威风，感到很自豪。他心里想："以后谁还敢欺负我？"

从这一天起，小技成真的成了公安局长的儿子。他在学校里受到了大家的尊重。那些曾经欺负他的人也变得对他毕恭毕敬起来。

小技成终于摆脱了他过去的困境，开始了他的新生活。他感到自己很幸福，因为他有了一个新的家庭和新的身份。

受过欺辱的孩子懂事而早熟。武学文课堂认真听讲，课后认真温习功课，门门功课考第一，初中即以优异的成绩考入本县第一中学。到了高中阶段，听老师说"学好数理化，走遍天下都不怕"，他更是在数理化上下功夫，每次听课前都认真预习，听完课很快就把作业写好了，每次考试都接近满分。老师们见他这样上进优秀，就常借给他一些课外补充读物，还在教室一墙面专为他开了个习题解答示范栏，这又进一步激发了他的学习热情。他年年被评为三好学生，还加入了共青团，成为县里树立的又红又专的好苗子。

情窦初开的低年级女生林果香一直暗恋已然成长得英俊潇洒的学霸武学文，视他为自己心中理想的白马王子。在自习教室，她频繁请教学长指导解答数理化难题，而他也感觉这小学妹一点即通，悟性颇高。

辅导功课时，武学文偷偷地抬眼打量着面前的小学妹。小学妹是一个令人惊艳的少女，拥有一双炯炯有神的眼睛，透露着聪慧和坚定。她的身材轻盈而活力四射，展现出青春的朝气和健康的美丽。这种活力和美丽使得武学文的心为之一颤，他被小学妹的魅力所吸引，心动不已。

但那时中学生早恋是绝不允许的，不能见光，否则将被重重处分，他俩都没捅破那层窗户纸，只得将彼此的暗恋埋在心里。

16岁那年，武学文跳级考上华中农学院农机系。拿到录取通知书，他第一时间跑回家向奶奶报喜。

摸摸金红色的通知书，再看看半年不见又长高大了一些的英俊孙子，奶奶眯缝着眼，笑得合不拢嘴。

"赶紧去向你二叔报喜吧，没有他就没有你的今天呀！"奶奶吩咐孙子。

武学文快步赶去向二叔报喜。武振华高兴地使劲拍打侄子已然宽厚的肩膀："你小子可是为你二叔争光了，二叔改姓武，名带振华，但靠武装斗争振兴中华的时代结束了。和平年代，还得靠你们这学文的一代来振华了，到大学好好学习！"二叔语重心长，深深打动了武学文。

站在华中农学院校园狮子山上，放眼望去，南湖波光粼粼，烟波浩渺。武学文独自一人，他的眼睛里闪烁着一种难以言喻的光芒。在这个宁静而又庄重的时刻，他想起了拿破仑的那句名言："中国是一只睡眠中的狮子。"

"这头狮子总算是醒来了！"他低声自语，声音中充满了激情和期待。他的手指在南湖上空轻轻地划过，仿佛可以触摸到那遥远的未来。

他想起了二叔的嘱托，那是他心中的一盏明灯，指引他前进的方向。"我要努力学习科学文化，做个有功于国家的人才。"他默默地对自己许下诺言，每一个字都如同钉子般钉进他的心里。

在他的眼中，中国必须大力发展农业机械。这不仅可以解决几亿人的吃饭问题，还可以解放农村劳动力，让他们转移到城市去发展工业。这是他的振华逻辑，也是他的信念和追求。

农业机械，那是他的最爱。他想象着自己在这个领域里大展身手，用自己的知识和才能为祖国贡献一份力量。他的数理化优势，将在这个舞台上得到充分的发挥和展示。

这样的基础、最爱与理想，自然也就让他成为那一届农机系的学霸。

林果香未能如愿追随他考上华中农学院，但受到高技成的影响，她也报考了地区农机中专。在这个新的环境中，她依然努力学习，希望有一天能够实现自己的梦想。

两人之间的书信交往并没有中断。在信中，他们分享着自己的生活、学习和思想。他们的感情逐渐升温，彼此之间的爱恋也逐渐明朗化。他们相互倾诉着对彼此的思念和牵挂，让这份感情变得更加深厚。

在一个晴朗的午后，武学文收到了林果香的来信。他迫不及待地打开信封，一口气读完了林果香的信。在信中，林果香表达了对武学文的思念之情，并且告诉他自己已经爱上了他。

武学文的心中充满了喜悦和激动。他立刻回信给林果香，表达了自己的爱意和思念之情。从此以后，他们之间的感情更加深厚，也更加坚定。他们相互鼓励、支持，一起追逐着自己的梦想。

在春暖花开的季节，武学文应邀前往林果香家做客。他心中既紧张又期待，因为他知道这次见面不仅是与林果香的家人交流，更是他和林果香感情的一次重要考验。

当武学文走进林果香家的客厅时，他看到了林果香的父母，一对和蔼可亲的中年夫妇。他们微笑着迎接了武学文，让他感到了温暖和亲切。

在交流中，武学文得知林果香的父亲林福康，解放前上过技工专科学校，后加入解放军并入党，解放后从部队转业到江阳拖拉机厂工作，不久前升任厂长。

林厂长夫妇对武学文的印象非常好。他们觉得他一表人才，品学兼优，抱负远大。他们看到了武学文的坚定眼神和聪明才智，也感受到了他对林果香的真挚感情。

然而，在谈话的最后，林厂长夫妇却叮嘱武学文和林果香，在大学毕业前不能公开恋情。

他们理解这是林厂长夫妇对他们的关心和期望。武学文看着林果香，她的眼神中也充满了理解和坚定。他们默默地点头，表示会遵守这个约定。

离开林果香家的时候，武学文的心中充满了感慨。他明白这次见面不仅是一次简单的做客，更是他和林果香感情的一次重要考验。他们成功地通过了这次考验，也让他们的感情更加坚定和深厚。

在回学校的路上，武学文默默地思考着未来。他知道他和林果香还有很长的路要走，但他们也相信只要彼此相爱，就一定能够克服一切困难，走向幸福的未来。

武学文华农毕业后如愿分配到江阳拖拉机厂。该厂设在江阳地界，直接行政隶属关系是江湖市，是机械工业部农机生产的重点企业之一。

在江阳拖拉机厂度过了一年充实而有趣的工作生活后，武学文与林果香的感情更加深厚。他们决定喜结良缘。对于这个重要的决定，他们首先向武学文的二叔武振华报告，并希望能得到他的同意和支持。

在一个阳光明媚的午后，武学文带着林果香来到武家，向武振华坦诚地表达了彼此的感情和决定。武振华听到这个消息后，脸上洋溢出温暖的笑容。他看着武学文，眼中满是骄傲和欣慰。他知道自己的侄子已经成长为一个有担当、有理想的年轻人。

武振华思考了片刻，然后说道："学文，我知道你对林果香的深情。她也确实是个好姑娘，聪明、善良、有追求。你们决定在一起，我为你们感到高兴。"

林果香听到武振华的这番话，心中涌起一股暖流。她知道这位长辈的认可对他们来说意味着什么。她感激地看着武振华，微笑着说："谢谢您，二叔。我们会一起努力，过好我们的生活。"

武振华点了点头，他接着说："既然你们已经决定了，我就为你们筹备一场隆重的婚礼。你们放心，我会和林厂长一起为你们操办这场婚礼。"

听到这，武学文和林果香都感到非常惊喜。他们知道这场婚礼将是他们人生中最重要的一刻，也是他们爱情之路的新起点。他们感激地向武振华鞠躬致谢，眼中闪烁着幸福的光芒。

接下来的日子里，武振华和林厂长密切合作，共同为武学文和林果香的婚礼精心筹划。他们选定了一个吉祥的日子，安排了一场婚礼庆典。

终于，在那个充满爱与期待的日子里，武学文和林果香的婚礼如期举行。江阳拖拉机厂的工人们为这场婚礼搭建了一座美丽的花园作为宴会场所。红毯铺就，鲜花盛开，灯光熠熠生辉，乐声悠扬喜庆。

当天晚上，宴会厅里人头攒动，高朋满座。亲朋好友欢聚一堂，共同见证了这对新人的人生大事。武振华和林厂长分别致辞，表达了对新人的祝福和期望。他们赞扬了武学文和林果香的才华与品德，祝愿他们的婚姻美满幸福。

在众人的见证下，武学文和林果香携手走向了舞台中央。他们互换戒指，深情地拥抱在一起。那一刻，他们的心灵得到了最深刻的契合与共鸣。

这场婚礼成为当地的一大盛事，也成为武学文和林果香人生中最珍贵的回忆。他们感激武振华和林厂长的鼎力支持与祝福，也深知他们的婚姻是他们共同努力和坚持的结果。

婚后，武学文和林果香开始了幸福而充满挑战的新生活。他们相互扶持、共同进步，在各自的工作岗位上取得了卓越的成绩。他们的故事成为江阳拖拉机厂乃至整个小镇的佳话，激励着更多的人勇敢追求真爱与梦想。

"姐夫属于儒雅帅气的东方美男子，我姐属于聪慧典雅的东方大美女！"林果香的妹妹林丁香对这对才子佳人的结合赞不绝口。她比林果香小5岁，在省美术学院上学，这次是专程赶回参加姐姐与姐夫的婚礼。

"男才女貌，才子佳人，天仙配的一对！"年过八十的老奶奶笑呵呵地称赞孙儿、孙媳。

但她脑子里突然闪过大儿子高丹青的影子,就偏向武振华悄悄问道:"有你大哥消息吗?"

"有了,已收到他寄给高技成的好几封信,留在县公安局,看地址应该是从港区寄来的。"武振华回应老妈。

"为什么不让技成回信与他老子取得联系?"老妈疑惑。

"毕竟大哥当过国民党师长,这边还在追逃。所以,还不能让技成收看这些信件,更不能回信取得联系。侄儿还需要保护!"武振华耐心解疑。

他老妈听明白了,点点头,但想起这老家新家大团圆就缺大儿子夫妇俩,还是黯然神伤。

没过多久,老太太喜极而悲,深度抑郁而去。这让武学文哀伤不已,他内心深处难以接受奶奶已然闭眼离去的现实,跪在奶奶灵前号啕大哭。

自从接受"工农 -7 型手扶拖拉机"底盘试制工作的任务,武学文带领的技术团队就没日没夜地扑在试制工作上。

在一座宽敞明亮的研究室中,灯光从顶棚上的大灯直射而下,照亮了整个房间。武学文带领着一群发自内心热爱技术的年轻工程师,他们个个神情专注,目不转睛地查阅着各类技术资料。桌子上摆满了各种厚厚的参考样机,并排列整齐,每一台都散发着机械的气息。

白板上挂满了大大小小的图纸,技术方案被勾勒得清晰可见。武学文用准确的手势比画着,向众人解释着每个细节的关联,让每个人都能轻易理解他的构想。工程师们聚精会神地倾听,同时也不停地互相交流、思维碰撞。

在另一个角落,几名技术人员正全神贯注地拆解一台参考样机。他们仔细研究每个部件的结构和功能,并且用心细致地记录下每个步骤,以便于后续的重新组装。空气中弥漫着机油和金属的气味,他们互相配合着,手法娴熟地完成每一个操作。

时间悄然流逝,整个团队都仿佛沉浸在技术的海洋中,无时无刻不在为实现试制目标而不断努力。不论是休息时还是工作时,每个人的脑海中都充满了对于技术难点的思考。

慢慢地，一年多的努力终于有了回报。5 台崭新的手扶拖拉机样机在研究室里整齐地排列着，全新的车身和底盘散发着金属光泽。每个机器上都标注着工程师们的名字，这是团队奋斗的见证，也是他们自豪的成果。

而在试制完成的底盘旁边，还有一堆已经测试过的零部件，它们被仔细地拍摄下来，以备小批量生产时参考。这些工艺元件和工艺装备为未来的生产打下了基础，让整个团队对于手扶拖拉机的量产充满了信心。

整个研究室充满了团队的欢快氛围，每个人都流露出满足的笑容。这是一段辛勤付出和团队合作的过程，每个人都为之付出了大量的努力。

这一年，八机部首次投资 80 万元，对"工农 –7 型手扶拖拉机"进行技术改造。武学文带领的技术团队接受了这神圣光荣的任务，个个欢欣鼓舞。

车间里，生产线上，机器轰鸣的声音不绝于耳，来回穿梭的工人们忙碌地操作着机械。灯光昏暗，湿润的气息弥漫在空气中，工人们忙碌的身影在机器旁飞速闪动。

在工程师办公室里，武学文带领着技术团队的成员，他们个个神情自信，目光坚定。他们围在一张大桌子旁，看着桌上摆放着的技术设计细案，面带微笑，不断地交流着彼此的想法和意见。

而在生产现场，工人们紧密配合，熟练地操作着机械设备。他们专注而严谨地根据技术指导进行生产，经验丰富的老员工为新人们进行着指导和辅导。工人们十分忙碌，但他们的脸上充满了自豪感和成就感。

随着时间的推移，厂房内的氛围变得越来越紧张。机器的噪声似乎变得更加刺耳，工人们的步伐更加快速。他们不分白天黑夜地奋战着，尽力地生产更多的手扶拖拉机。

全厂员工热情高昂地庆祝生产出的 100 多台手扶拖拉机。处处洋溢着欢乐与团结的气氛，大家互相激励，共同分享着这一成就。

次年，当 3000 台手扶拖拉机生产出来的时候，整个厂区响起了热烈的掌声和欢呼声。工人们欢呼着，庆祝着他们共同的努力成果。大家相互拥抱，欣喜、兴奋、骄傲和自豪。

几个月后，武学文得到了领导的提拔，成为拖拉机厂的副厂长。他的办公室宽敞明亮，墙上挂着一面醒目的党旗，彰显着他加入中国共产党的身份。书桌上整齐地摆放着文件和笔记本，展示出武学文作为一名领导者的专业素养。

时常，武学文参加工作会议，与同事们交流技术和经验，讨论下一步的工作计划。会议室中气氛热烈，大家争论激烈，但又充满团结和合作的氛围。武学文积极发言，为团队提供自己的智慧和经验，得到大家的认可和尊重。

在厂里，武学文始终是大家仰慕的对象。每当他从办公室走过，同事们都会以鼓励的目光看着他，默默地为他加油鼓劲。他的成功不仅是个人的成就，更是全厂技术团队的骄傲。

通过武学文的努力，拖拉机厂焕发出新的活力，充满了创新和进取的精神。他所取得的显著成绩和党员身份的融入，让他成为拖拉机厂广大职工备受尊敬和赞赏的领导干部。

在林福康厂长召开厂务扩大会议的现场，会议室里布置得庄重而整洁。一张巨大的圆桌上摆放着厚重的文件和各种文件夹，显示出会议的严肃性。厂长办公室外挂着一个巨大的横幅，上面写着"为胜利完成红卫-8型手扶拖拉机试制再立新功"，苍劲有力的行楷令人印象深刻。

武学文副厂长坐在主席位置上，戴着一副眼镜，看起来温文尔雅。他手上拿着一份厚厚的报告，轻轻敲打着桌面，向与会人员讲述着试制"红卫-8型手扶拖拉机"的意义和挑战。他的声音铿锵有力，充满自信。

会议结束后，武学文带领着技术团队和生产车间的领导与员工离开了厂房，稻浪翻涌的农田欢迎着他们的到来。几辆拖拉机停在农田旁，一群人戴着草帽，穿着农作服，带着各种测量设备，有条不紊地开始实地调研。

他们走进农田，细心观察着几种型号手扶拖拉机的工作情况，不时交流着意见和看法。有的人拿着放大镜，认真查看每个零部件的性能；有的人小心翼翼地触摸着机器表面，试图寻找隐藏的问题；还有的人面带微笑，与农民亲切交谈，用心聆听他们对手扶拖拉机的期望和建议。

调研完毕，大家返回厂区，进入一个宽敞的会议室。武学文站在演讲台上，用干练的语言对相关数据进行了解读，分析了手扶拖拉机目前存在的问题，并展示了改进的方向和路径。

会议室里气氛紧张而又兴奋，技术团队和生产车间的领导们，激烈地讨论着改进的方案。有人拿着纸和笔，忙着记录大家的意见和建议，有人站在黑板前，用彩色的笔画出改进的示意图。大家的眉头紧皱，眼神中透露出对挑战的渴望和对成功的信心。

随着会议的结束，试制工作正式开始。厂区变得热火朝天，工人们穿着工装，忙碌着组装零部件，一份份文件在办公室的桌子上摞得密不透风，无数的涂鸦和计算公式被画在黑板上。厂区每个人都在为试制工作付出着自己的努力。

整个场面犹如一场大战，每一个人都全身心地投入，努力为试制任务而奋斗。他们彼此协作，密切配合，每个人都发挥着自己的专业优势，希望能够在新型手扶拖拉机的试制上再创辉煌。

一场轰轰烈烈的政治风暴袭来，那台原本试制中的红卫-8型手扶拖拉机半成品，静静地停在一旁，试制工作戛然而止。

好在稍后进驻江阳拖拉机厂的军宣队负责人李红安，刚好是林福康的老战友，且对造反派很不感冒。李红安不仅让林福康和武学文很快得到解放，还在新组建的江阳拖拉机厂革命委员会中安排了他们的工作，担任厂革委会的主任和副主任职务。

此外，李红安还特别关照林福康的女儿、武学文的妻子林果香，在他的斡旋下，林果香也被建议吸收进江阳县革命委员会担任副主任。

在军宣队参加的厂革委会扩大会议上，一直惦记着红卫-8型手扶拖拉机的试制工作的厂革委会副主任武学文心怀激动和期待。他迫不及待地向军宣队长与革委会主任林福康请示。因为他知道，只要得到军宣队与林福康的授权，就可以重新启动试制工作。

军宣队负责人李红安与厂革委会主任林福康认真地听取了武学文的汇报，并且经过深思熟虑后，他们表达了支持红卫–8型手扶拖拉机试制工作的决心。这一授权，如同一阵暖风吹过武学文的心头。他兴奋地道谢，心里倍感责任重大。

接下来，武学文亲临第一线，亲自指挥试制工作。他穿着一身工装，拎着工具箱，站在设计车间内。这里是他的战场，他将要用自己的智慧和才华，去推动产品设计的修改。他迅速地与工程师们交流，目光专注地观察着每一个细节，思考着如何改进。设计图纸在他们的手中不断地传递着，仿佛是一场设计的交响乐演奏会。

终于，在一片忙碌中，改进的产品设计完成了。春耕时节来临的时候，手扶拖拉机投入了田间试验。武学文紧盯着试验田，时刻关注着产品的表现。阳光透过嫩绿的麦苗洒在他脸上，他的脸上浮现出一丝微笑。试验结果相当理想，手扶拖拉机的性能得到了显著提升。

为了让每个人都能熟知这款新产品，军宣队与厂革委会请示上级主管局，将手扶拖拉机正式命名为"工农–12型手扶拖拉机"，以表彰它对于工业和农业的双重贡献。在仪式上，他的声音显得激昂而坚定，仿佛在呼唤着新时代的到来。

1971年上半年，工农–12型手扶拖拉机的生产如火如荼地展开。厂房里机器的轰鸣声不绝于耳，工人们井然有序地进行着装配。武学文身穿工作服，来回巡视生产线，他的脸上洋溢着满足的笑容。他深知，这不仅是一次生产，更是对于他辛勤付出的回报。

而就在同年的下半年，工农–12型手扶拖拉机经过了第一次重大改进设计的投产。武学文带领着团队，全力以赴地进行改进工作。他们将每一次的改进都当成一次挑战，每一次的成功都是一次胜利。他们从不满足于已有的成绩，而是不断突破自我，追求更好的品质和性能。

整个团队仿佛一个巨大的机器，人们奋力推动着它前进。在这个充满激情和汗水的场景中，武学文坚毅的眼神、工程师们忙碌的身影、工人们灵巧的手指充分体现他们对于手扶拖拉机试制工作的执着与坚持。他们正用智慧和汗水，书写着工农－12型手扶拖拉机的成功之路。

可谁也没想到，10月中旬一个上午，军宣队负责人李红安突然被荷枪实弹的三名解放军带走，随后正式宣布他上了某个反革命集团的贼船。

江阳县革委会成立了专案组，对与李红安有关联的县革委会副主任林果香、拖拉机厂革委会主任林福康以及厂革委会副主任武学文进行审查。

他们仨被分别关进小屋里"学习"。昏暗、狭小的小屋中，墙壁上布满了油污和灰尘，几只蚊子在屋里飞来飞去。屋子里弥漫着令人窒息的气味，混杂着冷汗与恐惧的味道。

专案组的成员们紧锣密鼓地展开审查工作。林果香、林福康和武学文分别被安排在不同的房间里，每个房间都显得压抑而沉闷。

林果香所在的房间里，墙壁上挂着一盏摇摇欲坠的白炽灯，发出微弱而泛黄的光。屋角堆放着一些破旧的桌椅和纸箱，空气中弥漫着一种难以言说的沉闷和紧张。

审问开始了，专案组的成员轮流走进房间神情严肃地面对林果香坐下。

"林果香，你与李红安的关系究竟有多深？"审问员开门见山地问。

林果香沉默了一会儿，然后缓缓开口："我们确实有过一些接触，但仅限于工作层面。"

"仅仅是工作层面吗？有没有涉及什么敏感信息或者不当行为？"审问员紧追不放。

林果香皱了皱眉，显得有些不耐烦："我已经说了，只是工作层面的接触。你们如果有证据，就直接拿出来好了。"

审问员对视了一眼，气氛变得有些紧张。他们知道，林果香在县革委会有着不小的影响力，想要从她口中撬出真相并不容易。

与此同时，在另一个房间里，林福康也正在接受审问。与林果香不同，林福康显得相对配合一些。他主动交代了自己与李红安的一些往来，但同样坚称没有涉及任何不当行为。

而在第三个房间里，武学文的情况则显得有些复杂。他对于与李红安的关系表现得十分模糊，时而肯定，时而否定，让人难以捉摸他的真实想法。

三个房间里的审问都在紧张而有序地进行着，但每个房间都充满了不同的氛围和情绪。专案组的成员需要仔细甄别每个人的说辞，寻找其中的破绽和矛盾，以便揭开真相。

漫长难熬的"学习班"结束后，林果香的县革委会副主任职务被撤销，降为江阳县农机局一般工作人员；林福康被免去江阳拖拉机厂革委会主任职务，降为一般工人；武学文被免去厂革委会副主任职务，降为农机厂技术员。

岳父与妻子感到很委屈，郁郁寡欢。武学文却无所谓，整天埋头搞他的农机技术研究，反而自得其乐。

林果香静静地躺在自家卧室的床上，她孕肚微微隆起，展现出明显的孕妇曲线。阳光透过窗户洒在她身上，像是一道柔和的光环，令她容光焕发。她的手轻轻抚摸着孕肚，享受着孕期的温暖和安宁。

与此同时，武学文匆匆忙忙地走进卧室，脸上洋溢着喜悦的笑容。他陶醉地望着林果香，仿佛看到了奇迹般的景象。心中满是对未来的期待和幸福。

"宝贝，你怀孕了！简直太棒了！"武学文激动地说道，眼眶微微湿润。

林果香温柔地看着武学文，微笑着点头。她知道这个消息对他来说有多么重要，于是她轻声说道："是啊，我们即将迎来一个小宝宝，我也非常开心。"

武学文情不自禁地俯下身来，将耳朵贴在林果香的孕肚上。

林果香轻轻地抚摸着他的头发，微笑着说："宝贝，我们的孩子正在成长，健康地成长。"

武学文的脸上洋溢着幸福的表情，他紧紧拥抱着林果香，用心跳声告诉她他的喜悦和爱意。他们两人共同期待着未来的到来以及他们即将组建的幸福家庭。

但林果香不仅没有摆脱孕前的抑郁，而且随着腹中宝宝的成长、孕期的不适，抑郁日益加重，折磨得她苦不堪言。

她静静地坐在床边，手抚摸着凸起的腹部，脸上始终挂着一丝忧郁的神色。房间中弥漫着淡淡的橘子清香，她曾以为这些果香能够让她忘却内心的困扰，然而现实远比她所想象的更为残酷。

每当夜幕降临，孕期抑郁像一只无形的恶兽，悄悄地侵袭着她微弱的意志。她的心底充满着难以言喻的痛苦，像是一片漆黑的夜空无尽延伸。

身体的变化让她更加意识到时间的流逝，但宝宝的成长并没有给她带来欢愉，反而加重了她的抑郁感。她感觉自己就像是孤零零地漂浮在一片茫茫的海洋中，无法握住任何一根救命稻草。

每一天，她仿佛被一道无形的屏障隔离在世界之外，与现实的联系渐行渐远。她不再像过去那样活力四射，那满是坚毅与自信的眼神早已黯淡无光。肚子里的宝宝仿佛成为她心灵深处的哀伤代言人，每一次胎动都如同撕裂的伤口，让她纠结在无尽的痛楚中。

抑郁的阴影笼罩着她的生活，她艰难地面对着每一天。炎热的夏日，她静静躺在床上，额头上渗出的汗珠流淌在她苍白的脸庞上，成了她心灵中疲惫的倒影。她的内心如同被一团乌云笼罩，再无法感受到太阳的温暖。

孕期的抑郁让她仿佛置身于一个无尽的黑暗世界，她渴望着能够逃离困扰自己的心灵枷锁，却彷徨无措。她隔着肚皮触碰宝宝的同时也感受到了自己内心的孤独和无助，这种痛楚难以言喻。

林果香深深呼吸着房间中弥漫的橘子清香，试图找回一丝内心的平静。然而，孕期抑郁并不罢休，它紧紧地缠绕着她柔弱的内心，折磨她的难以言表的苦楚越发加重。在这片鲜艳的果香背后，她面临着内心深处无法抗拒的黑暗。

夜晚，武学文焦急地踩着三轮车停在医院的门口。他焦虑地环顾四周，期待着能够早日见到妻子和孩子。

武学文推开产房的门，进入了一个宽敞的走廊，坐在凳子上，眼神不安地环顾四周。透过墙壁，他隐约听到妻子的喊叫声，带着一丝痛苦和不安。

一夜过去了，时间仿佛停滞了一样。喊叫声突然停止，武学文的心情随之紧张起来。他不停地走来走去，焦虑地等待消息。

突然，分娩室的门缓缓地推开，一个戴着白色口罩的医生走了出来。他深深吸了口气，有些吃力地说道："你妻子重度抑郁，体力无法支撑自然分娩，我们必须进行剖腹产手术。"

武学文的声音颤抖着，他迫切地恳求着："请你尽力保住母子的安全，但如果实在无法保住两个人，一定要救救我的妻子。"

医生听了武学文的请求，严肃地点了点头，他明白武学文的心情。医生们紧锣密鼓地开始准备手术，武学文焦虑地在手术室外边来回踱步。

终于，手术室的门开了，一个护士匆匆走出来，眉头紧锁。武学文的心沉了下来，他默默地注视着护士，期待她的回答。

护士微微摇头，不安地说道："孩子已经保住了，但很抱歉，你妻子未能渡过这次难关。"

武学文的眼神黯然，心如刀割。他默默地低下头，无力地摇了摇头。

这一天，武学文在医院里经历了无尽的煎熬与挣扎，最终以夫妻之间的生死别离收场，但他会坚强地承担起作为一个父亲的责任，守护着他和妻子的孩子。

在简朴的客厅里，林福康夫妇痛苦地坐在沙发上，两人面容憔悴，泪水不停地流淌。书桌上散落着一些医院的报告单和药物，彰显出他们刚刚接到噩耗的事实。房间内弥漫着沉重的悲伤氛围，似乎整个空间都被这无尽的悲痛所填满。

林福康泣不成声，揪心地捶打着自己的胸口。他声嘶力竭地说："为什么？为什么连个机会都没有，我们的宝贝就这样离开了世界？"他声音颤抖，难以置信地盯着前方。

林福康妻子泪水一滴滴地流淌，颤抖着声音说："我们的女儿，她才多大啊，为什么就要这样残忍地把她夺走？"她抱头痛苦地呜咽。

武学文小心翼翼地靠近林福康夫妇，脸上满是痛心的表情："爸，妈，我知道你们此刻的痛苦和伤心是无法言喻的，但我们必须勇敢面对这一切。"

岳父无力地颤抖地说："我无法接受这个现实，我不相信我们的女儿……"他哽咽着，言语间充满了无奈与悲伤。

武学文轻轻揽住两位老人的肩膀说："请节哀顺变。我会永远记住我的爱妻，果香她会一直在我们的心中。我也会永远与你们在一起。你们今后就把我当你们亲儿子看、当亲儿子使吧！"

岳母抽泣着，双手颤抖着抓住武学文的手："谢谢你，学文！你是我们家今后的坚强依靠，我们会努力面对这个现实的。"

林果香留给武学文的是一个男婴，他幼稚的面庞充分吸收他们夫妻俩的优点，看上去安静而聪颖，两眼炯炯有神。武学文请岳父、岳母和他二叔，给孩子取名高茂林。

为减轻岳父、岳母失去大女儿的悲伤，武学文就带着孩子住在他们家，与他们共同生活。孩子特别活泼可爱，天伦之乐带来的喜庆，让这个家庭的悲哀气氛渐渐散去。

林丁香从省美术学院毕业后被分配在江阳县文化馆工作，也常在家食宿。她见姐夫工作忙，就主动帮他照看孩子。她也特别喜欢小茂林，一有空就抱他逗他，把他当开心果，还为这开心果画了好些素描。

"姐夫你看，小茂林多可爱呀！"林丁香递过几张她的得意之作给姐夫，武学文接过摊开细看，心花怒放。

很晚了，武学文还在自己房间伏案阅读，摆弄圆规、三角尺作图。林丁香敲门走进，送给他一杯热茶。他摸摸放在桌上的茶杯，小声道了谢，喝了一小口，又继续他的阅读与工作。

周末的阳光透过窗户洒进客厅，温暖的光芒将整个房间照亮。武学文正坐在沙发上，身边是他的儿子小茂林，他们正在一起玩耍着。

房间的墙壁上挂满了一系列布满童趣的素描画。这些画都是林丁香为他们绘制的，画中描绘着父子俩快乐的场景，十分可爱动人。

武学文望着墙上的画，笑容不禁挂在嘴角。他轻轻拍了拍茂林的肩膀，指着画中的自己问道："看，那是爸爸哦，爸爸很开心吧！"茂林的眼睛眨巴了几下，然后笑着点头。

林丁香坐在一旁，专注地继续她的绘画。她手上拿着铅笔，轻轻勾勒着纸上的线条，她的眉头微微皱起，仿佛在思考着如何将这一幕幕的幸福瞬间刻画得更加精准。

武学文走过去，静静地站在林丁香的身后。他注视着她的手指在纸上舞动，一丝感激涌上心头。他轻声说道："丁香，谢谢你，这些画让我们家更加温暖。"

林丁香听到姐夫的话，停下了手中的动作。她转过身子，眼中闪烁着温暖的光芒。她温柔地回答道："这只是小小的心意，我很喜欢和你们在一起。"

周末的家庭时光仿佛为这些画作增添了什么特别的氛围。每一幅素描都是丁香帮助武学文和茂林捕捉下的快乐瞬间，将这家庭的幸福凝聚在画纸之上。在这幸福的周末里，他们一同创作着温馨可爱的画作，勾勒着彼此之间深深的情感纽带。

"姐夫，今天是你生日，我请你到前面新开的茶室庆贺一下？"林丁香赶在武学文下班走出工厂大门时，迎上去低声对他说。

"那太感谢了！"武学文欣然接受邀请。

他俩在一家茶室里坐着，氛围轻松愉快，柔和的灯光营造出温馨的氛围。

林丁香的心如擂鼓般疾速跳动，每一次心跳都像是激昂的乐章，在她的胸腔内回荡。她的手指紧紧地绞在一起，仿佛这样可以平息她内心的激动。她的眼睛闪烁着热切的光芒，那是一种混合着希望与紧张的光芒，就像初升的朝阳，虽然温暖，却也刺眼。

她深深地爱上了武学文，这份刻骨铭心的爱在她心中悄然生根，早已超越了单纯的喜欢。每当夜幕降临，她会在寂静的夜晚，凝视着月光下他的影子，一遍又一遍地在心里描绘他的模样。他的儒雅、他的深沉、他的笑容以及他与拖拉机合体的那张充满力量与魅力的照片。

她清晰地记得，他阅读时的专注神情，仿佛整个世界都消失在他的书海里。她想象着他与小茂林一起玩耍的场景，那个画面充满了童真与温暖，仿佛是她内心深处的渴望，希望能与他共享那份纯真的快乐。

她用她独有的方式在自己的脑海里用意念勾勒他的形象。每一次的勾画都是一次心灵的触摸，每一次的描绘都是一次情感的流露。她不自觉地加快了速度，仿佛这样可以让她更接近他，更了解他。她的内心被这份深爱填满，那份激动与紧张交织在一起，形成了一首只属于她的爱情乐章。

有一次，她在梦中见到了武学文，他就像一位守护神一样出现在她的面前。他牵起她的手，带她走进了一个神秘的世界。在那里，他们一起经历了很多美好的事情，包括在草原上追逐奔跑、在湖边欣赏日落、在山间采摘野花，等等。

这个梦境让林丁香感到无比甜蜜和满足，仿佛她已经真正地成为武学文的女朋友。然而，当她醒来时，现实世界中的一切变得那么陌生和不真实。她开始怀疑自己的感情是否真的可以超越亲情和伦理道德的界限，去追求那份属于自己的爱情。

林丁香微笑着，带着一丝坚定："姐夫，我觉得有些事情我必须说出来了。我对你产生了一种特殊的感情，这种感情或许有些出格，但我真的很在乎你。"

武学文微微皱眉，轻轻叹了口气："丁香，你知道我们的情况，我真的很感激你对我们的关心。但我们是兄妹，我无法忽视这样的关系。"

林丁香紧紧抓住姐夫的手，眼含泪花："你不明白，姐夫，我知道我们是兄妹，但我的感情早已超越了这种关系。我爱的不仅是我的姐夫，也是你这个人。我愿意用我的一生去证明。"

武学文面对林丁香深情的目光，心中泛起涟漪："丁香，我不知道该如何回应你的感情。我很感动，但也因为你们姐妹的关系，我对于这段感情感到困惑。"

林丁香柔声道："姐夫，我明白这对你来说可能是一个矛盾的选择。但是，我可以等待。我可以等你慢慢地接受我，接受这段感情。我只希望你能够放下顾虑，敞开心扉。"

武学文不由自主地注视林丁香，感觉她的美丽形象如同一朵绽放的花朵，散发出淡淡芬芳。她身姿婀娜，线条柔美，似乎每一处都散发着安详和善良。她的声音温柔动人，仿佛漫溢出一股温暖的力量，让人感到宽慰和舒适。

她眼神坚定又充满温情，透露着她对这段感情的真挚坚持。她微微垂下的眼睫毛透露出一丝羞涩，却又透着坚定与决心。她眼中的清澈无私，仿佛能透过人心，洞悉一切。

她的容颜如同细腻的玉石，白皙而细腻，无一丝瑕疵。她的发丝如黑色的瀑布般垂落，仿佛能够弥补一切伤痛。她的嘴角微微上翘，透露出一丝俏皮，仿佛花朵绽放时的缕缕微笑。

她仿佛林果香的升级版，更加完美和自信。她的优雅和温柔散发出一股迷人的光芒，让人为之着迷。她是那种可以让人不由自主地心生敬意和保护欲的女性，像是一朵绽放在寂静山林中的丁香花，美丽而不张扬。

武学文轻轻地握住林丁香的手："丁香，你真是个温柔善良的女孩。我感受到了你的爱，也很感激你的理解。给我时间让我思考，我希望找到能够让我们都幸福的答案。"

林丁香微笑："好的，我会一直陪在你身边的，不管你做出什么决定。只要你愿意，我愿意成为你生命中的永远。"

他们彼此的眼神中流露出深深的情感，小茶室似乎也为这份爱意点缀了一抹浪漫的色彩。

"你姐夫人品好，懂技术，确实很优秀，但你自身条件这么好，比他小这么多，嫁给他，怎么说也是二婚，这让我们在亲朋好友面前有何脸面呀！"林丁香父母听说她要嫁给她姐夫武学文，还是有心结。

"其实我一直暗恋着他，但是姐姐在时我尽量控制这种情感，因为我也爱我姐姐，我不能插足，让他们难堪。现在姐姐不在了，我替姐姐继续对他的爱，不是合情合理吗？我觉得，他值得我们姊妹俩相继爱他！我在乎的是真爱，年龄差距与二婚都无所谓，我不在乎。"林丁香将自己对武学文的情爱和盘托出，努力说服父母。

她父母始终解不开心结，但也并不坚决反对。

在林丁香的坚持与策划下，武学文与她办理了结婚手续，并借用县文化馆的场地举办了一个简朴但颇有仪式感的婚礼。

林丁香站在婚礼现场，凭借她出色的美术专长，精心绘制了布局图，上面细致而精确地标示着每一个细节。

婚礼现场是一个宽敞而明亮的老式大厅，大开的窗户让温暖的阳光洒满整个空间。林丁香感受到微风轻轻拂过她的脸庞，似乎在鼓励她将自己的创意展现给所有人。

她抬眼望向天花板，嘴角微微上扬，内心充满成就感。她精心设计的装饰，由一串亮丽的流苏倒挂而下，点缀着幸福洒满的每一个角落。流苏的颜色鲜艳而柔和，轻轻摇曳，仿佛在诉说着新婚夫妇的甜蜜故事。

林丁香的目光转向前台，上面摆放着精致的花艺作品。美丽的鲜花装点其中，纯洁的白色与浪漫的粉色相互交融，散发出令人陶醉的芬芳。鲜花之间，林丁香巧妙地摆放着两个精致的鸽子形状的雕塑品，鸽子互相静静地凝视着对方，象征着新婚夫妇永恒的爱情和和谐的婚姻。

在前台两侧，林丁香用简约而雅致的布置，使悬挂着的一排细腻的白色丝带，自舞台顶部垂落，轻轻摇曳，把整个大厅装点得更加优雅温馨。

在林丁香的布置下，整个现场焕发出美丽而庄重的气息。每一处细节都被精心与爱心相结合，令人感受到仪式感的同时，也能够感受到新婚夫妇对幸福生活的美好向往。

　　武学文的二叔武振华与二婶、红红、强强都应邀参加，此外，还邀请了他俩各自要好的同事与朋友。证婚人武振华微笑端坐在主持台前。

　　在证婚人武振华庄严肃穆的主持下，武学文和林丁香静静地走到父母面前，对着林福康夫妇深深地鞠了一躬。武学文微微颤抖的声音中饱含着满满的感恩和敬意。

　　他站在讲台上，微微低下头，紧握着手中的讲稿，眼神坚定而真诚。他清了清嗓子，开始讲话："亲爱的爹娘以及我心爱的林丁香，今天是我们最为庄严而特殊的时刻。感谢爹娘的养育之恩，让我有机会成为这个幸福家庭中的新一员。"

　　他的声音透露出一种内心的感激和感动，仿佛那些言语不足以表达他的真心。"爹娘，我无法用言语来形容我对您二老无私的爱和支持的感激之情。您二老是我在人生道路上最坚实的后盾，是我奋斗的动力，也是我生活中最温柔的依靠。"

　　"每次我陷入坎坷和黑暗中时，您二老总是第一个出现在我身边，像照亮我的灯塔一样。您二老不仅教会我如何成为一名勇敢和坚毅的人，还教会我爱与尊重他人，不论他们的出身或者身份。"

　　他的视线温柔地扫过林福康夫妇，从他们眼中看到的是骄傲和自豪的目光，也有泪水在他们眼角泛起。"丁香，你是我的生命之光，是我人生中最美丽的存在。你的温柔和关怀给予我无尽的力量，每一天与你在一起都是我最大的幸福。"

　　"今天，我站在这里向您二老承诺，我将会永远珍惜林家的爱和支持，将会用我的一生来守护和呵护林丁香。我们会一起构筑一个温馨和谐的家庭，用爱和理解来温暖每一个日子。我相信，在您二老的关爱和指导下，我们的未来将充满幸福和喜悦。"

　　说完最后一句话，武学文紧紧握住林丁香的手，眼神充满了对未来的期待和承诺。场上掌声雷动，身边的亲友也情不自禁地纷纷落泪，被这纯净而真挚的爱情所感动。

　　这个讲台上的新郎，他的话语犹如一首充满感恩与爱意的诗篇，让在场的每一位来宾都能感受到他内心深处那坚定而温暖的心声。所有人都为他们的誓言和讲话深深打动，仿佛在这一刻，他们的爱情和家庭的美满已经注定。

　　林家爹娘被感动得热泪盈眶，全场来宾爆发出热烈的掌声和欢呼声。

第十章

再创辉煌

在一个略显沉闷的春日午后，阳光透过斑驳的树影，洒在武学文那略显陈旧的书桌上，一封来自港区的信件静静地躺在那里，信封上的邮戳仿佛在诉说着一段遥远而复杂的故事。信件的内容简短却震撼——父母希望他尽快前往港区，继承那份他们一生积累的遗产。武学文坐在书桌前，眉头紧锁，手中的信纸被不自觉地揉捏得有些皱褶。

窗外，偶尔传来几声孩童的嬉笑声，与屋内沉重的气氛形成了鲜明对比。作为一位坚定的共产党员，武学文的内心充满了矛盾与挣扎。他深知，共产党员应当以人民的利益为先，追求的是大公无私的高尚情操。然而，这份突如其来的遗产，却像是一块巨石，压在他的心头，让他不禁自问："继承了这份遗产，我还能保持那份初心吗？我还配得上共产党员这个称号吗？"

带着满心的疑惑，武学文决定去请教他的二叔。二叔的家坐落在一条幽静的小巷深处，院子里种满了各式各样的花草，空气中弥漫着淡淡的芬芳。在二叔的客厅里，两人相对而坐，武学文缓缓道出了自己的困扰。

二叔听后，微微一笑，眼神中透露出一种深邃的智慧。"国共两党，历史渊源深厚，孙中山先生的'天下为公'不仅是对三民主义的诠释，也与我们共产主义的理想不谋而合。"二叔的话语如同春风拂面，让武学文心中的迷雾渐渐散去，"继承了遗产，你依然可以是那个心怀天下的共产党员。有了这笔财富，或许你能在更广阔的舞台上，为社会的进步和人民的幸福贡献自己的力量。"

尽管二叔的话让武学文有所释怀，但他还是决定向党组织寻求更明确的指导，于是向党组织做了正式汇报。

江阳拖拉机厂的党委会议室里，灯光柔和而庄重，领导们围坐一桌，围绕武学文拟去港区继承遗产的情况召开会议，气氛严肃而认真。经过一番深思熟虑的讨论，党组织给出了明确的答复：根据十一届三中全会"欢迎台湾同胞、港澳同胞、海外侨胞，本着爱国一家的精神，共同为祖国统一和祖国建设的事业继续作出积极贡献"的最新精神，原则上支持武学文前往港区继承遗产，这不仅是对个人家庭的尊重，更是争取他父亲那样的前国民党军政人员，做好我党统战工作的一次有益尝试。

会议结束后，统战部长，一位面容和蔼、眼神坚定的中年男子，亲约武学文谈话。他拍了拍武学文的肩膀，语重心长地说："学文同志，你是我们党的一员，无论身在何处，都不应忘记自己的使命和责任。继承遗产后，希望你能以更加饱满的热情和更广阔的视野，为共产主义事业添砖加瓦。"

那一刻，武学文的心中充满了前所未有的坚定与力量。他明白，无论前路如何，只要心中有党、有人民，他就能够克服一切困难，继续前行。

高丹青与叶素荣坐在自家的客厅里，客厅里的家具陈旧但保养得很干净整洁。阳光透过纱帘洒在地上，将光影斑驳投射在墙上。客厅里摆放着一张茶几，上面摆着几杯茶和一盘水果，显得热闹而温馨。

他俩满怀期待地坐在沙发上，心中充满着对儿子多年后的相见的期待和惊喜。尽管岁月已逝，但他们心中对儿子的思念始终未变，此刻儿子再次出现在他们的生活中，让他们倍感惊喜，不禁激动得泪流满面。

　　高丹青激动地："儿子，你终于来了！我们已经等了你30多年！"

　　儿子微笑说："爸、妈，我好想你们！"

　　叶素荣颤抖着说："儿子，你看你已经40了，怎么还是这么年轻英俊啊！"说着转头对叶丹青："真是太神奇了，你当年梦游素描儿子长大后的形象，就是这样呢！"高丹青会心一笑。

　　林丁香略带羞涩微笑说："叔叔、阿姨，你们好！我是学文的媳妇，叫林丁香。"

　　叶素荣温柔地说："丁香啊，你真是美若天仙，儿子不简单啊，娶了这么个漂亮的媳妇！"

　　叶素荣擦拭眼泪，转向孙子与孙女："你们是我孙子、孙女吧，快让我看看！"

　　小孙子调皮地说："奶奶，我叫高茂林，我和妹妹是您和爷爷的宝贝孙子、孙女！"

　　小孙女羞涩地说："爷爷、奶奶，我叫高雪梅，是我爸妈的开心梅，我也要成为你们的开心梅！"

　　高丹青喜极而泣："好乖宝，你们是奶奶、爷爷的心肝宝贝，真是太好了！"

　　叶素荣抚摸着孙子、孙女的脸："儿子，你们来了，这是最幸福的时刻！"

　　高丹青和叶素荣老两口精心布置了家中的餐桌，摆放着各种色香味俱全的港式美食。餐桌上摆放着古董瓷器，闪烁着温暖的烛光。他们迫不及待地迎接自己的儿子、儿媳还有可爱的孙子、孙女。

　　高丹青忍不住拥抱了自己的儿子，熟悉的温度从儿子的身体中传递过来。儿子搂着自己的妻子，妻子紧紧拥抱着两个孩子。孩子们的笑声充满了整个空间，幸福感弥漫在每一个角落。

　　高丹青和叶素荣老两口领着一家人走入装饰精致的餐厅。桌上的红酒盛满杯，瓷器中的菜肴色泽鲜艳，香气四溢。高丹青与叶素荣二老端坐在主位，儿子、儿媳坐在二老旁边，孙子、孙女兴致勃勃地在桌旁玩耍着。一家人围绕着餐桌温馨地分享着彼此的生活经历，谈笑风生。

餐桌上的港式美食香气扑鼻，儿孙们纷纷动筷，夸赞着每一道菜的美味。酒杯的碰撞声与人们的欢声笑语交织在一起，整个场景都充满了喜庆与和谐。

在这一瞬间，高丹青与叶素荣二老感觉自己身上的岁月痕迹被一扫而空，他们真切地感受到家庭的力量和温暖。他们的心中充满了无尽的欢乐与幸福，一起度过的这个特别的夜晚将成为他们一生中美好的回忆。

在一个庄严肃穆的律师事务所内，高丹青坐在一张红木桌前，微皱着眉头。他的皮肤透露出岁月的痕迹，白发苍苍，给人一种沧桑而坚毅的感觉。他的双手抚摸着真皮文件夹，心中满是希望与期待。

正对着高丹青坐着的是一位年轻而睿智的律师，他的眼神中透露出一股职业自信。他即将与高丹青交谈，为他争取他渴望的公正和合理。

律师轻轻拍打着桌子，关切地看着高丹青说道："高先生，我了解到您希望武学文改回原本的姓名，并继承部分遗产。根据我们的调查，这是完全合理的。我们会为您办理相关手续，确保您的权益得到最大限度的保障。"

高丹青微微一笑，点了点头。他低声说道："这个名字对我意义非凡，它代表我多年的辛勤努力和执着追求。我希望我的后代能够继承我的理念，继续传承下去。"

律师温和地回应道："我理解。我们将全力帮您完成这个心愿。不过，请您明确，这涉及一部分遗产的转移，我们需要确保您的遗愿合法有效，同时保护您家人的利益。"

高丹青深深地吸了口气，微微闭上眼睛。似乎在他的脑海中，回忆和梦想交织在一起，仿佛置身于一片华丽而壮观的武术场景之中。

他缓缓睁开眼睛，目光坚定地注视着律师，说道："我深信，我的小儿子鲍平安是一个具备继承我意志和精神的人。我希望将另一部分遗产留给他，让他继续我未完成的事业。"

律师微笑着点了点头。他认真地记录下了高丹青的意愿，并保证会竭尽全力为他落实。他清楚，老爷子虽然年近八十，却依然怀揣着追求卓越的信念。

现场的氛围变得凝重而庄重，仿佛高家乃至整个世界的传承都寄托在这个老人的心愿之中。在这个充满着坎坷和挣扎的岁月中，高丹青期盼着寻找到一丝希望，让他的信念得以延续。

一下拥有这么多财富，与高技成在内地即使当上副厂长后也只勉强温饱形成鲜明对照。他完全可躺平，靠啃老，就不仅可衣食无忧，且可过上上等人的富裕生活。

"可不能这样，我才40岁，正当壮年，怎能躺平啃老？"高技成心想。好几晚，他翻来覆去睡不着。他决心已下，不能躺平啃老，要靠自己的一技之长让生活更美好。他要创业。

高技成是一个有着丰富经验和追求更好生活的人。他深知自己的能力和才华，理解拥有巨大财富的幸运与自己的现实情况形成了鲜明的对比。然而，尽管这种情况似乎给了他优越的条件，他拒绝了躺平并依赖他人的选择。这个想法在他心中产生了深远的影响，导致了他几个晚上辗转难眠。

40岁正值华年，高技成在这个阶段意识到他不能放弃追求，他有潜力和能力去创造自己想要的生活。这种觉悟使他下定决心，决定依靠自己的专业技能来改善生活。在他内心的挣扎中，他意识到创业对他来说是唯一的选择。

高技成是一个渴望追求更好生活的人，他清楚自己的优势和劣势，拒绝了依赖他人的舒适生活。他内心的矛盾和挣扎表明他是一个有决心和动力的人，但他也面临着选择的困惑。

他困惑于该从事怎样的创业项目。他历经思考，却一时找不到切实可行的门路。

在老爷子安排下，高技成带着父母亲安排的伴手礼连日来连轴拜访父母的亲朋好友。他们聚在一起，共同分享着彼此的生活经历，笑声和谈话回荡在房间里。高技成听取每个人的关心和祝福，用心记住每一个细节。现场的情景充满了热闹和喜悦。

随后，高技成迎着朝阳，来到码头，感受着港湾的微风拂面。他目睹了繁华的都市景象，欣赏了绚丽的夜景。身临其境地走在港区的繁忙街道上，周围弥漫着诱人的香气，各种美食的诱惑让他垂涎欲滴。他走过熙熙攘攘的购物区，被琳琅满目的商品所吸引。高技成也参观了港区的著名景点，他站在维多利亚港边，远眺着海天一色，脸上洋溢着满足与喜悦。

通过这连日的拜访和港区之行，高技成体会到亲情的温暖和友谊的珍贵。同时，他也对港区的文化和人民有了更深的认知，体会到这个繁华城市的无限魅力。

他长时间未理发，头发已经变得很长。这天，高技成来到一家理发店，他推开门，店内干净整洁，店员们正在忙碌着。他走到柜台前，礼貌地问道："请问理个发的价格是多少？"

柜台上的年轻女店员微笑回答："20元港币。"

高技成皱了皱眉头，"这么贵呀！在内地理个发才1元5毛。"

他心里暗自比较着。店员见他犹豫不决，立刻补充道："我们店的理发师都很有经验，服务一流，保证您满意。"

高技成想了想，知道自己的头发确实需要剪一剪了，于是决定试试看。他点点头，跟着店员走进了理发区域。

一位彬彬有礼的理发师迎了上来，微笑着请他坐下。高技成听到他的声音，脑海中浮现出一个友善和专业的形象。

理发师开始动手，手法娴熟，电推剪飞快地在高技成的头发间移动着。但突然，电推剪卡住了几次，夹到了他的头发，让他感到不舒服。

高技成不禁皱起了眉头，心想：难道这里的电推剪都有问题吗？他观察了一下周围，发现其他理发师也都在用手动的推剪。

他受到一丝启发，心下暗暗决定要走访其他理发店，看看是不是普遍存在着电推剪不好使的问题。他决定以顾客的身份去了解更多情况。

在一个小实验室里，高技成专注地坐在桌前，手中拿着一把拆开来的电推剪。周围桌上摆放着来自不同厂家的几十把电推剪，都被他拆解得七零八落。

阳光透过实验室的窗户洒向他身上，照亮了他专注的表情。他仔细研究每一个细节，将电推剪的部件分开，用放大镜仔细查看。一个想法涌上他的脑海，他要创造出最好的电推剪。

几个星期忙碌的时间过去了，高技成带着满脸胜利的笑容，将一件电推剪样品放在桌上。样品外观简洁大方，透露出一股难以抗拒的魅力。

高技成果断地购买生产设备和零部件，生产这种全新的高性能电推剪，他雇用了十来个技术员工。凭借手中各种精密的工具，他们互相配合，按部就班地组装电推剪的各个部件。

新式电推剪生产线上忙碌起来，机器的声音和员工们的笑声交织在一起。他们的眼神充满了对未来的期待和希望。每个人都用心地工作，因为他们知道他们正在创造一种非常好的产品。

终于，全新高性能电推剪样品出厂了。高技成如一个孩子般开心地将样品放在包装盒中，准备送给几十家理发店试用。他怀着激动的心情，想象着每一家店主得到电推剪时的惊喜和满意。

葵涌工业区内，一座巨大的电推剪厂厂房矗立在眼前。厂房外围高大的围墙上，醒目地挂着一块车间生产线加速建设的横幅，彰显着这座厂房的特殊意义。

厂房内部灯火通明，高技成一边检查着各种设备的安装情况，一边指挥着工人们生产。机器的轰鸣声响彻厂区。

与此同时，在一间细致布置的临时办公室内，高技成和他的父母、妻子林丁香正在商讨着开业典礼的细节。林丁香手持一张纸，上面画满了花花绿绿的装饰图案，她专注地给每一项活动都安排好了流程和时间。

带着林丁香所设计的典礼场景的几百张请柬，派发到各大企业和机构。

那些拿到请柬的人们，无不期待着这个具有盛大气势的庆典。

就在高技成的新型电推剪厂即将举行开业典礼的前两天，厂房里的气氛异常紧张而又热烈。工作人员穿梭于各个角落，忙碌地布置着会场，修整电推剪的展示样品，准备着邀请嘉宾的到来。灯光照耀下，整个厂区被笼罩在一片喜庆的氛围中。

高技成穿着整洁的西装站在厂房中央，眉头紧锁，神情犹豫不定。忽然，一名手持加急电报的工作人员匆匆走进厂房，面色凝重地递给了他。高技成接过电报，疑惑地打开一看，脸色立刻变得苍白。

他转身看向身边的妻子林丁香，心情沉重地说道："岳父病危，我们需要赶回去看他。"

林丁香紧紧地咬着嘴唇，不安地望着高技成，双眼中透露出无助与焦急。她知道，这个消息对高技成来说是一个巨大的考验，他既是女婿，又是岳父的手下，他不得不面对两个重要的角色。

高技成犹豫不决地皱起眉头，陷入了深深的纠结。他为难地说道："可是，后天就要举办开业典礼。如果我不在场，会给嘉宾们留下不好的印象。"

林丁香轻轻地握住高技成的手，坚定地说道："没办法，咱俩兵分两路，我赶回去看咱老爸，你留港主持开业典礼！"

高技成心如乱麻，内心纠结不已。林福康不仅是他的岳父，还是他的领导，更对他有知遇之恩、再造之恩。他无论如何也不能对林福康的病情置之不理。

然而，新型电推剪厂的开业典礼即将到来，怎能在这个关键时刻缺席呢？高技成抬起头，眼神坚定地注视着林丁香，他知道自己必须做出一个艰难的决定。

此时的他，多想有分身之术，让他既能留在港区主持开业典礼，又能陪伴林福康。然而，现实无情地摆在他的面前，他必须在两个选择之间做出取舍。

林丁香轻轻地拍着高技成的肩膀，温柔地劝说道："你留港主持开业典礼吧，我代你回去看望爸爸。"

高技成的思绪纷乱，矛盾地权衡着。直到深夜，他终于下定决心，他决定取消后天的开业典礼，陪同林丁香一同赶往江阳看望病危的岳父。

第二天，高技成和林丁香带着满腔牵挂和担忧，携一儿一女乘坐飞机赶回江阳。他知道，虽然失去了一次展示成果和实力的机会，但他更明白，家庭的温暖和关爱永远比任何功成名就重要。

高技成和林丁香走进江阳医院危重病房，房间内的气氛凝重而沉默。光线昏暗，透过窗帘的缝隙的阳光点点洒在病床上。他们心中都有着一丝不安，紧张地走近病床，看着躺在那里的父亲。

父亲的面容随着岁月的流逝变得苍老不堪，脸上的皱纹似乎刻印着岁月的痕迹。他干瘪的嘴唇微微张合，试图说出一些话语，但声音无法传出。然而，从他眼中流露出的神情，可以感受到他内心的挣扎和想表达的信息。

林丁香痛苦地注视着父亲，泪水不禁涌上眼眶："爸才70多一点，怎么成这样了？"她难过地问道，声音里充满着忧心和无奈。

她的母亲凄然地抽泣着，擦干眼泪，努力镇定自己的情绪："那年他被免去厂革委会主任职务，被迫靠边站。这件事情一直困扰着他，让他无法释怀。就像你大姐果香一样，因为那段时间的打击导致抑郁症，你们去了港区，他时刻牵挂着你们，患病的身体情况也逐渐恶化，最近就变成了现在这个样子。"母亲低声细语，悲伤和疲惫交织在她的语气中。

高技成握紧了他们父亲的手，眼神中充满了愧疚和心痛。他深深地吸了一口气，试图安慰林丁香和母亲："妈妈，我们一定会努力照顾爸爸的，不让他再受苦。请您放心，我们会尽力让他恢复健康。"他的声音中透露出坚定的态度。

林丁香擦干脸上的泪水，眼中闪烁着希望和坚强："爸爸，我们会陪着您度过这段艰难的时光，为您找回属于您的尊严和幸福。请您相信我们，我们都会竭尽全力的。"

他们三人瞬间形成了一种无声的默契，每个人的眼中都闪烁着付出的决心。在病房内，时间仿佛静止了，只有他们之间的对话和相互承诺，回荡在这片寂静的空间中。他们绝不放弃，要一起面对并战胜眼前的困难和痛苦。

林丁香和她母亲坐在家中的客厅里，灯光昏暗。外面正是黄昏时分，微风吹过窗户，掀起了一阵窗帘的轻轻摆动声。在沉默的氛围中，林丁香沉思着，她渐渐有了一个猜想。

林丁香抬起头，眼神里透露出一丝迷茫，她对坐在对面的母亲问道："总感觉老爸想表达什么，他还有什么不能释怀的心愿？"她的声音充满了疑惑和好奇。

母亲静静地看着女儿，眼里闪烁着岁月的沧桑和深邃的智慧。她轻声地笑了笑，然后缓缓开口："他可能想看看两个外孙，看他们长多大了、什么模样？他常念叨的就是这心愿。"

林丁香的心跳一下子加快了，她不禁好奇地问道："外孙？"母亲点了点头，嘴角勾起一丝温柔的笑意。"是的，他总是在我们的谈话中提到。我想，他一定很想见到他们，看着他们茁壮成长的模样。"

林丁香细细品味着母亲的话语，脑海中浮现出一幅画面——夏日的午后，阳光透过树梢洒在一个宽敞的花园里。花园中有鲜花盛开，草地上布满了绿意。一位白发苍苍的老爷爷躺在摇椅上，享受着微风轻抚脸颊的舒适。旁边有两个可爱的孩子，一个男孩、一个女孩，他们正在游戏欢笑着。老爷爷欣慰地看着他们，脸上洋溢着满足和幸福的表情。

在高技成和林丁香的安排下，高茂林走到外公的病房前，高雪梅跟在他的身边。高茂林高大的身影出现在外公眼前。他的脸庞英俊挺拔，五官深邃而精致，显得更加成熟稳重。他看起来和他的亲妈林果香有着惊人的相似度。高雪梅是一个青涩而可爱的女孩，她红扑扑的脸上洋溢着天真无邪的笑容。她的黑发漂亮而柔顺，微微的腮红衬托着她清秀的面容。

两人站在外公的床前，轻柔的声音传入外公的耳中，询问他的情况。外公仿佛感受到了他们的关心，脸上露出一丝微笑，双眼平静地合上。整个房间弥漫着温馨和平静的氛围。

这一刻，整个房间里弥漫着一股浓浓的亲情和温暖。外公的笑容渐渐地融化在这温馨的氛围中，他闭上了眼睛，仿佛在享受着心灵的宁静和满足。

高技成与林丁香夫妇和孩子们都默默地陪伴着外公，他们的心中都有一份深深的感激和感动。他们明白，这一刻，是他们给予外公最宝贵的礼物——陪伴和爱。

送别林福康几个月后，高技成和林丁香带着孩子来到二叔武振华家。他们还未敲门，二叔早已听到了他们的声音，迎了出来。

"二叔，好久不见了！"高技成笑着打了个招呼。

进到二叔的屋子里，小屋摆设简朴，但非常整洁。二叔和二婶舒适地坐在藤椅上，与子女们聊天。

"二叔，听说红红与强强都在外地上大学，您从县公安局退休后与二婶赋闲在家，是不是有些孤独寂寞？"林丁香笑着开口问。

武振华子女还是改回姓高，大女孩叫高红艳，小名红红，小男孩叫高自强，小名强强。

"不孤独，不寂寞，我最近喜欢上了武侠小说！"武振华挥手笑答。

"是啊，我们带了一份您喜欢的礼物。"高技成说着从大包里取出了一套精装版金庸武侠小说，轻轻地放在二叔面前的茶几上。

武振华看着精装版金庸小说，惊喜地叫了一声："哇！这是金庸先生的作品啊！真是太好了！我可以在家里安静地读读武侠小说，解闷了。"

高技成与林丁香接着打开大纸箱，将一台彩色电视机取出。武振华见状兴高采烈地拍着手说："太棒了！现在可以在自己家里看电视了，而且还是彩色的！真是太感激你们了。"

大家看到武振华很兴奋，都纷纷笑了起来。

高技成和林丁香陪着武振华一起看电视，家里洋溢着温馨快乐的氛围。

这一天，他们在二叔家中度过了一段愉快的时光，笑声和欢乐充满了整个屋子。这一刻，一家人的情感更加紧密了。

高技成与林丁香一家四口带着孩子们和外婆回到港区，给她办了移居港区的手续，让她今后就跟他们生活在一起。

安顿好后，他们重新规划开业典礼的事。在重阳节这个特殊的日子里，在港区葵涌工业区高技成的舒顺电推剪制造厂门前热闹非凡。厂区中悬挂着鲜艳的红色横幅，上面写着"舒顺电推剪制造厂开业典礼"的金色大字，闪烁着迎接新起点的光芒。

原本，开业典礼的布置和流程一直是个棘手的问题，然而，这一次因为林丁香的重新设计而焕然一新。她巧妙地将现代与传统融为一体，给整个典礼增添了别样的韵味。飘扬的丝带和鲜花装饰点缀着会场的各个角落，细腻的灯光在迷人的氛围中映衬出璀璨的场面。

厂区入口处，高丹青与叶素荣夫妇身着华美的礼服，笑容满面地迎接前来祝贺的宾客。他们作为舒顺电推剪制造厂创始人高技成的父母亲，也是这次开业典礼的重要嘉宾，展现着他们的骄傲与自豪。

而舞台上的主角，则是高技成。他身着一袭新款西装，英俊潇洒的面容上洋溢着兴奋和自信。他稳步走上舞台中央，微微一笑，拉开了整个典礼的序幕。

典礼现场，林丁香作为活动的指挥，站在高技成的身旁。她手持话筒，忙碌地为每个环节做着细致的安排。她的目光扫过会场，确保一切井然有序。她身着一袭洁白的裙装，给人一种优雅而又自信的感觉，成为整个典礼中一道亮丽的风景。

而在座的宾客也是美发界的名流，他们个个穿着华丽，气质出众。他们相互交流着最新的美发技术和行业动态，热情洋溢地欢迎新成员加入他们的大家庭。

高技成站在舞台上，目光坚定而自信地扫视着全场。台下的观众们静静地等待着他的发言。他拿起话筒，声音坚定而有力地响起："亲爱的客户、尊敬的嘉宾，非常感谢各位能够出席今天的开业典礼！"他的声音充满了自信和激情，让人不禁被他的热情所感染。

高技成回顾着他创建舒顺电推剪制造厂的艰辛历程，他深情地说："做最好的电推剪，是我们的追求。舒顺，是我们这款电推剪的设计制造理念，所以我们的制造厂取名为舒顺电推剪制造厂。我们要让理发店的顾客与理发师都感受到这款电推剪的舒顺，舒顺理发，快乐理发！"

他展示了舒顺电推剪制造厂的产品。他描述着产品的创新之处和独特之处，充满自信地说道："我们的产品内装高性能微型电机，按控装置十分轻巧灵敏，还拥有先进耐用的齿片技术，外壳材料无毒无害轻便。这都是我们自主研发而拥有自主知识产权的专利技术。"

台下传来了一阵热烈的掌声，嘉宾们仿佛看到了舒顺电推剪制造厂的美好未来。高技成继续道："我们的团队由一群富有创造力和经验丰富的工程师和设计师组成。他们不仅参与了产品的研发与改进，还致力于不断创新，提供更加满足客户需求的电推剪。"

他走下舞台，走向观众席，亲切地与大家交流："我相信，通过我们的努力和不断追求卓越的精神，舒顺电推剪将成为市场上的引领者，为更多人带来美好的剪发体验！"

高技成强烈的自信和激情的讲话让每个人都感受到了他对舒顺电推剪制造厂的深深热爱和信心。嘉宾们个个脸上都洋溢着期待和兴奋的表情，他们相信，舒顺电推剪在高技成的领导下，一定会展现出无限的发展潜力并成为行业的领军品牌。

舒顺电推剪制造厂的开业典礼现场充满了欢声笑语和喜气洋洋的气氛。人们沐浴在温暖的阳光下，期待着这个崭新的开始能够带来更多的希望与成就。

考虑到市场份额的扩大，高技成一边继续生产，一边开始了销售工作。他们以性价比优越为卖点，迅速占领了港区市场，并开始进军东南亚市场。订单源源不断地涌入，公司迅速发展起来。

时间过得飞快，公司的声誉迅速传播，高技成却不满足于此。他要进一步改进产品，把插线与电池电推剪升级为充电电推剪。这一次，他们更加专注和高效地进行了研发工作。

欧美市场迎接着他们的到来。市场份额迅速扩大，他们的产品凭借着优越的性能和更高的性价比，赢得了全球消费者的青睐。

欧美市场犹如巨大的金矿，充满了无限的潜力和机遇。当高技成和他的团队踏上这些土地时，他们迎接着来自世界各地的期待目光。他们的到来，如同温暖的阳光洒向了这片繁荣的土地，激发了无数希望与可能。

他们站在巨大的展览中心里，面前是琳琅满目的商品和各式各样的机械。这里充满了活力和创造力，各地厂商争先恐后地展示自己的最新产品和技术。高技成和他的团队就像战士一样，他们的目光坚定，准备征服这个世界。

高技成的公司生产的电推剪在这个市场上格外引人注目。它的设计简洁而优雅，性能卓越，性价比高，几乎没有任何瑕疵。这款电推剪似乎是专为全球消费者而生的，它具有适应各种发质和发型的强大功能，无论是硬发还是软发，都能轻易应对。

在展览会上，高技成亲自站台为这款电推剪代言。他详细地向观众们介绍了这款产品的优点和特性。他的话语充满自信和热情，他的专业知识和对产品的热爱深深地打动了在场的每一个人。

"这款电推剪是我们对全球消费者的承诺，"高技成说，"我们希望每一个理发师都能拥有它，都能用它来创造完美的发型。我们希望每一个消费者都能感受到我们的热情和专业。"

他的声音在展览大厅中回荡，就像一曲激昂的赞歌，激发了人们对美好未来的向往。观众们被他的热情所感染，他们纷纷围上来，对这款电推剪表示出极大的兴趣。

展览会结束后，高技成的公司收到了大量的订单。他们的市场份额迅速扩大，成为世界电推剪之王。全球消费者对他们的产品赞赏有加，他们用实际行动来支持这个品牌，使它在市场上如日中天。

在一个喧嚣且充满活力的办公室中，高技成坐在一角，心无旁骛地专注于工作。他的眉宇之间充满了决断与毅力，目光坚定如同远航的灯塔，不受周遭喧闹环境的干扰。他的手指在键盘上跳跃，如同演奏一首激昂的交响乐，传达着他对工作的热爱与执着。

他的背后，是一个由专业人士组成的精英团队。每个成员都是他们各自领域的专家，他们的眼神中充满了对未来的期待和必胜的信念。他们围绕着高技成，就像众星捧月，时刻准备着为他们的领导者贡献自己的力量。

高技成已经不再是一个人在战斗。他是一位领导者、一位引领者。他的背后有强大的团队，他的手中握有创新和策略，他的心中装有决心和信念。他引领着这个团队，像一艘巨大的航船，迎风破浪，向着更广阔的目标前进。

他们坚信，他们的电推剪将会继续创造出更多的惊喜，让世界为之瞩目。这种信念源于他们对产品的深度了解和信任，也源于他们对未来的期待和希望。

在这个繁忙的办公室中，工作节奏快而有序，每个人都在自己的岗位上忙碌着。他们的脸上都洋溢着自信和喜悦，他们知道他们的工作并不只是为了生计，更是为了实现共同的目标，为了创造更多的可能性。

在这个充满挑战与机遇的时代，高技成和他的团队就像一支勇往直前的航队，他们不畏艰难，不惧挑战，他们坚定地相信，他们的电推剪将会让世界为之瞩目。他们的故事将在这个瞬息万变的世界中留下深刻的印记，而他们也将成为这个时代的英雄。

第十一章

遭遇庞骗

鲍平安应邀从鹏圳来参加了他大哥高技成的舒顺电推剪制造厂开业典礼。这是他们兄弟二人的首次见面，却犹如旧友重逢，充满了深深的亲情与温暖。

鲍平安虽然已经三十出头，但他的面庞仍然保持着少年的清新和朝气，这是多年在海上的生活所赋予他的独特气质。他的眼睛里闪烁着智慧的光芒，他的笑容则让人感到一种来自内心的温暖。

而高技成，虽然比鲍平安年长 10 岁，但他的外表看起来丝毫不显老态。他的面庞刚毅而深邃，一双明亮的眼睛里透露出一种对未来的坚定信念和对过去的深深怀念。他穿着一身简洁的黑色西装，身姿挺拔，气质非凡。

他们的体型、面貌都十分相似，高技成继承了父亲的高挑身材和英俊面容，而鲍平安则遗传了他们的母亲叶素荣的基因，也是英俊而坚毅。他们的交谈，没有一丝生疏和隔阂，仿佛是多年的朋友，仿佛自小就在一起生活。

"平安，我很高兴你能来参加我的开业典礼。"高技成看着鲍平安，眼中满是欣喜和感动，"我知道我们兄弟二人没有在一起生活过，经历也各不相同，但是我想说，无论你在哪里，无论你做什么，我们都是兄弟，我们都有着相同的血脉。"

鲍平安听着这些话，心中涌上一种难以言表的感动。他知道，虽然他们未曾在一起生活过，但是他们的血缘关系是永远无法割舍的。他们的话语、他们的动作、他们的笑容，都流露出一种深深的亲情和割不断的血缘关系。

他们的手紧紧地握在一起，就像两颗心在相互碰撞。鲍平安心中默念道："好哥哥，很高兴能够见到你。无论我们经历了什么，无论我们的未来会如何，我都会珍惜这份兄弟情谊。"

他们的话语在空气中回荡，他们的笑容在海风中飘扬。这一刻，他们仿佛感觉到了时间的流逝和岁月的变迁。他们仿佛感觉到了高丹青和叶素荣的注视和祝福。

兄弟俩有着不同经历、不同背景，却因为相同的血脉而紧密相连。他们的故事充满了挑战、希望和爱。他们的故事将会继续下去，无论未来会如何，他们都会珍惜这份兄弟情谊。

在这个晚上，高丹青和叶素荣的家中洋溢着一种特殊的喜庆气氛。他们为小儿子鲍平安从鹏圳来港区与大家庭团聚而举办了一个隆重的家宴。鲍平安的大哥高技成、大嫂林丁香以及他们的孩子高茂林和高雪梅也出席了这个庆祝家宴。高技成的岳母也应邀参加了这个聚会。

家宴上，一盘盘热气腾腾的菜肴摆满了大圆桌，各种美味佳肴散发出诱人的香气。人们一边享用美食，一边热烈地交谈，分享着各自的生活经历和感悟。鲍平安和高技成兄弟二人更是亲切地聊着天，仿佛有说不完的话题。

在宴会进行到一半的时候，高丹青和叶素荣决定让两个孩子也来表达一下对二叔鲍平安到来的欢迎之情。18 岁的高茂林和 9 岁的高雪梅有些害羞，但他们还是勇敢地站了出来，用稚嫩的话语向鲍平安表示欢迎。

高茂林说："二叔，我们全家都很欢迎你。你来了，家里变得更热闹了！"

高雪梅接着说："二叔，我很喜欢你，你给我们讲的故事都很好听。"

鲍平安听了两个孩子的话，心里非常感动，他感慨地说："谢谢你们的欢迎，我会一直陪着你们玩，给你们讲故事的。"

此时，林丁香突然站起身来，走到墙边拿起画笔，画起了一幅素描画。这幅画描绘的是鲍平安、高技成、高茂林和高雪梅四人在家宴上欢聚的场景。

高丹青看到这幅画后，大加赞赏道："丁香，你的画技真是越来越好了，可把我这老画家比下去了！"

其他人也都纷纷称赞林丁香的画技。

家宴在欢声笑语中度过。高丹青和叶素荣看着一家人和睦团聚的情景，心中充满了喜悦和满足。他们深知这个家庭能够团聚是来之不易的幸福，因此倍加珍惜这个时刻。

家宴结束后，高丹青和叶素荣把鲍平安带到他们的书房里。他们从书架上拿出一本厚厚的相册，里面收藏着他们家族的照片。他们向鲍平安展示了这些照片，讲述着每一张照片背后的故事。鲍平安看着这些照片，深深地感受到了这个大家庭的温暖和爱意。

在这个晚上，鲍平安感受到了从未有过的幸福和满足。他与家人团聚的愿望终于实现了。他感到自己融入了这个温暖的大家庭中，成为一名真正的家庭成员。

夜深了，高丹青和叶素荣安排鲍平安与他们一起睡在一张大床上，他们三人相互依偎着，聊着小时候的趣事。高技成在床前坐着旁听，他与鲍平安听着这些感人的故事，心中感到无比幸福和感激。

在这个三世同堂的家宴中，鲍平安找到了属于自己的归宿和幸福。他知道，他不再是一个孤独的人，他有一个温暖的大家庭支持着他。

"原本邀请了你养父鲍大恩先生一起来港出席技成的开业典礼的，他怎么没来？"高丹青问道。

鲍平安喝了一口水，打了一个嗝，不安地回答："养父他遭遇了一件很不幸的事，让他苦恼不堪，整天唉声叹气。"

"遭遇了什么事，这么严重？"坐在一旁的高技成插话追问。

鲍平安这才从头道来。

两年前的一天，鲍大恩的老街坊拿着一张精美的传单兴奋地给他看，说一家名叫高科技荔枝园开发有限公司的港资大公司，在鹏圳郊外的丘陵地带运用先进科技开发了大片速生优质荔枝园，每棵树的产量高达800斤，按市场最低价3元／斤算，一棵树能卖2400元，除去工人和保养等成本300元，每棵树的净利润为2100元。传单上还写着，公司要与内地人民分享这个高回报的项目，现在投资1万元人民币就可以立即获得5%的月度红利，连续3个月，3个月后年度分红，以后分红会随着荔枝价格的上涨而上涨。

"你看，有图有真相！"老街坊指着传单对鲍大恩说，显得十分得意。

鲍大恩疑惑地问："你投了吗？"

老街坊得意扬扬地回答："我与几个朋友每人投了5万元，当月就拿到了2500元的分红，这相当于60%的年息，比存银行不知高多少！"

鲍大恩半信半疑地问："真的吗？"

老街坊信誓旦旦地说："那还有假？你不妨试试。不过听说那个公司扩资规模快满了，满了以后就暂停增资了，错过这个机会就可惜了！"

鲍大恩心动不已，回到家中与家人商议。鲍平安和阿珠有些疑虑，但鲍大恩和妻子觉得这是个发大财的好机会，决定用高丹青上次送给他们的10万港币进行投资。

投资后第一个月，鲍大恩果然拿到了6500元的月度红利，连续3个月后，他感觉太值了，老两口喜不自禁，鲍平安小两口也从疑虑转为欣喜。

庆幸之余，鲍大恩觉得这么好的投资机会，也应该让老朋友分享，就给两个好友做了介绍推荐，他们也都照此办理去投了资。

然而一年后，他们根本拿不到年度分红。公司总是以各种借口推托，安抚他们说稍后会给的。

第二年春节后，鲍大恩他们再去找那家公司，却已是人去楼空。他们尝试按传单上的地址寻找那片郊外丘陵地带的荔枝园，却被告知那片荔枝园并不属于那家所谓的高科技荔枝园开发有限公司。他们这才发现自己上当受骗了。

受害者来到鹏圳招商局门前，捶胸顿足，悲天恸地，愤怒地责问招商局怎么找来这么个港资企业，骗得他们血本无归。招商局告知，这不是他们引进的正规港资企业，但他们可以代为报案。

鹏圳市政府高度重视这起案件，专门召集公安、民政与金融等相关部门的办公会。金融部门相关负责人分析这是典型的庞氏骗局。市政府责成公安部门牵头尽快查清案情，追回赃款，把损失降到最小；同时责成民政与金融部门安抚受害群众，告诫广大市民要严防庞氏骗局。

公安部门追查后发现，所谓的高科技荔枝园开发港资公司是非法进入鹏圳进行庞氏骗局的虚假公司。公司负责人潘大钱是港区公民，但这是他到鹏圳后用的假名，其真名是胡槐树。胡槐树通过这种方式诈骗卷走了10多亿人民币，目前已离开鹏圳或已逃回港区。

"胡槐树？又是这家伙？"高丹青听到这里突然大声插话。

"就是当年偷了邢将军字画到您这里欺诈销赃的那个胡槐树？"高技成问他父亲。

"就是他，还以为这家伙不在港区了。没想到他又以港资身份跑去鹏圳行骗。真是狗改不了吃屎的本性！"高丹青十分气恼，转而吩咐大儿子："技成，你与平安两兄弟一定要尽快联系上鹏圳公安与港区警方，配合他们把胡槐树那家伙找到，绳之以法！"

"好的，我们照办！"高技成回应父亲的吩咐。

高丹青给高技成与鲍平安兄弟俩下达了指示，却并未当甩手掌柜，而是亲自操刀，制订了周密的"作战方案"。

月黑风高的夜晚，港区的灯火在雾气中显得模糊不清。高家雇请的私家侦探斐翔，站在吊颈岭山顶，俯瞰着下面的城市。他手中的望远镜不断扫视着下面的街道和巷子，寻找那个消失了许久的熟悉身影。

突然，一束微弱的灯光在远处一闪而过。斐翔立刻锁定了光源的方向，只见一个身影在树林的阴影中穿梭。那正是他们寻找的胡槐树。

斐翔小心翼翼地尽量不发出任何声响。他的步伐轻盈而坚定，就像一只在夜晚狩猎的猫头鹰。他的目光紧紧地锁定在前面的胡槐树，心跳像战鼓一样在他的胸膛中敲响。

随着胡槐树的行踪逐渐清晰，斐翔发现他们的团伙在半山腰上的一个废弃仓库里藏身。他远远地观察了一会儿，记下了每个入口和出口，然后悄然离去。

当晚，斐翔将这个信息告诉了高家。

"那赶快报警吧？"高技成看他老爸高丹青这样说。

"还不可以，不能打草惊蛇。我们只知他在内地犯了巨额诈骗罪，而港区与内地并无犯罪嫌疑人引渡协议。所以还要进一步了解其犯罪事实，最好在其内部安插一个线人，掌握更多信息。"高丹青皱皱眉头，对高技成与斐翔说。

"安插内部线人要大价钱。"斐翔说。

"没问题，我们给你足够的经费，至于给线人多少，你决定。我们只认最终结果。"高丹青爽快回复斐翔的要价。

一个多月，斐翔投入了大量精力和时间。他每天都在寻找线索，研究胡槐树的行为模式，深入了解他的团伙结构和运作方式。他不仅要隐藏自己的身份，还要时刻保持警惕，以免被胡槐树的人发现。

在这个过程中，斐翔变得比以前更加敏锐和警觉。他的观察力变得极为出色，能够捕捉到最微小的细节，并从中发现有用的信息。他的直觉也变得更加敏锐，能够准确地预测出胡槐树的行为和决策。

最终，斐翔成功地在胡槐树犯罪团伙内部找到了一个叫支晓回的线人。这线人在团伙中担任一个小头目的角色，对于团伙的内部运作和胡槐树的决策有一定的了解。

斐翔和这位线人保持着紧密的联系，通过秘密的方式交流信息。线人向斐翔提供了胡槐树在内地进行集资诈骗的详细经过，包括诈骗的方式、金额、受害人等。他还提供了胡槐树在港区的若干犯罪事实，包括抢劫、盗窃、贩毒等。

斐翔在高丹青与高技成父子的陪同下，走进灯火通明的客厅。他眉头紧锁，脸色严肃。他将最新的进展汇报给了这对父子，一时间，客厅内弥漫着紧张的气氛。

高丹青与高技成父子俩紧盯着斐翔，他们的眼神中充满了期待与紧张。当他们听到胡槐树在内地进行集资诈骗的详细经过以及他们在港区的犯罪事实时，他们的脸色骤然一变，但随后又变得欣喜起来。

"很好，斐翔，你的工作非常出色。"高丹青说道，他的声音中充满了赞许和鼓励。

"谢谢。"斐翔回答道，他显然也对自己的工作感到满意。

紧接着，高丹青递给高技成一张字条，字条上写着几个电话号码和地址。高技成拿起电话，拨通了号码，向港区警方和内地公安报警。警方快速响应，内地公安迅疾派人到港，与港警达成临时合作协议。

港区警方迅速出警，前往吊颈岭半山腰上的废弃仓库抓捕胡槐树诈骗团伙成员。然而，当警方赶到现场时，却发现仓库内空无一人。

"这是怎么回事？"领头警长不解地发问。

"看来我们警局有内鬼，"随行高级警员猜想，"肯定有人给胡槐树通风报信了。"

夜晚的港区，已被特大台风彻底笼罩。狂风如狼，凶猛地刮擦着窗户，仿佛要将其强行撕裂。暴雨如注，打在屋顶上发出震耳欲聋的声响，似乎要将整个世界吞噬。室内，高技成和林丁香心急如焚，他们的女儿高雪梅仍然音信全无，这使得他们忧心如焚。

"我得报警了。"高技成看着林丁香，语气有些无助。

"再等等，技成。"林丁香紧握着他的手，眼神里充满了担忧，"爸爸刚打过电话，他让我们等一会儿。"

正说着，门口传来了敲门声。斐翔，这个他们信任的私家侦探，满身湿漉漉地站在门口。他从高丹青那里得到了高雪梅的消息，立刻赶了过来。

高丹青写了一张字条，上面是给支晓回的信息。他交给斐翔，让他尽快将这个消息传达给支晓回。斐翔领命后，立刻冒着风雨离去。

没过多久，高技成接到了一个陌生的电话。电话那头是高雪梅的哭喊声和一个粗野的江西口音老男人的威胁："你们立刻送来300万，并且保证不再报警骚扰我，否则你的女儿就永久留在我这里了！"

林丁香听到这电话，顷刻间崩溃了，她大声地哭喊着："天哪，这怎么得了呀！快想办法救我们女儿呀，她不能有任何闪失呀！"

然而，高丹青看上去不慌不忙，胸有成竹。他安抚大家："不要急，按这个地址赶紧报警！"高技成照此办理。他们随港警迅速赶赴现场。

这次行动异常顺利，胡槐树团伙还没反应过来就被港警一网打尽，高雪梅被救回。

这一切都归功于高丹青通过斐翔安插在胡匪内部的线人支晓回。

原来，那线人支晓回也曾是高丹青在军校教过的学生，他看过高丹青通过斐翔带去的字条后，信誓旦旦保证会保护好高雪梅，并告知了详细地址。这样，港警吸取了上次教训，以迅雷不及掩耳之势来了个瓮中捉鳖，将犯罪分子一网打尽。随后将胡槐树团伙绳之以法，并追回了部分赃款。这场风波最终得以平息。

不过，被救回的小雪梅却脸色苍白，眼神呆滞，显然受到了极大的惊吓。回到家后，小雪梅变得异常敏感，每到深夜，她都会突然惊叫起来，声音凄厉，让人心惊胆战。她的父母和爷爷奶奶无法入睡，只能陪伴在她身边，试图安抚她的情绪。

小雪梅的惊叫成了高家最大的烦恼。家人尝试了各种方法，带她去看医生，寻求心理辅导，甚至请来了神婆驱邪。但无论他们怎么努力，小雪梅的症状始终没有得到缓解。每当夜幕降临，高家就充满了紧张和恐惧的气氛。

第十二章

高调回投

海边渔村的黄昏中，阳光透过云层洒在海面上，波光粼粼。鲍大恩和儿子鲍平安手里拿着渔网，背上背着一个装满渔具的背包，一路从海边的渔船上走回家。

透过夕阳的余晖，鲍大恩和鲍平安同时看到了他们家门口有个人影。在余晖的映照下，剪影的形象显得更加神秘而引人注目。那个人静静地站在那里，仿佛与周围的一切都融为一体，形成了一幅美丽的画面。

鲍大恩和鲍平安怀着好奇的心情走近一看，只见一个50岁左右的男子站在那里。他穿着整洁，一身深色的西装，显得非常有品位。他的头上戴着一顶礼帽，给人一种稳重而成熟的感觉。他的手中拉着一只行李箱，看上去非常精致，仿佛与他的身份相符。

男子的脸上堆满了笑容，让人感到亲切和温暖。他的眼神中透露出一种期待，仿佛是在等待着他们的到来。他的表情中还透露出一丝神秘，让人不禁想要探寻他的来历和目的。

看着这个男子，鲍大恩和鲍平安感到一种莫名的亲切感。他们不知道这个男子的身份和来历，但是他们能够感觉到他的友好和善意。他们决定走上前去，与这个男子交流，看看他究竟是谁，来这里有什么事情。

他们心生疑惑之际，那人突然开口了。那人声音中带着一股浓厚的岭南腔，用湾省国语对鲍大恩说："鲍老哥，我终于找见你了！"

鲍大恩听到这个声音，顿时惊愕地抬起头，愣了一下后兴奋地说道："我听出来了，怎么是你呀，祁老弟！你还活着呀？"

他们相互打量着对方的脸庞，看出了岁月的痕迹，但也感受到了彼此的欣喜与亲切。

鲍大恩忍不住问道："那天咱俩误入广西跑散后，你去哪儿了？"

"那天咱俩见后有追兵，跑着跑着，回头不见你了，我最终还是被国民党军抓去当兵，绕来绕去还是去了湾省。湾省开放了老兵回大陆探亲，我就赶这第一波回来，刚刚去看了我老娘与兄长，他们还住老房子里，问他们才得知你们搬这里来了。"祁海运回答。

在湾省退伍后，身强力壮的祁海运先在一家岭南人开的衬衣厂打工，月工资200块新湾币，他一人花用略有结余，就是养不起老婆，所以一直未娶。干了两年，他用结余的2000块新湾币买了辆早茶推售车，在湾北街头推售岭南早茶，生意不错，几年下来有了可观积蓄，他又用那积蓄与人合伙开了一家岭南早茶店"羊城茶楼"，招徕许多思念家乡的岭南人。生意异常火爆，没多久就开始招人扩张，还开了好几家连锁店。

这样一来，祁海运在湾北生意场上成为有头有脸的人物，娶了个美丽大方又勤快的阿里山姑娘做老婆。

有了更大资金积累后，他又投资牙膏厂，生产一种阿里山特有的草本植物合成牙膏，在东南亚颇有市场，订单应接不暇。没几年，他一跃而成为湾省著名企业家。

真可谓"运气来了什么都挡不住"，这个祁海运太走运了，真是走海运呀！

随着两岸关系的缓和，湾省终于开放了老兵回大陆探亲。祁海运自然不会错过这个机会，他选择第一时间赶回大陆，去寻找他心中那份深切的思念。

当他的车子驶进鹏圳的老街，那种熟悉而又陌生的感觉瞬间涌上心头。这里的旧房、窄巷、繁体汉字，都让他想起了小时候。他忍不住闭上眼睛，仿佛能闻到故乡的味道。

车子在一座旧房前停下，祁海运紧张又充满期待地打开车门，走进那熟悉的家。一进门，他看到了八旬老母和六旬兄长，他们满头白发，面容憔悴，但眼中的那份坚定和执着却让祁海运瞬间热泪盈眶。

"妈，大哥……"祁海运喊出了他们最熟悉称呼，声音哽咽。老母亲看着他，眼眶也湿润了。她伸出颤抖的手，抚摸着祁海运的脸颊，泣不成声地说："海运，你终于回来了……"

一旁的兄长也眼含热泪，感慨万分。他们三人及其子女围坐在一起，开始了久违的团聚。他们谈论着过去的艰辛，分享着现在的喜悦。祁海运听着母亲和兄长的故事，感受着这份难得的亲情，心中充满了感激和幸福。

此刻的祁海运，不仅感受到了家的温暖，也明白了他所追寻的根就在这里。他深深感慨："无论我走得多远，这里始终是我家。"

"快进屋坐呀，老伙计！"鲍大恩欢呼着，对着祁海运大声喊道。祁海运一边赶紧跟上鲍大恩，一边喘着粗气，挥手示意他等一等。他低头抓着自己的胸口，尽量控制住逐渐平息的呼吸。

走进屋里，祁海运立刻被弥漫在空气中的鱼腥味所包围，刺激得他不禁皱起了眉头。他环顾四周，鲍大恩的住处虽然是三层水泥房，却十分简陋。没有电视，没有冰箱，没有洗衣机，就只有一台小木箱一样的老式收音机摆放在角落里。房间里家徒四壁。

这一刻，祁海运难免产生了一种优越感。与自己生活中舒适的环境相比，他开始感到自己似乎拥有了更好的境遇。然而，同时他也心生了一种同情心，因为他看到了鲍大恩的艰辛生活环境。他匆忙打开自己的行李箱，取出一打牙膏、几件衬衫，还有一块高档电子表，送给了鲍大恩。

鲍大恩接过祁海运递来的物品，既不拒绝也没有过多的表情。他静静地将这些物品放在桌子上，凝视了一会儿，然后坚定地望向祁海运的眼睛。在他的目光中，祁海运看到了一丝感激和坚毅。

祁海运又从自己的行李里拿出一台小型的一次性成像照相机，咔嚓按一下，取出了一张相纸。他随手把相纸晃了晃，相片顷刻间浮现出来。

这时鲍平安夫妇带着 5 岁小儿子回家，小儿子见此情景，十分好奇地跑上去，贴近看，伸手摸。其实鲍平安夫妇也是第一次看见电子手表与这样的相机，内心都十分好奇，只是没表现出来。

"快叫祁爷爷！"鲍大恩对孙子说。

开朗顽皮的小孙子使出吃奶的力气扯着嗓子大叫："祁爷爷好！"逗得祁海运十分开心，当即将那相机送给小孙子，还另送了 1000 元人民币的大红包。

"我是不是在哪见过这小伙子？看着他好面熟呀！"祁海运仔细看了看鲍平安，回头对鲍大恩说。

"他就是当年放我们生路的高师长的小儿子！"鲍大恩回答祁海运，然后把故事原委讲了一遍。

祁海运听罢感激不已，转过身对着鲍平安深鞠一躬："请代你亲爸受我一拜，放生之恩终生不忘！"

鲍平安受宠若惊，不知所措。

鲍大恩转身对鲍平安和女儿说："这就是我常给你们讲的，当年在江湖市高家寨，被你爸高师长放生的我们三个逃兵中的祁叔，我跟他俩被抓去当兵前，是镇上邻居！"

祁海运一手托腮，目光专注地望着身前的酒店大堂。这个现代化的环境配上鹏圳独有的高楼大厦景观，显得繁忙而又充满活力。他心中暗自琢磨着，这里将会是他新设立的阿里山牙膏厂的理想地址。

在这个计划中，他必须找到合适的人选来担任高层管理职位。作为阿里山牙膏厂的创始人，他心中已经有了一个初步的构想。他让自己的长子祁大鹏担任鹏圳阿里山牙膏制造公司的董事长兼总经理，特邀他恩人高丹青的儿子、鲍大恩的养子鲍平安担任副总经理。

"我打鱼还行，做牙膏哪成？做副总经理更没底气！" 倔强的鲍平安腼腆而坦诚地婉拒。

中秋节的晚上，莲塘工业区的阿里山牙膏厂内热闹非凡。开业典礼的现场装饰得如同仙境，五彩的灯笼悬挂在空中，散发出温暖的光芒。整个厂区布置得崭新而富有现代感，彰显着阿里山牙膏厂的独特气质。现场内摆放着白色的圆桌，上面整齐地摆放着精美的中式菜肴和香槟。

在现场，祁海运身穿一身西装，鲜花别在他的衣领上，展现出他的儒雅气质。他挽着风韵犹存的阿里山妻子走进典礼场地，两人手牵手，互相依偎，传递着深深的情感。他们的存在，仿佛让整个场面充满了爱的氛围。

与此同时，鲍大恩和鲍平安父子身着中山装也一同到场。他们笑容满面地与其他嘉宾交谈着，展现出他们商业世家的自信和风度。典礼进行到一半，黎惠妹这位著名的阿里山女高音歌唱家走上舞台，她身着一袭华丽的长裙，手持话筒，献唱了一首《阿里山的姑娘》。她的歌声婉转动听，表达对家乡的深深眷恋，引得现场观众纷纷鼓掌叫好。

紧接着，港区男歌唱家张爱华上台演唱了一曲《我的中国心》，他脱下外套，展露出一身时尚的风格，他激昂的歌声仿佛带领着所有人投入到激情澎湃的节奏中，令人激动不已。演唱结束后，全场爆发出一片热烈的掌声和欢呼声。

紧随其后，来自工业区的区领导走上舞台，带着微笑，发表致辞，祝贺莲塘工业区迎来的第一家台资企业开业。他们对阿里山牙膏厂的投资和发展充满了期待和祝福，为这座新工厂带来了无尽的美好祝福。

最后，轮到祁大鹏登上舞台，这位毕业于美国纽约工商管理学院的20多岁董事长兼总经理展现出了年轻人的活力和魅力。他站在讲台上，微笑着向观众致意，他的声音充满了自信和激情。他的开业典礼讲话如宣言一般，将公司的愿景和使命传达给全场。他的言辞精彩而有力，赢得了全场观众的热烈掌声和赞许。

整个开业典礼的现场，充满了欢乐和祝福的氛围。人们在美食和音乐中共同庆祝，彼此交流和祝福。厂区内的灯光与音乐交织在一起，展现出这个富有梦想和活力的湾资企业的光芒。

祁大鹏一上任就召开高管决策会。会议室里的气氛庄严肃穆，高管们个个神情严肃，期待着新任总经理的战略规划。

祁大鹏站在讲台前，自信满满的目光扫视着在场的每个人。他的声音坚定而富有说服力："我们的生产工艺技术是成熟的，与大陆的同类产品相比有明显的优势。"

突然，他指向会议室边的一张桌子，上面摆放着两管牙膏。祁大鹏随手拿起大陆厂家生产的一管，嘴角轻轻上翘，仿佛暗示着他想要向在场的高管们展示一番："比如他们的牙膏第一次打开那层硬盖就很难撬开，消费者用起来很不方便，我们不存在这个问题。"

众人的目光紧紧地盯着祁大鹏手中的牙膏，他突然扭开盖子，顺利而轻松地展示出其中的牙膏，给人一种无比顺畅的感觉。

祁大鹏笑着继续说道："更何况我们的牙膏是阿里山特有的草本植物制成的，具有独特疗效。"他的分析清晰而有条理，让在场的高管们不禁眼前一亮。

"所以我们的重点应放在市场营销上，要按照营销学中的五 P 策略，即 Price（价格策略）、Place（渠道策略）、Promotion（促销策略）、Package（包装策略）和 Product（产品策略），迅速扩张大陆市场。"祁大鹏的声音中充满了决心和自信。

他的分析赢得了与会高管们的热烈赞许，会议室里顿时响起一片热烈的掌声和赞扬之词。

"少帅所言极是！"有人激动地站起身来，向祁大鹏表示敬意。

从此，对祁大鹏"少帅"这称呼就在公司流传开来，他成为众人口中的领军人物。会议室里的气氛也变得轻松而愉快，大家对公司新的发展前景充满了信心。

尚处于短缺经济"卖方市场"状态的广阔的大陆市场，对祁少帅的牙膏厂而言，真可谓"海阔凭鱼跃"。两年下来，祁少帅领导的鹏圳阿里山牙膏厂生产的牙膏在大陆的市场份额几呈几何级数增长，营业收入与利润都超过了他老爸祁海运在湾省的母公司。

在一个宽敞明亮的宴会厅内，悬挂着鹏圳阿里山牙膏厂的企业标志。熙熙攘攘的人群中，高管们穿着笔挺的西装，仿佛象征着他们的地位与权力。员工们则穿着整齐的工作服，面带笑容，流露出对祁少帅的敬佩和感激。

庆功会上，弥漫着欢快的音乐和酒香。一张巨大的舞台在会场的中央屹立，舞台上摆满了获奖的牙膏产品，各种规格的瓶子和盒子排列得整整齐齐，光彩照人。整个舞台是一个巨大的牙膏展示区，让人一眼就能感受到鹏圳阿里山牙膏的强大影响力。

祁少帅站在舞台上，仪态端庄，脸上洋溢着自豪与喜悦。他的声音洪亮而有力，在会场的每个角落都能听到。他向高管和员工们致以感谢，讲述着他们共同取得的巨大成就。祁少帅的目光扫过底下的众人，看到他们脸上的幸福笑容，更加坚定了他的信心。

庆功会进行到高潮时，祁少帅宣布了一个令人振奋的消息：为了表彰大家的辛勤工作和付出，他将给全体高管和员工们增发奖金，并给股东们增分红利。这一宣布引起了一片欢呼和掌声，庆功会变得更加热闹和喜庆。

在祁少帅的领导下，鹏圳阿里山牙膏厂成为牙膏市场的霸主，他们的产品在大陆市场的份额节节攀升。这个庆功会不仅是一次成功的庆祝，更是鹏圳阿里山牙膏厂蒸蒸日上的见证。聚集在一起的人们感受到了所属公司的强势崛起，他们的自豪感和归属感也因此得到了充分的满足。

第十三章

海浪洗礼

一场大台风过后，天空依旧阴沉，残留的雨水淋湿了地面，湿漉漉的气息笼罩着鲍大恩的三层水泥楼。人们聚集在楼前，形成了一个人堆。这一堆人，有的哭泣着，有的声嘶力竭地喊着，细雨中他们的眼泪和声音仿佛融入了大自然的哀悼之中。

此时，鲍大恩夫妻身着雨衣从屋内走出来。他们面色凝重，对楼前的场景感到非常惊讶。

鲍大恩朝人群里走去，小心翼翼地问道："发生了什么事？为什么这么多人在这里哭闹？"他的声音透露出对即将得到的消息的忐忑不安。

一个头发稀疏的中年妇女哭泣着抬起头，她发现了鲍大恩，随即倾泻而出的是埋藏在心底的焦虑："你是鲍平安的父亲吧？他们的捕鱼船队出了故障，有一条船上的七八人落水失踪了，我们都在这里等待着他们的消息。我们都是这些失踪船员的家属。"她的话语间迸发着无尽的痛苦与担忧。

鲍大恩脸上的表情瞬间变得苍白，他被击中了，头脑里涌现出一股无法抑制的绝望。不敢相信自己的耳朵，他颤抖着说："不可能……他们怎么会这样？"

妇女无奈地耸耸肩："听说船只在台风中失去了平衡，倾覆了，七八个人不见了。我们都在痛苦地等待，希望他们能奇迹生还。鲍平安是他们的领头人，我们也希望他能平安归来。"

鲍大恩夫妻俩的眼眶慢慢湿润起来，他们默默地凝视着失魂落魄的人们，仿佛感受到了他们心中真切的恐惧与无助。

"我这就去找平安！"阿珠一刻也不耽误地骑上自家摩托，飞也似的赶往海边渔港码头。一问海上救援队，他们只知若干出海打鱼的船失事了，至于鲍平安目前在哪里，是否平安，他们尚无确切消息。

坐在渔码头，触景生情，阿珠脑海呈现出她丈夫承包村里几条渔船后的繁荣景象。

鲍平安站在海边的码头上，微风拂过他的脸颊，他的眼神坚毅。船队的船只在他的指挥下整齐地停靠在码头上，而海面上的渔船正像一群鱼儿在水中穿梭般自由自在。

码头上一片繁忙的景象，鱼虾的气味弥漫在空气中。鲍平安的身边站着一群有力的渔民，他们个个面带笑容，身上的衣物都显得更加整洁。他们用嘹亮的声音打趣着彼此，彼此之间交流着最新的海上打鱼技巧和航海经验。

上岸的渔船中，一名身着红色渔夫衫的年轻渔民正在咧嘴笑着，手中拿着一网新鲜的鱼虾。随着他的笑声，一旁的众人也跟着笑起来。海风轻拂过他们的面庞，将笑声传到大海的尽头。

几艘帆船在远处的海平面上徐徐行驶着，白色的帆布随风飘动。船上的渔民们紧紧握住渔网，准备在茫茫海面上寻找下一片丰饶的捕捞区域。他们熟练地操控着船只，目光专注地扫视着周围的海域。

在码头后的小屋里，散发着鲜鱼味的餐桌上，摆满了各种美味的海鲜。渔民们围坐在一起，激动地交谈着前一天海上的收获。他们享受着劳动后的成果，谈笑声充斥着屋子。

整个码头都充满了蓬勃向上的氛围。船队的规模仍在扩大，船只数量增加，海上的打鱼队伍不断壮大。鲍平安和大家一起，为自己带来的财富和快乐而骄傲，他们已经不再是平凡的渔民，而是一个充满希望和机遇的团队。

真是天有不测风云，谁知他们就出了这么大的事。阿珠焦急万分，四处张望，寻找着鲍平安的踪迹。突然，远处传来一声汽笛，一艘海上救援队的船只急速驶向渔码头。

阿珠心中一紧，赶紧迎了上去。救援队员们纷纷跳下船来，其中五六个救援队员嚷嚷着："赶快赶快！还有一个有脉、有气，快叫救护车送医院！"

阿珠心中涌起一股莫名的安慰，她知道救援队已经赶到，鲍平安有救了。她跟在救援队员的身后，紧张地注视着现场。

救援队员们迅速展开救援工作，有的负责现场清理，有的负责检查伤员的情况。经过一番紧张的抢救，终于找到了最后一个还有脉搏的伤员。

阿珠看到救援队员们忙碌的身影，心中充满了感激和敬意。她知道这些救援队员们是在用自己的生命和汗水守护着每一个生命。

随着救护车的到来，最后一个伤员被送往医院。阿珠和救援队员们一起目送着救护车远去，心中默默祈祷着鲍平安能够平安无事。

急救病房里，鲍平安脱离了生命危险，但还处于昏迷状态。阿珠守候在病床前，一夜未合眼。她的脸色苍白，眼中充满了疲惫和担忧。她紧紧握住鲍平安的手，仿佛这是她唯一能做的。

阿珠心中千百遍地念念有词，祈求妈祖显灵，保佑丈夫度过这一劫难。她相信妈祖的庇佑能够让鲍平安平安无事，恢复健康。

时间一分一秒地过去，阿珠的祈祷声一直没有停歇。她的声音低沉而坚定，充满了对鲍平安的关爱和期待。

突然，阿珠感到一股暖流涌上心头，她知道这是妈祖的庇佑。她更加坚信，只要她一直祈祷下去，鲍平安一定会度过这一劫难。

这时，阿珠的眼前似乎出现了奇异的景象。她仿佛看到妈祖在病房里出现了，身着白衣，手持玉如意，面带微笑地看着她。妈祖对阿珠说："阿珠，你的祈祷我已经听到了。我会保佑鲍平安度过这一劫难，让他早日康复。"

阿珠听到妈祖的话，心中充满了感激和敬意。她知道这是妈祖显灵了，她的祈祷得到了回应。她更加坚定了自己的信念，相信鲍平安一定会度过这一劫难。

阿珠的眼睛始终没有离开鲍平安的脸庞，她的心中充满了对他的思念和担忧。她默默地祈祷着，期待着他的醒来，期待着他的康复。

在这个漫长的夜晚，阿珠守候在病床前，用自己的祈祷和关爱为鲍平安守护着生命的奇迹。她的坚定和执着让人们感受到了亲情的伟大和力量。

高丹青与叶素荣老两口从港区赶过来时，鲍平安已清醒可言语。只听他不停地喃喃自语："几个船员都死了，几条船都没了，怎么向他们家人交代呢？怎么向村里交代呢？怎么办呢？"

叶素荣仔细查看过小儿子鲍平安的伤势状态，回头告诉丈夫："他主要还是受了惊吓。"

"你跟船员签过合同，人与船都上过保险吗？"高丹青关切地问躺在病床上的小儿子鲍平安。鲍平安哪有什么合同与保险的概念，只是摇头。

"那这样，这次海难造成的人员伤亡与财产损失，都由我按鹏圳当地的标准给全额赔付。"高丹青慷慨担当。

"你可要吸取教训，以后与人合伙或雇人做生意一定要签合同，有风险的生意要买保险！"叶素荣用她祖传的商业经验教诲自己的小儿子，鲍平安像个乖孩子一样，连连使劲点头。

高丹青看着儿子鲍平安满脸的疲惫和自责，心中五味杂陈。他走上前去，轻轻拍了拍鲍平安的肩膀，安慰道："儿子，这次的事情已经发生了，我们无法改变。重要的是你要振作起来，重新面对生活。"

叶素荣也走到床边，抚摸着鲍平安的手，温柔地说："儿子，你要知道，我们都是一家人。无论发生什么事情，我们都会陪伴在你身边，支持你、鼓励你。你要坚强起来，为了我们、为了村里的人。"

高丹青接着说："儿子，你要明白一个道理，做生意有风险是正常的。但是，只要我们做好预防措施，签订合同、购买保险，就能最大限度地减少损失。你要吸取这次教训，以后一定要注重这些细节。"

在鹏圳的一个工业园区内，鲍平安的小型造船厂平安渔船制造厂矗立在那里，它的烟囱上飘着黑烟。厂区内热火朝天地忙碌着，满目皆是焊接的火花和机器发出的嗡嗡声。

投资创办这造船厂的灵感，源自鲍平安上次遭遇的一场海难。那次经历使他深刻认识到，即使是近海渔业，船只也必须经得起台风袭击，并且需要时刻更新换代。这个念头萌发后，他决定将父亲给他的部分财产变现投资创办一家小型造船厂。他渴望在这个行业中展现自己的能力。

为了获得更多专业的指导，他亲自前往港区拜访他的大哥高技成。鲍平安怀着期待的心情，敲响了大哥的门。大哥看到鲍平安精神饱满的样子，心中充满了鼓励和支持。他热情地招待弟弟，并耐心听取他的计划。

在大哥的鼓励和支持下，他们一起商讨了更多的细节和运营模式。大哥不仅鼓励他继续前进，还入股支持他的计划。此外，他还向鲍平安介绍了一位世界级的造船专家，这位专家将成为鲍平安的导师和合作伙伴。

当鲍平安回到鹏圳时，他迫不及待地将专家请到了工厂。专家通过一系列的指导和讲解，帮助他们改进了渔船的设计和制造工艺。

于是，在平安渔船制造厂内，各种大型机械设备整齐排列，工人们则有条不紊地进行工作。从卷板机下滚出来的钢板被送入焊接车间，融化的金属在手艺精湛的焊工手中化作坚固的船体。船体再经过一系列的处理和装配，渔船轻便而坚固，稳定性能出色。

工厂里传出穿戴工作服的工人们愉快的笑声，他们团结协作地将渔船制造流程推向高峰。每一批出厂的渔船都经过严密的质量检测，并迅速吸引了大量的订单。

厂区外，停满了前来购买渔船的客户。其中有好些渔民，他们期待着拥有一艘更先进的渔船，从而能够在海上获得更大的收益。还有一些渔船经营者，他们眼中充满着商机，希望通过购买这种性能卓越的渔船来扩大船队规模。

平安渔船制造厂就像是一座繁忙的都市，充满了活力和生机。从高空中俯瞰，工厂的每一个角落都尽收眼底：原材料的选择与采购、制造工艺的改进与研发、订单的增加与客户的满意，每一个环节都在这座工厂中紧密相连。

原材料的选择是至关重要的。优质的原材料是保证渔船制造质量的基础，因此平安渔船制造厂的工程师们对每一种原材料都进行严格筛选。他们利用精密的仪器对原材料进行检测，确保它们的强度、耐用性和环保性。为了获取最优质的原材料，他们甚至亲自前往全球各地进行采购。

制造工艺的改进则是为了提高生产效率。平安渔船制造厂的工程师们通过引进先进的生产技术和设备，不断地对制造工艺进行优化。自动化生产线、机器人焊接、数字化建模等技术的运用，使得生产效率得到了显著提升。同时，工程师们还注重对生产过程中的每一个细节进行把控，确保每一艘渔船都符合最高的质量标准。

订单的增加是平安渔船制造厂发展的一个重要标志。随着口碑的积累和客户满意度的提高，越来越多的客户开始选择平安渔船制造厂作为他们的合作伙伴。无论是大型渔业公司还是个体渔民，平安渔船制造厂都能为他们提供满意的产品和服务。每一份订单都是对他们的肯定和鼓励，也是对他们未来发展的期许。

客户的满意是平安渔船制造厂一直以来的追求。他们倾听客户的需求，理解客户的期望，然后用专业的知识和技能去满足这些需求和期望。客户的满意度是他们最大的骄傲，也是他们持续进步的动力。

平安渔船制造厂以其专业的技术和敬业的精神，正在迅速崭露头角。他们的目标不仅是制造高质量的渔船，更是要通过不断提升自身的技术和服务水平，为客户提供最满意的解决方案。在这个过程中，他们也实现了自身的快速发展和壮大。

同时，平安渔船制造厂也非常注重员工的培训和发展。他们相信，只有拥有优秀的技术和专业的知识，才能制造出最好的渔船。因此，他们定期组织员工参加各种专业培训课程，提升员工的专业技能和知识水平。

平安渔船制造厂的每一位员工都充满了热情和激情。他们用心制造每一艘渔船，用专业服务每一位客户。他们的目标就是通过自己的努力，让每一个客户都能满意地离开工厂，带着希望和梦想去迎接新的挑战。

然而，如同繁星坠落，好景不长，这个繁荣的产业仅仅几年之后便出现了产能过剩的现象。

尽管这些渔船的制造技术相对先进，但在过度的生产压力下，整个行业开始出现了问题。从巨大的拖网渔船到高速的冷冻运输船，从精细的科研船到高效的加工船，这些各式各样的渔船在市场上出现了严重的过剩。

大型的船厂在制造过程中，不断地投入大量的资金和人力。然而，随着市场的逐渐饱和，这些生产出来的渔船却无法投放到市场。一些渔船甚至从未出过海，静静地停在码头上，被冷落的船锚和生锈的船体仿佛诉说着行业的落寞。

与此同时，近海资源的日益枯竭也加速了这个行业的衰落。过度捕捞使得许多鱼类种群数量急剧下降甚至濒临灭绝。许多渔民发现，出海捕捞的收获越来越少，而这也进一步加剧了渔船制造业的困境。

这是一个时代的结束，也是另一个时代的开始。面对产能过剩和生态压力，近海渔船制造业需要寻找新的出路，转向更为环保的可持续发展模式。只有这样，这个行业才能再次焕发生机，与大自然和谐共存。

鲍平安的平安渔船制造厂也陷入了困境。养这么多人，维持这么大规模的机器厂房，日益捉襟见肘。这可不行呀，必须摆脱这困境，可怎样才能摆脱这困境呢？

鲍平安站在他的制造厂前，望着眼前的一片热闹景象。机器厂房内忙碌的工人们穿梭往来，将各种零件组装成雄伟的渔船。嘈杂的机器声交织在一起，空气中弥漫着油漆的气味。阳光透过厚重的云层洒在鲍平安身上，他额头上的汗珠闪闪发光。

摆脱困境成了鲍平安心头最大的忧虑。他不停地来回踱步，皱着眉头思索着解决的办法。焦虑和不安不断侵袭着他的内心，他心跳加快，血液中似乎流淌着无助和无奈。他意识到，如果不改变现状，他的制造厂将面临巨大的经济压力，甚至可能破产倒闭。这个想法使他感到沉重的压力，他知道他必须采取行动，但对未来的不确定性使他感到十分不安。

他的手指无意识地敲击着身旁的钢铁栏杆，每一声敲击都伴随着他内心的焦躁。周围的景象仿佛在他的眼前变得模糊不清，他只能专注于那些机器厂房中频繁活动的工人们。工人们带着汗水和专注的表情，不停地组装着渔船的零件，仿佛他们的每个动作都在催促着鲍平安寻找一条突破困境的道路。

然而，无论他如何思索，解决办法似乎并不明朗。他的眉头越皱越紧，满脸的焦虑之色。他的双手不停地揉搓着，每一次的揉搓都带着他内心的无助。他心中不断涌现的疑问和焦虑，使得他的思绪陷入一片混乱。他不禁开始质疑自己能否从这个困局中找到突破口。

鲍平安的焦虑与不安仿佛传染给了周围的空气。他的脸上再次渗出一滴滴汗水，与坚毅的眼神形成鲜明对比。他意识到，他不能被困境压垮，必须振作起来，寻找新的出路。

夜深了，他还是睡不着。他想起了在港区的大哥高技成，便用砖头大的大哥大叫醒大哥，向他请教。

"摆脱困境的出路在设备或产品技术升级。你想想看，你的造船厂设备或产品可向哪个方向与路径进行技术升级？"大哥大里传来大哥清晰的声音。

"造远洋渔船！"在大哥的启发下，他想起远海深海捕鱼是他们的缺项，能去远海捕鱼的中国渔民寥寥无几，而远海深海的秋刀鱼、鱿鱼一直供不应求，制约"瓶颈"就在于他们没有能去远海深海的技术性能有保障的渔船。

搞远海深海渔船制造！鲍平安脑子里闪现出造船厂技术升级的灵感。

鹏圳平安远洋渔船制造厂巨大的厂房内，机器声此起彼伏，工人们穿梭于各个工作岗位，忙碌地进行着船舶制造工作。大片的钢板、船体部件和机器设备堆满了工厂的各个角落。

在一个阳光明媚的早晨，鲍平安与他的小团队站在码头上，望着眼前巨大的远洋秋刀鱼兼鱿鱼钓船。船身银灰色的钢铁闪烁着令人赞叹的光芒，映衬着船舷上的团队标志，威武而骄傲。

他们迅速登上船。船舱内空气凉爽怡人，技术人员仔细对仪表进行调试，发动机声音低沉有力，如一头沉默的巨兽。船只逐渐远离港口，在远洋的蔚蓝天空下，波涛汹涌的太平洋展现出它勇猛的一面。

船身稳定地切破海浪，船尾留下一道洁白的海浪纹。人们在船甲板上站好，双手握着稳固的焕然一新的钓竿，等待着丰收的时刻。

当船进入太平洋北部的远海时，无边的湛蓝海水扩展到了地平线，仿佛无垠的蓝色宇宙。微风拂面，掀起细小的涟漪，阳光下海面闪烁着点点金光。眼前的景象简直令人目不暇接。

时间过得飞快，不一会儿工夫，他们的船上就收获了满满的秋刀鱼和鱿鱼。鱼的颜色鲜艳、身姿匀称，仿佛是大自然对他们努力的奖赏。队员们欢欣鼓舞，一片欢呼声与笑声充斥在远海的宁静中。

满载而归的船舶缓缓驶回港口，人们看着眼前那一船丰收的成果，满足而骄傲。这段经历让他们感受到大海的博大与慷慨，也看到了他们团队的凝聚力和努力的成果。在这片广阔的蓝海上，他们收获了远超预期的丰收，同时也收获了满满的欢欣与鼓舞。

此刻，第一批新技术高性能远洋渔船正在船坞口整装待发。成排的鲜艳橙色和蓝色的船体映入眼帘，闪烁着金属的光泽。工人们正穿着蓝色的工装，有的站在船舷边进行最后的安装调试，有的在甲板上铺设绳索和渔具设备，有的在船尾安装巨大的渔网机械。

厂房外，彩旗飘扬，人山人海。一排排蓝白相间的帐篷搭建在客户接待区，维修厂和销售部门的工作人员忙碌地接待着前来观摩的客户，满足他们的需求。人们穿着各种不同的服装，有的是正装的工程师，有的是致力于渔业的渔民，还有的是对海洋事业感兴趣的从业者。这些客户充满好奇心和期待，急切地想一睹这批高性能渔船的风采。

在观摩台的前排，鲍平安的亲生父母和养父母穿着整齐的服装，端坐在椅子上，目光注视着船坞中那一艘艘宏伟的远洋渔船。站在亲生父母身边的是鲍平安的大哥和大嫂，他们戴着红色的丝绸帽子，不时交谈着对渔船制造工艺的赞叹。而在观摩台的最边上，鲍平安的爱人阿珠戴着一顶橙色遮阳帽，手里举着一杯冰镇的柠檬水，她脸上洋溢着笑容，满怀骄傲地看着鲍平安手中的渔船制造图纸。

整个现场气氛喜庆热烈，人们不时地交谈着，划船机械的声音和笑声时而传来。这批新技术高性能远洋渔船的制造带来的不仅是新船舶的诞生，也是对鹏圳平安远洋渔船制造厂技术实力和创新能力的肯定，同时也拉紧了与客户和亲朋好友之间的情感纽带。

在鲍平安的办公室里，一片忙碌的景象。墙上挂着鲍平安自豪地展示着远洋渔船的照片，办公桌上摆放着各种文件和计划书。他的团队成员都在忙着处理订单和沟通供应商的事务，办公室里充斥着电话铃声和键盘的敲击声。

鲍平安的脸上写满了兴奋和紧张。他从未想到自己的远洋钓船会如此受欢迎，生产能力的短板令他焦急不安。他感到壮大自己的公司是一个迫在眉睫的任务，但他也对风险和未知感到害怕。

鲍平安无奈地看着手中的电话，犹豫着是否给大哥高技成打电话请教。他知道大哥在这方面有着丰富的经验，能够给他一些建议。于是，他放下心中的顾虑，毅然决然地拨通了电话。

大哥高技成接起电话，声音中透露着忙碌与专业。"平安，怎么了？这么着急，有什么事情吗？"他问道。

鲍平安略微松了一口气，随即表达出自己的忧虑。"大哥，我们的远洋渔船订单暴增，我们的产能跟不上需求。你有什么建议吗？"

大哥高技成笑了笑，他的声音中充满着自信。"平安，你的问题其实是个好问题。我建议你考虑上市融资，这样一来你可以通过发布股权来吸引更多的资金流入，从而扩大生产能力。这样做不仅能解决现有的产能短缺问题，还能够让公司得到更多的资源支持，更好地发展。"

鲍平安沉默了一会儿，思考着大哥的建议。随后，他充满希望地回答道："谢谢你的建议，大哥。我会认真考虑上市融资的方案，希望能够让我们的公司迈向更大的发展。"

整个办公室都笼罩在紧张而期待的氛围中。鲍平安心中对未来充满了信心，他知道，通过大哥的建议和自己的努力，远洋钓船的供应问题终将迎刃而解。

然而，当谈到公司上市的话题时，鲍平安的眉头皱了起来，表情变得有些犹豫。他在公司办公室里召开了一次紧急会议。和他一起坐在桌子旁的是几位聪明睿智的高级经理，他们都是在大学里接受过系统培训的。

经理们身着精致的西装，坐在宽敞明亮的会议室里。墙上的白板上写满了各种复杂的财务数据和策略方案。

为了解决上市问题，公司决定聘请一家专业机构来进行上市考察。而这一切都发生在一个阳光明媚的早上，老板带着怀疑的目光，站在自家公司门口迎接来访的考察团队。

考察团成员带着严肃的表情，认真检查着公司的设施和财务状况。

接下来的几个月，办公室里充满了忙碌的身影和翻阅文件的声音。老板聘请了专业机构来进行上市辅导，并敦促他们准备各种上市所需的文件和证明材料。文件堆叠成了山，字迹纷乱而潦草。

为了确保一切符合上市的要求，他们还聘请了券商、律师事务所和会计师事务所等中介机构来审核所准备的材料。这些专业人士认真细致地工作着，他们的眼神中透露着对细节的苛刻标准和追求完美的决心。

坐在桌前，鲍平安目光变得坚定而自信。他意识到，虽然自己是渔民出身，对公司上市一窍不通，但通过聘请这些专业机构，他已经为自己的公司打下了坚实的基础。

鲍平安迈进鹏圳证券交易所大厅，身穿一套整洁的深蓝色西装，戴着一副沉稳的眼镜，脸上洋溢着自信而满足的微笑。大厅里灯火通明，宽敞的空间中弥漫着股市的气息，充满忙碌与期待。

挂牌仪式的舞台搭建在大厅最显眼的位置，一座金碧辉煌的舞台上伫立着巨大的鹏交所标志牌。正中央摆放着一张亮丽的红色绸缎布，象征着成功和红利。红地毯从舞台蜿蜒而下，绵延至大厅各个角落，为这个特殊的日子增添了庄严而喜庆的氛围。

在舞台边缘，一排工作人员整齐而肃穆地站立着，他们穿着公司统一的工作服，透露着专业与坚定。他们是鲍平安公司的各个部门经理，每个人面带激动与骄傲，为能参与这一历史性时刻而倍感荣幸。

在大厅的角落，投资者和股东们纷纷涌入，人头攒动。身穿西装的男士和穿着得体的女士们有的讨论着最新的财经资讯，有的商讨着股市的走势。投资者的眼神中透露着期待和兴奋，他们希望通过这次上市能够获得更多的回报。

舞台上，鲍平安与鹏交所的高级官员握手言谢，以示对交易所一直以来的支持和信任。他们的目光交汇时，彼此流露出对未来合作的信心和期望。

终于，仪式进行到高潮，舞台上的红绸布被鲍平安的手轻轻一拉。哗啦一声，鲜红的绸缎滑落至地，如同宣告着鲍平安公司在这个大舞台上的闪亮登场。掌声和喝彩声随即响起，弥漫整个大厅。

鲍平安面对着台下满怀期待的观众，微微一笑，感受到成功带来的荣耀与压力。他对着高层管理团队微微点头，象征着全新篇章的开始。这一天，将刻在他的心中，成为他不断奋斗的动力和鼓舞。

鲍平安的办公室位于一栋现代化办公楼的顶层，阳光通过通透明亮的玻璃窗户洒满整个房间。办公室的布置简洁而高级，沙发、茶几、书柜等家具一应俱全，展现着这位年轻高管的成功与品位。

平时，鲍平安独自坐在办公桌后，处理着繁忙的工作。今天他的养父鲍大恩突然到访。鲍平安放下手中的文件，轻轻推开办公室门，径直面对着一位笑容可掬的老人。

"老爸，您从不到我办公室的，今天怎么来了？"他温和地问道。

鲍大恩微笑着看着鲍平安，略带疲惫的脸上透露出一丝焦虑之色。"无事不登三宝殿，确有一件很重要的事情跟你谈谈。"他轻声说道。

鲍平安的眉头微微皱起，他察觉到鲍大恩的异样。"什么事？自家人，您还这么客气？"他不解地问道。

鲍大恩吞吞吐吐地说道："你就收祁大鹏到你们公司任个副总呗！"

鲍平安愣了一下，眼神中流露出为难之色。"他的阿里山牙膏厂不是做得风生水起，旺旺的吗？"他追问着。

鲍大恩瞥了一眼远处，略带沧桑的目光一闪而过。"你还不知道呀，他们的鹏圳阿里山牙膏厂严重亏损，欠了一屁股债还不了，已经进入破产清算程序。"他深深地叹了口气道。

鲍平安的眼睛瞪大了。"啊？"他难以置信地说出这一个字，内心涌起一阵强烈的冲击，他想到了曾经那个欢乐而充满希望的阿里山牙膏厂，如今竟如此凄凉。

鲍平安的脑海中飞速闪过各种思绪，他开始认真思考如何解决祁大鹏的困境，同时他也感受到了养父鲍大恩的关切和担忧。

这个房间，一时间变得静谧而凝重。

却说两年前，鹏圳阿里山牙膏制造公司的厂区里，一片繁忙的景象。厂房内，巨大的软管生产线排列整齐，机器轰鸣声在空气中回荡。工人们穿着蓝色的工作服，戴着手套，忙碌地将原材料倒入机器中，每个动作娴熟而有序。

祁大鹏站在生产线旁，看着一根根白色的软管从机器中滚出来，满意地点了点头。这30条生产线的投入，将会使他们的产能大大提升，从而更好地满足市场需求。他心里对扩张的决心更加坚定了。

　　与此同时，在另一个角落，一位工程师正专心致志地调试着新安装的制膏设备。他细心地调整着各个参数，确保每一支牙膏都可以顺利制作出来。他知道，这些设备的稳定运行将对整个生产线的效率至关重要。

　　在另一边的工作区，一排排自动灌装线整齐地摆放着。灌装机器不断运转，滴滴答答的声音充满了空气。工人们拿着空的牙膏管，将其放置在机器下方，机器精准地将牙膏注入管中，然后封口。这些机器的高效运行，使得每分钟可以生产数百支牙膏，令人叹为观止。

　　整个厂区洋溢着热火朝天的气氛，每个人都全身心地投入到工作之中。他们知道，扩张规划的实施意味着公司的发展，意味着更多的机会和挑战。每个人都充满自豪地认同自己为这个成功的品牌做出的贡献，激发着更加积极的工作态度和创造力。

　　在这个繁忙的场景中，祁大鹏站在生产线旁，微笑着看着一切顺利进行。他的心中充满了满足和自豪，因为他能够亲眼见证自己制订的雄心勃勃的投资规划变为现实。他相信，通过这次扩张，鹏圳阿里山牙膏制造公司将继续取得更大的成功。

　　在鹏圳阿里山牙膏制造公司的总部大楼里，庞大的产房里的机器设备轰鸣着。工人们穿着蓝色的工作服，忙碌地检查着正在流水线上生产的牙膏。他们的脸上满是汗水，却洋溢着一股满足感。这个牙膏制造公司在市场上曾经声名显赫，是消费者首选的牙膏品牌之一。

　　然而，最近的剧变让公司陷入困境。刚刚过去的几年，改革开放催生了两面针、云南白药等新品牌，而且他们的产品质量和性价比甚至超越了鹏圳阿里山牙膏。这种变化对祁大鹏来说是一个巨大的打击，他曾经自信满满地预测公司的市场占有率和营收将会大幅提升。

　　祁大鹏坐在办公室的椅子上，手握着一份银行借款的通知书。他的额头上满是焦虑的皱纹，心中充满了挣扎和疑惑。他不禁想起曾经无数次在这个办公室里酣畅淋漓地制定市场推广策略和商业计划的日子。

　　他抬头看向窗外，眼神呆滞地望着远方高耸入云的市中心大厦。这座城市曾经是他的领域，是他挥洒才华和创造财富的舞台。然而，现实无情地向他展示了一个残酷的事实，他的公司正在一步步走向破产的边缘。

在厂房里，机器声渐渐低了下来，工人们互相交换着苦闷的眼神。他们心知肚明，公司的困境意味着他们的工资可能随时被削减甚至停发。这是最后一根稻草，仿佛将他们关进了惶恐不安的牢笼里。

整个公司弥漫着一种沉重而压抑的气氛。庞大的厂房显得空荡荡的，机器设备的养护成为一个难题，因为公司没有足够的资金来维修和更换。走在走廊中，你可以感受到紧张和焦虑的氛围。每个人都默默地工作着，不知道未来会怎样。

而在公司高层会议室里，祁大鹏坐在椅子上无力地倚靠着。他所拥有的梦想和努力在这一刻似乎都变得如此脆弱。进入破产清算程序成为他逃避不过的残酷事实。

随着时间的推移，阿里山牙膏制造公司将逐渐消失在市场中。这个曾经辉煌一时的牙膏制造公司将成为一段过去，只留下风雨中残存的回忆。

在鹏圳远洋钓船制造公司的办公楼顶层豪华宴会厅，布置着高档雅致的圆桌，装饰着鲜花和精致的烛台。宴会厅的窗外，可以看到远洋的宽广海域，阳光洒在蔚蓝的大海上，泛起一层金光。

鲍平安身穿一套笔挺的西装，气质沉稳，他的养父鲍大恩则坐在他身旁，和蔼的面容透露着慈祥。他们微笑着迎接祁海运和祁大鹏的到来。

祁海运和祁大鹏身着得体的正装，步入宴会厅，满脸惊喜的表情。他们与鲍平安和鲍大恩握手寒暄，彼此流露出的温馨氛围温暖了整个宴会厅。

宴会正式开始，鲍平安等人就座圆桌的各个位置，桌上摆满了琳琅满目的菜肴和美酒，散发出诱人的香气。宴会厅里欢声笑语，气氛轻松愉悦。

当大家开始品尝美食时，鲍平安递给祁大鹏一份精美的邀请函。祁大鹏拿起邀请函时，心里蓦然升起一股无比期待的激动。他深吸一口气，收起内心的激动，冷静地看着鲍平安。

鲍平安神情认真地说道："大鹏，我邀请你担任我们公司的总经理，你在美国接受过全面的工商管理培训，且有丰富的实战经验，我们公司正需要你这样的高端适用人才。我将专注于担任公司董事长的职务，不再兼任总经理。只要你来，我就能放心地将公司的经营管理事务交给你，我乐当甩手掌柜。"

祁海运看着儿子，心里充满了自豪和感激。他向鲍平安点了点头，示意儿子表示谢意。祁大鹏因自己公司倒闭而感到内疚，但同时也因为鲍平安这么诚恳地邀请他担任如此光明前景的上市公司的总经理而心情激动不已。他努力控制住自己内心的兴奋，不让情绪流露在脸上。

随后，他优雅地接过邀请函，微笑着感谢了鲍平安的盛情邀请。整个宴会厅充满了欢声笑语，大家频频举杯，为美好的合作前景而庆祝。

第十四章

情系故乡

　　这些天，港媒的新闻报道让高丹青与高技成父子俩心神不宁。他们一直关注着内地长江中下游的洪灾情况，尤其是他们出生长大的江阳县。洪水泛滥的电视画面让他们无比揪心，仿佛他们自己就在现场，感受到了那种无助和恐惧。

　　高丹青坐在客厅的沙发上，眼睛紧紧盯着电视屏幕，他的手指不断地在沙发的扶手上敲击，仿佛在表达他内心的焦虑和不安。高技成则站在窗前，默默地看着夜空，他的眼神中透露出一丝无奈和悲伤。

　　高丹青和高技成默默地祈祷着，希望家乡的人民能够度过这场灾难。他们的心中充满了对未来的不安和担忧，但同时也充满了希望和坚定。

　　在夏日阳光下，一场空前的洪灾消息如同悬在各地艺人头顶的阴霾。港区跑马地，这个素来以赛马活动闻名的地方，今天却挤满了身穿各式各样演出服的艺人，100多位来自各地的艺人齐聚此地，为了一个共同目标——为内地长江中下游的灾民筹集善款。

　　高家三代，一共六人，从下午三点开始就坐在观众席上，全程参与这场史无前例的赈灾演出。每个人的脸上都写满了紧张和期待，他们的目光紧紧锁定着舞台。

活动一开始，舞台上的灯光渐渐亮起，音乐响起。100多位艺人齐聚舞台，唱起了一首寓意深远的歌曲，歌声如潮水一般。"江水连绵涨，中华沉溺忧……"歌声中融入了赈灾的呼声，触动人们内心深处的共鸣，让人热泪盈眶。

舞台上，艺人们轮番上阵，各自拿出看家本领，无论是激昂热血的歌唱，还是催人泪下的演讲，都在尽力为灾区的人们带来一份力量。每个节目演出结束，观众都会报以热烈的掌声和欢呼声，台上台下的互动让人群情激昂。

夜幕渐渐降临，演出却越发热烈。高丹青和叶素荣两位老人坐在观众席的最前排，他们的眼眶里闪烁着泪光。看着台上的表演，他们的心情被一次次触动。尤其是当舞台上的表演者将最后筹集的善款捐献给灾区的时候，高丹青和叶素荣再也忍不住老泪纵横。

此刻的跑马地，成了一片激情与爱心的海洋。在无数灯光的照耀下，这场"演艺界总动员忘我大汇演"赈灾活动落下了帷幕。每个人都带着沉甸甸的心情离开，但他们的心中充满了希望。他们知道，只要大家齐心协力，无论面临多大的困难，都能挺过去。

回到家后，高丹青严肃地主持召开了家庭会议。他站在客厅中央，目光扫过每一个家庭成员，然后沉稳地说："我们必须要为江湖老家的灾后重建做点什么。这是我们的责任，也是我们的义务。"

他的孙子高茂林和孙女高雪梅，两个年轻人立刻响应。他们各自拿出了自己的红包积蓄，总共 2 万元港币。这是他们长期积攒的零用钱，他们希望通过自己的力量帮助家乡。

高技成和林丁香，两个中年人沉默了片刻，然后坚定地说："我们决定捐助 80 万。这是我们的一份心意，希望能帮助到老家的人们。"

高丹青和叶素荣两位老人紧随其后，他们拿出了自己的积蓄，凑上了 80 万。他们希望能够通过自己的努力，为重建家乡做出一份贡献。

在家庭会议的最后，他们决定总计捐助 100 万港币，通过红十字会将这笔钱捐助给他们祖籍地的江湖市江阳县。他们希望这笔钱能够为灾后重建工作提供一些帮助，让家乡的人们能够尽快从灾难中走出来，重建美好的家园。

高技成站在窗边，双手紧握，眼中闪烁着忧虑。他的思绪飘向了遥远的家乡，那里有他的二叔——武振华。

二叔更是他的精神导师，再造了他。是二叔，用坚实的臂膀，救他于水火。二叔的智慧与勇气，给了他信心与力量，帮助他战胜了生活中的困难。

每当他在人生的道路上迷失方向时，都是二叔的教诲指引他前行。二叔用他的生活经验，告诉他怎样面对挫折，怎样坚持自己的信念。这些年来，二叔的教诲深深烙印在他的心中，使他在面临困难时，总能找到前进的动力。

此刻，他为二叔一家感到深深的担忧。这场大洪灾，对他们来说一定是一次巨大的挑战。他想象着二叔家被淹没在洪水中的情景，心中不禁抽搐。那些损失，是否让二叔一家陷入困境？他们的生活是否因此变得困难？

他的心中充满了对二叔的敬爱和感激，却也充满了对未知的恐惧和忧虑。他知道二叔是一个坚强的人，不会被困难打倒。但是，他仍然无法抑制自己对他们的担忧。

高技成紧紧闭上眼睛，心中默默祈祷。他希望二叔一家平安，希望他们能够渡过这个难关。他的内心充满了忧虑和恐惧，但也有坚定和希望。他知道，无论发生什么，他都会与二叔一家站在一起，共同面对困难，共同战胜挑战。

在安静的办公室里，高技成皱着眉头，心事重重。突然，他的电话响起，接起来后，他听到了久违的二叔的声音。

高技成关切地说："二叔，你们家怎么样了？我一直在担心你们。"

二叔回应："技成啊，还好，就是房子被淹了一层，电视机和冰箱给泡废了。别的没什么损失，你放心吧！"

高技成松了一口气："那就好，我看电视报道你们家那边受灾挺严重的，一直担心你们的安全。"

高技成安慰二叔："再给您买彩电与冰箱就是！"

二叔说："技成啊，别再为我们破费了，你上次送给我们的余款也够买新的电视机和冰箱了。"

高技成坚定地说："二叔，这不算什么，我早就想给您买了。您就别客气了。"

二叔感动地说："技成啊，真是好孩子。你总是这么孝顺，这么关心我们。我们会记住你的好意的。"

高技成说："二叔，这是我应该做的。您有什么需要就告诉我，我会尽力帮助您的。"

二叔感激地说："好的，技成。谢谢你！我们会尽快恢复正常生活的。"

高技成安慰他说："您放心，二叔。一切都会好起来的！我会尽快给您买新的电视机和冰箱的。您保重身体！"

二叔感动地说："好的，技成。谢谢你！你也保重身体！"

高技成笑答："好的，二叔。我会注意的。再见！"

二叔感激地说："再见，放心吧，技成！谢谢你！"

高技成继续说："二叔，我还有个情况报告您！"

二叔说："哦，技成，还有什么情况？"

高技成说："我们全家决定向江阳县灾后重建捐助 100 万港币。这是我们的一点心意，希望能帮助到江阳人民重建家园。"

二叔高兴地说："太好了，这真是一个伟大的决定！这是对江阳人民的巨大帮助，我代表江阳人民感谢你们！"

高技成微笑着说："谢谢二叔，我们只是尽了一些绵薄之力。"

二叔语气转为期待："技成，我更加期待你来江阳投个大项目。那样的话，不仅你能赚到钱，还能造福于江阳人民，两全其美。这是作为老共产党员的我对你这下一代共产党员最大的期待。"

高技成说："谢谢二叔，我会郑重考虑您的建议！"

二叔高兴地说："好的，我期待你的好消息！"

高技成微笑着说："好的，二叔，我会尽快给您带来好消息，谢谢您！"

通话结束，高技成放下手机，陷入沉思。

这场对话让高技成感到温暖和振奋。他知道二叔的期待是真诚的，他开始认真考虑这个提议，思考如何在江阳投资，为江阳人民带来更多的帮助和福祉。他知道这是他的责任，也是他的荣誉。

第十五章

新生连理

高丹青与高技成、鲍平安父子三人赞助的北伐战争誓师 70 周年音乐会在白云音乐厅举行。高丹青内弟叶志远与高技成二叔武振华应邀携子女出席。

武振华之女中山大学外语系教师高红艳站在主持人的位置，她穿着一件华丽的晚礼服，显得格外美丽。叶志远之子海归博士叶海梦坐在前排，他的眼神闪烁着兴奋和自豪。他对这场音乐会有着深厚的感情，因为他知道这场音乐会是为了纪念他的长辈和那些为民族解放而奋斗的英雄们。

武振华之子中国科技大学博士研究生高自强和叶志远之女广州音乐学院教师叶爱乐坐在第二排。在音乐会的现场，他们互相被对方的才华和气质所吸引，不禁走到了一起。

这是一场盛大的音乐会，舞台中央悬挂着北伐战争的巨幅照片，四周装饰着鲜花和灯光。观众席上人山人海，人们穿着正式的礼服，认真聆听每一个音符。

音乐会开始了，首先是一首雄壮的《北伐军歌》，它唤起了人们对那个时代的记忆,全场观众都沉浸在这首歌曲的旋律中。接下来是各种管弦乐、合唱和独唱等表演,每一首歌、每一个音符都深深地打动着人们的心灵。

音乐厅内有一种肃穆而庄重的气氛,仿佛每个人都将要参与到这个历史性的盛宴中。

随着乐队奏起的音乐,整个音乐厅的氛围变得紧张而激动。音乐的力量逐渐充盈了整个厅堂,仿佛每个人的心灵都随之跳跃。音乐穿透了每个人的耳朵,让人们陶醉其中,感受着历史的回响。

音乐会现场弥漫着一种神奇而庄严的气氛。观众们安静而专注地聆听着每一个音符,仿佛他们与历史在这一刻相互交融。整个音乐会洋溢着庄重的气氛,让每个人都感受到了北伐战争那段充满豪情壮志的岁月。

现场观众簇拥在大厅里,灯光闪耀,气氛热烈,期待着主持人高红艳的登场。突然,一道亮光聚集在舞台中央,伴随着悦耳的音乐,高红艳优雅地走上舞台。她身穿一袭红色晚礼服,流畅地勾勒出她姣好的身姿,让她的靓丽容颜更加突显。她的优雅仪态和自信神采让观众都为之倾倒,纷纷发出喝彩声。

高红艳微微一笑,说出流利的中英文开场白: "Ladies and gentlemen, 晚上好! It's such an honor to be standing here tonight. Thank you all for joining us. 今晚,我要与大家分享一些特别的表演和音乐。I believe, tonight will be a night to remember! "她的声音宛如天籁之音,瞬间吸引了所有人的注意力,现场掌声如潮水般而起。

此时,叶海梦心中感叹道: "这才是我的梦中情人! "他情不自禁地蹦出这句话。叶海梦期待着自己上台的时刻,终于轮到他了。

叶海梦从舞台侧面走上台,在掌声中,他开始朗诵自己创作的诗歌。他的声音深沉有力,情感激荡,每个字句都如同一颗重磅炸弹击中了观众的心灵。激情澎湃的节奏在大厅中回荡,观众几乎被他的表演震撼到无法自拔,纷纷起立鼓掌。

主持人高红艳被这场演出震撼,她站在舞台边聆听着,眼神中充满了敬佩和欣赏。她几乎忘记了自己是主持人，陷入了自己内心的世界。

过了一会儿，她才反应过来，微笑着说道："太震撼了，不愧是军人的后代，真是江山代有才人出呀！"她的声音充满着赞叹之情，让台下观众掌声如雷鸣般再次响起。

接着，叶爱乐登台演唱《东方之珠》，她甜美的声音与她亭亭玉立的身姿相得益彰。她动人的歌声和灵动的舞蹈仿佛一颗璀璨的东方明珠在舞台上闪烁。观众沉浸在她的歌舞中，享受着美妙的音乐，忍不住随着节奏跳动。

一直在观看的高自强被叶爱乐的才华所吸引，他情不自禁地上台，手中捧着一束美丽的鲜花，微笑着走向叶爱乐，向她传递着他的欣赏和喜爱。这束鲜花犹如一抹明亮的色彩，点亮了整个舞台，也点亮了叶爱乐的脸庞。

这场纪念北伐战争70周年的盛大音乐会，意外点燃了叶海梦与高红艳、高自强与叶爱乐这两对才子佳人的爱火，成了他们的相亲会。音乐会结束后，他们四人相互交换了联系方式，开始相互了解，感情逐渐加深。在接下来的日子里，他们经常约会，一起去看电影、逛街、吃饭等。在彼此的陪伴下，他们变得更加亲密，最终双双喜结良缘。

两对新人的婚礼在回州一家豪华酒店内举办。包括武振华在内的高、叶、鲍三家几代老小悉数出席这个盛大的婚礼。婚礼的场地被装饰成了一个梦幻般的仙境，绚丽多彩的花朵和绿意盎然的植物布置得随处可见。整个场地散发着浓厚的喜庆气息，让人不禁沉浸其中。

场地中央摆放着一个巨大的花艺装饰，由鲜花和绿叶编织而成，宛如一个绽放着的缤纷花海。正中央，高悬一对红艳夺目的结婚花环，象征着高红艳和叶海梦即将步入婚姻的殿堂。

来宾穿着华丽的晚礼服，穿梭在各个角落。他们大多是高、叶两家的亲朋好友。充满生机和笑声的场地里，每个人都透露出幸福的光芒。

他们中辈分最高的高丹青、武振华与叶志远携夫人身穿正式礼服，站在主席台上，笑容满面地为两对新人祝福。

高红艳与叶海梦、叶爱乐与高自强两对新人轮流上台深情地表达他们的喜悦与感激之情。

接着是舞会。舞池中心，高红艳与叶海梦、叶爱乐与高自强两对新人手牵手悠然旋转，他们的笑脸洋溢着幸福和喜悦。音乐缓缓响起，舞池周围的宾客开始齐声祝贺。欢快的舞步拉开婚礼的序幕，拉近了来宾的距离，将这个晚上的温馨氛围推向了高潮。

整个晚宴，美食佳肴满足了每一个宾客的味蕾。色香味俱全的海鲜、烤肉和各种甜点都堆满了宴会厅的每一桌，散发着诱人的香气。舌尖上的美食与快乐的笑声交错，让这个婚礼犹如一个盛大的宴会。

"看来我们高、叶两家不仅缘分未尽，而且还扩大再生产呀！" 高技成一语逗得大家欢笑不已。

在那个温馨的夜晚，气氛被一种深深的情感所包围。

年近八十的高丹青一点也不显老，看上去最多也就六十来岁。他清瘦挺拔，须发半黑半白，犹如经历过风霜雨雪的古树，既显得庄重又显得沉稳。他脸庞上刻满了岁月的痕迹，但面容红润，那双深邃的眼睛依然炯炯有神。他的酒量虽不如从前，但二三两白酒仍不在话下。

只见他叫过儿子、儿媳和孙子、孙女，带着几分醉意，深沉地看着他们，然后开口说道："技成、丁香，你们亲二叔、亲二婶，可是你们的大贵人、大恩人哪，让我们一起敬大贵人、大恩人一杯酒，借以表达一直藏在我们心底的感激之情！"他的声音虽然有些沙哑，但中气十足，每一个字都充满了力量和情感。

高技成与林丁香带着儿女积极响应。他们的声音中充满了真诚与感激："二叔、二婶的再造之恩，孩儿今生今世永志不忘，永远铭记，感恩不尽！"他们说罢向他们亲二叔、亲二婶深鞠一躬，然后端起满杯一饮而尽。

"大哥、大嫂，技成、丁香，咱一家人不说两家话。你们这样说就见外了，还真当我不姓高而姓武了？"武振华也带着酒意回应。他的脸上洋溢着一种宽厚与亲切，那是对于家人的深深的爱护。

高丹青似乎还有话要说，他落座后贴着武振华的耳朵继续感恩道："要不是你这亲二叔，我儿高技成活着都是问题。你不仅作为他亲二叔救了他的命，还作为他的灵魂导师引导他茁壮成长。"他的声音中充满了感激与敬意。

"那都是我应该做的，我是他亲二叔嘛！你同时还要感恩我们党和政府，没有我们党和政府让他从小学到大学受那么好的教育，还培养他当干部入党，他也成不了德才兼备的人才！"武振华的声音中充满了自豪与坚定，那是对于国家和党的深深感激。

"是呀是呀，我要郑重表达对贵党贵政府的感激之情，就是不知怎么表达，你能替我转达吗？"高丹青的声音中充满了真诚与期待。

"可以呀，你写篇短文，我替你转投江湖市报去发表，如何？"武振华的建议让高丹青的眼睛亮了起来。

"好呀好呀，我是认真的，回港区就写！当然，我更要以实际行动感恩党和政府。好好感恩，就是我这曾经的国民党军官应有的赎罪！"高丹青诚恳地表示。

第十六章

海梦成真

叶素荣坐在家中的客厅里，享受着寂静的午后时光。突然，她的手机铃声划破了宁静，她一手拿起手机，一手握着茶杯，轻轻滑动屏幕接听了电话。

"喂，姑妈，是我海梦啊！"电话那头传来海梦焦急的声音。

叶素荣心中一惊，她能感受到侄儿声音中透露出的紧急和重要。她赶紧将茶杯放在茶几上，全神贯注地倾听着电话。

"海梦，怎么了？有什么事情这么紧急？"叶素荣紧张地问道。

海梦稍微松了口气，然后匆忙解释道："我与红艳和我妈刚从鹏圳乘坐一辆列车，很快就要到达港区西九龙车站了。我有件非常重要的事情要请教你们，急需你们帮助。"

叶素荣眉头微微皱起，心中充满了担忧。她想象着海梦与他新婚妻子高红艳和妈妈坐在火车上的情景，车厢内人们匆匆来往的脚步，挤满了旅客来来往往，纷杂而热闹。

"好的，海梦，我们在家等着。"叶素荣鼓励地说道。

走进客厅，海梦、红艳与他们母亲见墙上悬挂着姑爹、姑妈一家人的合照，笑容幸福而温暖，舒适的沙发摆放在中央。姑爹早早地在客厅等候。

"本来他爸也要来的，但是他是部队高级干部，退休后出境手续难办。"母亲急切地和姑爹、姑妈解释着，希望让他们明白这次来的重要性。母亲的声音低沉而坚定，不禁微微颤抖着。

"什么事这么紧急重要？"叶素荣面带疑惑，好奇地询问着为什么这次事情如此紧急。

"海梦，你自己跟姑爹、姑妈说吧！"母亲转身对叶海梦说，让他自己向姑爹、姑妈解释。

叶海梦看着姑爹、姑妈，鞠躬行礼，然后从头道来。

他从清华大学毕业后，前往美国加州理工大学继续攻读硕士和博士学位。在这所充满科技创新的大学里，他不断涉猎各种领域的知识，并将目光锁定在电池技术上。

经过多年的学习和实践，叶海梦从锂离子电池的原理出发，深入研究了电解液的组成和特性。他发现，传统的锂离子电池在高温或受外界冲击时会引发热量过高的问题，从而导致电池爆炸。为了解决这个问题，叶海梦开始着手寻找一种新的电解液配方。

经过大量的实验和数据分析，叶海梦最终成功地研制出一款全新的锂离子电解液。他发现，这种电解液具有高稳定性和低热量释放的特点，能够在高温环境下依然保持稳定性，同时在受到冲击时能够自动释放掉过量的能量，从而保护电池不受损坏。

除了研究电解液，叶海梦还对电池的设计进行了改进。他设计了一种更为紧凑和轻便的电池，以提高电池的能量密度和使用寿命。他采用了先进的材料和工艺，通过优化电池内部结构，减小电池的体积和重量，同时提升了电池的性能和循环寿命。

在丹尼尔手机电池狭小的实验室中，叶海梦专注地站在实验台前，身旁摆放着各种科研设备和试管。他的目光闪烁着兴奋和自信，每一次操作都充满了稳定而熟练的手势。

紧随其后的是一位仪表端庄的美国同学，他热切地向周围的厂家工作人员介绍着叶海梦，自豪地说道："这就是我们的研究合作伙伴，他的技术方案非常先进！"

工作人员则对着两人报以礼貌的微笑，期待着与这位秘密顶尖科学家的见面。

穿过厂家车间的走廊，两人来到了一扇镶嵌着玻璃的巨大门前。门外是一片整洁而繁忙的生产线，工人们佩戴着防护玻璃面罩，忙碌地操控着机器和设备，轰鸣声不断。

推门而入，叶海梦感受到温暖和震撼。他倾听着机器的转动声，感受着电池生产的律动。

丹尼尔电池厂家的负责人带领着两人来到生产线前，向叶海梦展示电解手机电池的制作过程。机器无声地工作着，配合着工人的巧手，灵活而精准地完成每一个环节。叶海梦眼中闪烁着迷恋和敬畏的光芒，他深深沉醉于电池制造的神秘和美妙之中。

当电池最终生产完成，厂家的负责人手捧着一颗亮闪闪的锂离子电解手机电池产品，郑重地递给叶海梦。叶海梦的眼眸中闪烁着激动的泪光，他轻轻抚摸着这颗象征梦想成真的成果，感受着电池表面的光滑和温度。

这个瞬间，叶海梦的目标和努力化为一个具象的存在。他用自己的科研经费，通过美国同学的介绍，来到这家丹尼尔电池厂，成功试制出了这种完美的锂离子电解手机电池产品。他的技术方案得到了完美的证明，未来的梦想似乎变得触手可及。

回国后，叶海梦在鹏圳注册了蓝海高科技手机电池制造公司。在公司的办公室里，叶海梦坐在宽敞明亮的办公桌前，沉浸在密密麻麻的合同和市场数据中。他的脸上洋溢着自信和喜悦的笑容，眼睛闪烁着坚定的光芒。

办公室门口，一群忙碌的工程师正在紧张地测试手机电池的性能和稳定性。电池充、放电的声音和实验室仪器的嘟嘟声交织在一起，整个房间弥漫着科技氛围。每一个工程师都目不转睛地盯着实验结果，准确地记录着每一个数据。

在生产车间，巨大的机器轰鸣着，灵巧的机械手臂不停地抓取着线路板和电池芯片。工人们有条不紊地进行着各个环节的制造，他们井然有序地移动着，给整个车间注入了生机和活力。当第一颗锂离子电解手机电池从生产线上完成时，工人们欢呼着，他们为自己的努力感到骄傲。

市场部门的同事们正忙着联系各大电子厂商和电信运营商，向他们展示蓝海高科技手机电池的卓越性能和优质服务。会议室里，叶海梦和他的团队正在向潜在客户详细介绍产品的特点和优势，他们的目光中透露着激动和自豪。

随着产品的推广，境外市场也开始迅速响应。蓝海高科技手机电池的名气在海外电子展会上扩散开来，外国客户纷纷前来洽谈合作。办公室里叶海梦忙着应对不同语言和文化背景的客户，他和团队积极解答他们的问题，争取到更多的订单。

终于，第一批蓝海高科技手机电池在一片喧嚣中装载上货车，准备发往全国各地。整个公司的员工热情高涨地为这个重要的时刻而欢呼，他们深信这个产品必将在市场上引起巨大的轰动。

这一幕幕的细节描写展示了一个充满活力和朝气蓬勃的现场场景，人们忙碌而充满激情地投入到各自的工作中。

叶海梦的蓝海高科技手机电池制造公司的总部大楼安静而宏伟地矗立在鹏圳的城市中心。高大的银色建筑外墙反射阳光，犹如一颗璀璨的宝石。门前停满了豪华轿车，展现了公司的富庶和威严。

进入大厅，一股温暖而奢华的气息扑面而来。大厅为客户和员工提供了一个舒适的休闲空间，柔软的皮质沙发上坐满了来自世界各地的客户和合作伙伴。墙上悬挂着公司获得的各种荣誉奖杯，展示了他们在行业中的卓越成就。

踏上豪华电梯，叶海梦来到了公司的高层办公室。办公室装饰简洁而有品位，大窗户透过充满生机的绿植，将城市的喧嚣完全隔绝开来。大桌子上整齐地放着各种文件和报告，一台顶级电脑静静地运转，展示着公司的科技实力。

在办公室的书架上，摆满了叶海梦收藏的各种文献和科技书籍。他对技术的热情和追求在每一页书籍中都能感受到。墙上挂着他与合作伙伴进行谈判时的合影，记录着他不断成长和发展的历程。

突然，一名助理人员匆匆走进办公室，满脸焦急。他递上一封紧急的邮件，上面写着美国丹尼尔手机电池制造公司的名称。叶海梦的表情微微一变，他立刻知道这封信是关于知识产权侵权的起诉书。

叶海梦迅速整理了一下思绪，他决定立即召集公司的法务团队开会。在会议室里，一群精英律师集结在一起，面带着坚定而自信的表情。大家围坐在圆桌旁，各自展开了手中的文件和笔记本。

叶海梦站在投影仪前，他用自信而坚定的声音说道："我们需要全力应对这次的诉讼，确保我们的权益不受侵犯。我们有过很多艰难的时刻，但我相信我们有足够的能力战胜这一次的挑战。"

整个会议室充满了紧张而专注的氛围，大家各自发表意见，不断提出解决方案。叶海梦不停地记录下每一个重要的观点，并展示了他一贯坚持的创新理念。

正当会议进行得如火如荼时，窗外传来了雨点敲击窗户的声音。雨滴不断滑，落在玻璃上形成晶莹的水珠。这场突如其来的诉讼风暴，就像这个夏日午后突然出现的大雨，给了他们意外的挑战。

然而，叶海梦的眼神中透露出坚定和决心。他相信，只要大家齐心协力、勇往直前，他们一定能够打赢这场官司，捍卫公司的荣誉和知识产权。

叶海梦心里充满了懊悔和愤怒。他回想起当年只顾着研发试验，没有及时申请专利的决定，现在成为他前进道路上的绊脚石。被那家美国公司抢夺专利送上了被告席，让他感到非常被动和无助。他内心深处对自己的疏忽感到懊悔，同时对那家美国公司的做法充满了愤怒和不甘，他决心要为自己的成果而战。

高丹青听闻叶海梦所面临的跨国诉讼案，心中顿时涌起一股强烈的情感。叶海梦是自己的老岳父叶老爷子的孙子，老岳父对他们可是恩重如山哪！

"滴水之恩当涌泉相报。老岳父当年开给我们 100 万港币的支票，那样慷慨大方，让我们到了港区不仅衣食无忧，而且有本钱买字画收藏，发了大财，我们怎能不报答呢？"

他这样想着，与叶素荣对视一眼，点了点头。在他们的心中，已经决定了今后的行动方向。他们将会倾尽自己所能，为叶海梦争取胜利，回报他们一家所受到的恩情与奉献。

宝刀不老的高丹青眼中闪过一丝坚定之色，他举起手握拳，表达着他们的决心："这件事情我们不能掉以轻心，我们要全力以赴，不惜一切代价，力争打赢这场跨国官司，也是力争打赢一场正义之战！"

高丹青与叶素荣设家宴隆重款待弟媳与侄儿、侄媳。桌上摆满了各种美味的食物和精心装饰的餐具，屋内弥漫着浓厚的家庭气氛。

高技成和林丁香一家全都参加了宴会，他们坐在桌子旁，笑语盈盈地交谈着。然而，话题不可避免地转向了叶海梦的跨国官司。大家都对此感到关切，纷纷表达了对叶海梦的支持和鼓励。

高技成站起身，面对众亲友举起杯，声音充满了坚定和支持："只要有足够的人证、物证，这场跨国官司还是打得赢的。就是需要请美国本地最好的律师，这当然是要花费很多钱的。不过海梦你放心，费用的事我给你兜底。无论花费多少钱，我都会支持你，助你战胜一切困难！正如老爸所说的，我们必须不惜代价全力支持你，确保你能够打赢这场跨国官司，打赢这场正义之战！"

叶海梦的妻子高红艳也站起来积极表态助战："海梦，我既是你的生活秘书，又是你的英文秘书，会竭尽全力配合你打赢这场跨国官司！正义在我方，我方必胜！"

这番话让现场的气氛更加凝重。众人的目光集中在叶海梦身上，他与母亲看到了高家人对他的坚定支持和决心。每个人都感受到了浓厚的亲情和团结的力量。

叶海梦感激地望着姑爹、姑妈，心中满是感动。他能够感受到亲人的温暖和鼓励，这让他倍感坚定，充满了战胜困难的勇气。整个场面沉浸在一种激动人心的气氛中，人们为叶海梦加油打气，希望他能够取得胜利，为正义而战。

在姑爹、姑妈与表哥的大力支持下，叶海梦在美国雇了一个顶尖的律师团队，他们一起奋力搜集研发试制的锂离子电解手机电池的大量有利的物证和人证。律师团队翻遍了各种资料和数据，他们在案件中投入了大量时间和精力。叶海梦和他的律师们穿梭于熙熙攘攘的美国法庭之间，为了捍卫自己的知识产权权益，他们面对着丹尼尔手机电池制造公司的强大法律团队，展开了一场殊死搏斗。

整个法庭氛围紧张而庄重，律师们穿着西装，站在庄严肃穆的威严法官面前。无数摄像机、记者和观众，挤满了座位的法庭大厅。法官严肃地看着双方代表，散发着正义与权威的气息。

证人和专家就这一技术领域进行了激烈的辩论。叶海梦的律师们精心组织和充分准备，他们利用最新的科技和图表，向陪审团展示了锂离子电解手机电池解决方案的关键技术和创新之处。律师们辩称，这项技术的知识产权属于叶海梦，并呼吁法庭做出公正的裁决。

一场漫长而曲折的官司展开，曾一度让人们怀疑是否能见到公正的结果。但叶海梦和他的律师们没有放弃，他们坚定地为自己的权益而奋斗。与此同时，丹尼尔手机电池制造公司的代表们也全力以赴地为自己辩解。

三年过去了，最终结果终于出炉。在美国硅谷联邦法院的最终裁决中，锂离子电解手机电池解决方案的专利权被判定属于叶海梦。这一消息传遍全球，在法庭外的人群中掀起了一阵欢呼和尖叫声。

叶海梦和他的律师们庆祝着胜利，长时间的努力和艰辛终于得到了回报。他们的努力不仅捍卫了叶海梦的权益，也为整个行业带来了重大的影响。

整个法庭的气氛瞬间缓和下来，人们充满敬畏地看着叶海梦和他的律师们，他们成为英雄般的存在。在这个艰辛的官司中，他们用智慧和毅力捍卫了正义，展现出顶级律师的专业能力和勇气。这场官司不仅仅是个案件，更成为世人对于知识产权保护的一次重要宣示。

尽管最终获得胜诉，但旷日持久的跨国官司还是让叶海梦的鹏圳蓝海高科技电池制造公司不得不停产而遭受了巨大的经济损失。他必须再从零开始。

不过，塞翁失马，焉知非福，这场跨国官司也让他的高科技锂离子电解手机电池新产品名扬天下。

这一天，叶海梦在鹏圳蓝海高科技电池制造公司的办公室里，正在与几位工程师紧张地讨论着最新的产品设计。突然，办公室的门被推开，一个气质非凡的中年男子走了进来。

他身着一身精心搭配的西装，佩戴着一块金色的令人印象深刻的名贵手表，显然是一个相当高调的商业人士。这就是天使投资的代表、著名的投资人王启明。

王启明径直走到叶海梦的办公桌前，微笑着与他握手。他的目光充满了钦佩和期待，似乎已经对这位年轻博士创业家产生了浓厚的兴趣。叶海梦感受到了他的诚意，不禁微微一笑。

"叶博士，我对您的公司非常感兴趣。我听说您的产品拥有自主知识产权，这在手机电池行业是非常难得的。我相信，您的公司有巨大的发展潜力。"王启明说道，表情中透露出对叶海梦颇为赞赏的意味。

叶海梦微微点头，示意王启明坐下。他从办公桌上拿起一份精心准备的公司介绍资料，递给王启明，同时开始向他详细介绍公司的发展情况和产品优势。

在叶海梦的介绍下，王启明逐渐被深深吸引。他不仅对公司的技术实力赞叹不已，还对叶海梦坚定的创业信念产生了钦佩。王启明毫不犹豫地表示，愿意为叶海梦的公司投资 1 亿元人民币，作为首轮天使融资。

叶海梦听到这个消息时，难掩内心的激动和喜悦。他纹丝不动地坐在椅子上，眼里闪烁着激动的泪光。这一刻，他终于感受到了自己辛辛苦苦创业的种种辛酸与坎坷都是值得的。他心中充满了对未来的希望与憧憬。

王启明站起身来，向叶海梦伸出了援助的手。他充满自信地说道："叶博士，有了我们的投资支持，你的公司将能够迅速扩大规模，实现蓝海高科技手机电池制造公司的梦想。"

这一幕在办公室中静静上演，叶海梦激动地握住了王启明的手，感激地说道："谢谢您的信任和支持，我会用最大的努力来实现这个梦想。"

办公室里弥漫着欣喜和期待的氛围，而在叶海梦的心中，一把初生的企业梦想之火正悄然燃起。他坚信，有了首轮天使融资的支持，他的公司将迎来蓬勃发展的新时代。

在一间宽敞明亮的实验室里，叶海梦开始了电车电池的研发工作。整个实验室被各种仪器设备和试验材料填满，展现出一派繁忙而有序的科研景象。

在长时间的研究和试验中，他渐渐摸索出了一种独特的电池设计方案。这种电池采用了新型的材料和工艺，能够提供更高的能量密度，使电车能够运行更长的距离。他通过一系列实验证明了这个新设计的可行性，并开始了专利申请的程序。

专利的审批过程并不轻松，他需要详细描述和用图示来展示他的研究成果。他在白纸上描绘出新型电池的外形和结构，精心注释每一个部分的功能和作用。他用色彩明亮的标志性颜料为设计增添了一抹活力。

在国际专利申请的过程中，他需要将研究成果进行更详细的描述，并且要进行额外的试验和数据分析以提供更充分的证据。他在一台高性能微观摄像机下观察电池内部的反应过程，并将这些珍贵的图像记录下来。这些图像和数据将成为他申请国际专利的有力支持。

1 年后，他收到了国内专利机构的正式批准函。他一边阅读着批准函上鲜红的字迹，一边想象着自己的电池将来可能在各地的电车上投入使用，以推动更环保的交通方式的发展。

18 个月后，他的国际专利申请也获得了肯定。他的电池创新成果被全球范围内的专家认可，并预示着未来电动交通的新篇章。

在获得电车电池新产品的国内、国际专利后，叶博士坐在位于繁忙都市中心的一家高楼风投机构会议厅里，他的心情越发激动和紧张。会议厅内灯光充足，但与外界隔绝开来，尽显商业氛围。

坐在对面的是一位身着西装的风投机构代表，风度翩翩的外表透露出他的经验与自信。叶博士略微有些紧张地将自己的新专利文件展现给对方。谈判桌上摆放着一碟新鲜水果和一壶热气腾腾的咖啡，散发着诱人的香气。

"叶海梦，我曾经有一次在南美洲看到一个孤独的矿工坐在金矿旁，没人看好他，但他相信坚持下去会有机会。现在他已经成为巨富。"风投机构代表激昂地介绍着这个故事，目光紧紧地盯着叶博士。

叶海梦沉浸在对方的话语中，心中涌动着取得成功的渴望。他想起自己无数次通宵达旦为了电池产品进行反复试验的日子，心中不禁涌起成就感。

风投机构代表看到了叶海梦眼中的决心和激情，微笑着继续说道："叶博士，我们相信您的专利价值，愿意为您的公司提供 6 亿元人民币融资，助您一臂之力。我们希望您能在我们的投资下，将这个项目推向市场，让您的技术成果造福世界各地的消费者。"

叶海梦顿时感到一阵激动，心中充满了信心和决心。他从椅子上站起来，伸出手与风投机构代表紧紧握手，彼此间传递着共同的力量与合作的决心。

在会议室的中，交织着喜悦和期待。这是一个共同追逐梦想的舞台，在这里，叶博士的电车电池新产品得到了将来更大发展的机会。他意识到，接下来的道路还很漫长而艰辛，但他已经下定决心，不论风浪多么汹涌，他都将努力追逐成功的彼岸。

这一轮融资后，其电车电池迅速量产，并很快占有全球8%的市场份额。他的鹏圳蓝海高科技电池制造公司估值升至50亿元人民币。

这时，叶海梦又有了新的梦。他站在宽敞明亮的办公室里，四周摆放着各种鲜花和奖杯，彰显着他的成就与荣誉。办公室的一侧是整齐摆放的电池样品，闪着微弱的蓝色光芒。这些电池正是叶海梦在新能源汽车领域所研发出的领先技术之一。

叶海梦笔挺的身影在宽敞的办公室中来回穿梭，每一步都显得那么坚定而有力。阳光透过落地窗洒在他的身上，为他镀上了一层金色的光辉，他深邃的眼眸中闪烁着对电池技术无尽的热爱与执着，那是一种只有真正投身于科研事业的人才能体会到的光芒。

他深知，电池的性能和成本不仅直接决定了汽车的"生命力"，更是新能源汽车能否真正普及、改变世界能源格局的关键所在。每当想到这一点，他的心中便涌动着一种难以言喻的责任感和使命感。电池的性能，关乎新能源汽车的动力性能——能否在瞬间爆发出强劲的动力，让驾驶者感受到前所未有的推背感；续航能力——能否让汽车在长途旅行中无须频繁充电，真正实现"说走就走"的自由；安全性——能否在极端条件下依然保持稳定，为驾乘者提供坚不可摧的保护。

而叶海梦已经在这个领域抢占了先机。他的高科技电池，无论是性能还是性价比，都在国际上遥遥领先，仿佛一颗璀璨的明星，照亮了新能源汽车的未来之路。每当想到这些，他的眼神中便不由自主地闪烁着兴奋的火焰，那是一种对胜利的渴望，也是对自我价值的追求。

然而，他并不满足于现状。在他看来，仅仅生产制造新能源汽车电池还远远不够，他要的是构建一个完整的新能源汽车生态系统。从电池到整车，从研发到生产，每一个环节都要掌握在自己的手中。于是，他开始谋划布局，每一个细节都亲力亲为，每一个决策都深思熟虑。他的脑海中，已经勾勒出一幅宏伟的蓝图，那是一幅属于新能源汽车的未来画卷，而他，正是那位执笔的画家。

每当夜深人静时，叶海梦还会独自坐在办公室的窗前，凝视着外面灯火阑珊的城市。他的心中充满了对未来的憧憬和期待，那是一种只有真正有梦想、有追求的人才能体会到的幸福。他知道，前方的路还很长，挑战还很多，但他坚信，只要心中有梦，脚下就有路。而他，叶海梦，必将带领他的团队，一路前行，直到梦想的彼岸。

他心中明白，这款新能源汽车将是他个人事业，也是中国电动汽车产业的里程碑。叶海梦来到生产线旁，眼前场景犹如一片繁忙的蜂巢。机器轰鸣着，叶海梦走向前方，亲自检查每个工艺环节，以确保每一辆新能源汽车都达到他所期望的完美状态。

在展销会上，叶海梦的金苹果电动汽车引起了全场的关注。展馆内张灯结彩，观众络绎不绝地围绕着叶海梦的展台，行色匆匆的商务人士不断询问各种问题。叶海梦微笑着回答着每一个问题，充满自信和慷慨激昂的豪言壮语。人们被他的激情所吸引，纷纷投来赞许的目光，对这个来自中国的企业家刮目相看。

在国际市场，叶海梦的金苹果电动汽车也取得了巨大的成功。他的电车遍布世界各个角落，出色的性能和创新的设计让消费者纷纷投身于这场环保革命。销量纪录不断被打破，叶海梦的名字如同电动汽车领域的明星一般耀眼。

困难与挑战并未远离叶海梦，但他的汗水和努力铸就了他的成功。每一次的跳跃，都是他追求梦想的脚印，每一次的突破，都是他为搞新能源电车而付出的努力。在人们的目光中，他继续跳跃，继续创新，为世界创造更美好的未来。

在这个风和日丽的上市日，港区交易所外围聚集了一大群人。彩旗飘扬，人们兴奋地谈论着即将在市场上亮相的金苹果电动汽车公司。场边有一座精美的舞台，上面摆放着鲜花和灯光的装饰，给人一种温馨而典雅的感觉。

叶海梦身着一身笔挺的西装，站在舞台中央，焦急地等待着重要的时刻。他的家人和公司高层一个个走上台，微笑和激动的眼神充斥着整个空间。家人穿着整齐，每一张面孔都洋溢着自豪和喜悦。

叶海梦心中燃起了满满的感激之情，他深深体会到，自己的成功来自家人的支持和鼓励。他看向父母亲叶志远夫妇，他们是最早理解他梦想的人，他紧紧握住他们的手，感受到了无尽的力量传递给自己。父亲叶志远手中拿着一只锣，庄重而坚定地等待着他的指示。

观众也焦急地等待着开市的铃声。在他们身后，金苹果电动汽车公司的展板上，展示着各种各样的电动车型，引来路人的驻足观看。人们纷纷跃跃欲试，看着那些造型时尚、环保节能的电动车，他们仿佛已经看到了未来。

终于，铃声响起。叶海梦毫不犹豫地迈向父亲身边，抬起手示意父亲敲锣。父亲叶志远沉稳地举起锣槌，用力一敲，锣声响彻整个交易所。这一声锣响，宣告着金苹果电动汽车公司的上市，也象征着叶海梦的梦想正式起航。

欢呼声和掌声瞬间充斥在空气中，人们情绪高涨地祝贺叶海梦的成功。叶海梦感受到了无与伦比的喜悦和骄傲，他转过身，紧紧拥抱着自己的家人，感谢他们的支持和付出。

在这个璀璨的瞬间，叶海梦和金苹果电动汽车公司的未来充满了希望。他们的梦想将通过这次上市，在国际舞台上闪耀，并为全球市场带来更多的环保和可持续发展的解决方案。

第十七章

蛇媒良缘

高技成和林丁香夫妇刚要入睡，突然间，他们听到电话铃声急促地响起。高技成皱着眉头，抓起电话接听。电话的另一头，是他们的儿子高茂林。

"爸妈，我在张家界被蛇咬了，不能如期回港！"高茂林的声音有些颤抖，但是尽力保持着平静，"我已经被送到医院治疗了，毒性已经被控制住，不会有生命危险的。"

高技成和林丁香听得面面相觑，心中惊骇不已。

"茂林，你现在感觉怎么样？"林丁香焦急地问，"我们需要过去看你吗？"

"不用了，妈。我已经稳定了，不会有事的。我会在这边继续治疗，可能要住几天院才能回港区。你们放心，我会照顾好自己的。"

尽管他们的心仍旧悬着，但听到儿子无性命之忧，高技成和林丁香都松了一口气。他们知道这个消息一定会让老人家担心，他们也明白，告诉他们只会让他们更加焦虑。

"茂林，你要听医生的话，安心治疗，"高技成叮嘱道，"如果有什么需要我们做的，就立刻告诉我们。"

"好的，爸、妈，我会的。你们放心，我会尽快康复的。"

挂上电话后，高技成和林丁香都没有说话。他们听着窗外的狂风暴雨声，心中却充满了庆幸。虽然前方的道路充满了未知，但他们知道，他们的儿子已经是一个成年人，可以独立面对生活的挑战。只要他安好，他们就无惧风雨。

炎热的暑期，高茂林，一个年轻的港区大学生，独自前往张家界旅游。他身处这个闻名遐迩的自然景区，感叹着大自然的壮丽和神秘。然而，就在这时，一个不幸的事件发生了。

在晚间的野外，高茂林不小心踩到了一条蛇，瞬间感到一阵剧烈的疼痛。他的腿部被蛇咬伤了。惊恐和无助的情绪在他心中迅速蔓延，但他的求生意志却他开始寻找援助。

几小时后，他被送到了张家界医院。在那里，他遇到了年轻漂亮的主治医师冯秋兰。冯秋兰不仅在张家界医院担任主治医生，也是这个城市的一名颇有名气的医生。

镇定下来的高茂林斜眼看过去，只见冯秋兰美貌如同初升的朝阳，温柔而璀璨。她的脸庞如同细腻的瓷器，白皙而光洁，透出一种天然的高贵和清雅。她的眼睛犹如深邃的湖泊，清澈明亮，充满了智慧和善良。每当她注视着病患时，那眼神中的关怀和坚定，都让人感受到一股温暖的力量。

她的眉形优雅，微微上扬，带着一种独特的英气。当她眉头紧锁时，更显得她的专注和认真。她的长发如丝，柔顺地垂落在肩头，随着她的动作轻轻摇曳，宛如一幅流动的画卷。

冯秋兰的身姿挺拔，仿佛一棵傲立的白杨，无论在任何困难面前，都能保持坚韧不拔的姿态。她的手指纤细而灵活，处理伤口时，那熟练而专注的样子，仿佛是在创作一件艺术品。

她的笑容温暖如阳光，每当她微笑时，整个世界仿佛都亮了起来。她的声音柔和而坚定，像一股清泉，能抚平人们的焦虑和痛苦。

在高茂林的眼中，冯秋兰不仅是一位医术高超的医生，更是一位充满爱心的女性。她的美貌和善良，都深深地打动了他，让他对她产生了一种特殊的情感。那种感激、敬佩与爱慕交织的情感，如同熊熊燃烧的火焰，温暖了他的心，也照亮了他的人生。

冯秋兰看到高茂林受伤的腿部，眉头紧锁。她快速而熟练地为高茂林处理伤口，同时给予他精神上的安慰。尽管她的脸上露出担忧的神情，但她的眼神中充满了坚定和关怀。

治疗过程中，高茂林被冯秋兰的专业素养和善良深深打动。他对这个美丽的女医生既感激又敬佩。他开始对冯秋兰产生了一种特殊的情感。

经过几天的治疗和冯秋兰的精心照顾，高茂林的伤情明显好转。冯秋兰每天都来看望他，为他检查伤口，给他带来温暖和安慰。

出院回港区后，高茂林和冯秋兰的聊天窗口在屏幕上闪烁着，两人的对话和活动在虚拟空间里活跃起来。

高茂林："秋兰，你知道我爷爷高丹青吗？他是个画家。"

冯秋兰："是吗？"

高茂林："是的，他的画作很特别。我最近找到他的一些旧素描，想给你看看。"

冯秋兰："真的吗？那太好了，我很期待。"

高茂林点击了"发送"，一张张土家吊脚楼的素描出现在了屏幕上。冯秋兰看着这些画作，感到非常惊讶。

冯秋兰："这些画作真的很美，我能问问你爷爷画的是谁吗？"

高茂林："我猜他画的是当地几个居民。"

冯秋兰："有一张……跟我爷爷保存的一模一样。我爷爷说这是当年一个叫李怀山的老中医给他画的。"

高茂林："是吗？太巧了！我会问问我爷爷关于这个李怀山的事情。"

几天后，高茂林再次上线。

高茂林："秋兰，我查到了，我爷爷说那个叫李怀山的老中医就是他当年的化名。你爷爷是不是瓦匠冯百里？"

冯秋兰："是的是的，你怎么知道的？我爷爷还健在，70多岁，身体硬朗。"

高茂林："我爷爷说你爷爷冯百里曾搭救过他，是他的大恩人。"

冯秋兰："是吗？那太神奇了！"

两人相视而笑，仿佛在这个虚拟世界里，他们的心被一条看不见的线连接在一起。

在一个阳光明媚的早晨，高丹青坐在自己位于港区艺术区的画室里，一边品着咖啡，一边翻阅着一份艺术杂志。这时，他的孙子高茂林推门走了进来，脸上带着抑制不住的兴奋。

"爷爷，你猜我找到了什么？"高茂林问道，他的眼睛里闪烁着光芒。

高丹青放下杂志，抬头看着孙子，微笑着等他继续说下去。

"我找到了冯百里！"高茂林激动地说道，"就是那个瓦匠,他还活着？"

高丹青听后愣住了，然后放下了手中的咖啡，坐直了身子，认真地听着。

"是的，你没听错，就是那个冯百里，"高茂林继续说道，"就是当年你在一个土家吊脚楼为他画了一幅素描的那个瓦匠冯百里。"

高丹青的记忆开始逐渐清晰起来，他记得那个聪明机灵的瓦匠，冯百里曾在秦皇阵搭救过自己，是自己的大恩人。高丹青心中涌起一股暖流。这个消息让他感到欣喜若狂，他一直希望能有机会再次见到冯百里，感谢他的帮助。

"我这次在张家界被蛇咬了，就是被他亲孙女冯秋兰医师给治好的。后来我们QQ聊天才知道，她爷爷一直保存着您给他画的那幅素描，跟您保留的那张是一个样的！"孙子高茂林补充说。

"这真是太奇妙了，天大的缘分呀！我想请他和他的孙女冯秋兰来港区做客，"高丹青说道，"我们应该尽地主之谊，邀请他们来港区。我也想再见到冯百里和冯秋兰，他们都是非常特别的人。我要报答他当年的搭救之恩，报答他孙女对我孙子你的救治之恩，也想再和那个机灵幽默的瓦匠摆摆龙门阵。"爷爷高丹青说。

高茂林看着爷爷，微笑着点了点头。他们两人都知道，这不仅是一次邀请，更是一次感恩的机会，一次重温旧日情谊的机会。而这个机会，他们期待了很久。

在港区的国际机场，高茂林身着精致的休闲装，戴着一副墨镜，站在接机大厅的角落，等待冯秋兰和她爷爷。此刻，他的心情既兴奋又紧张，毕竟，他渴望与冯秋兰和她爷爷见面。

突然，一个熟悉的身影出现在了门口，冯秋兰扶着她爷爷走了进来。高茂林立刻迎了上去，两人的手紧紧地握在了一起，随之而来的是一片欢声笑语。

"爷爷，这就是高茂林。"冯秋兰带着甜美的微笑向她爷爷冯百里介绍道。

冯百里看着这个年轻人，眼中满是赞赏和感激。他走到高茂林面前，紧紧地握住他的手，感慨道："谢谢你，茂林先生！"

到了家，高茂林看着两位老人激动的神情，心中也充满了感动。他微笑着说道："爷爷，您和冯爷爷是我最崇敬的人。"

冯百里幽默地插话道："你这小子，还很会说话呢！"

高茂林听后哈哈大笑起来，冯秋兰也忍不住笑了起来。

"您老人家还是那么幽默啊！"高茂林打趣道，"秋兰，你看看你爷爷，多有精气神啊！"

冯秋兰附和着笑了起来："是啊，爷爷还是那么有活力。"

然后，高茂林转头看向了高丹青，"爷爷，我都迫不及待地想听听您和冯爷爷的故事了！"

高丹青和冯百里坐在一起，开始了摆他们的龙门阵。高茂林和冯秋兰坐在一旁听着，虽然他们并没有完全听懂两位老人在说什么，但是他们能够感受到那种亲切和温馨的氛围。

高茂林偶尔会插一句嘴，问冯百里一些关于瓦匠工作的问题。冯百里则会认真地回答他的问题，并继续摆他的龙门阵。而冯秋兰则安静地坐在一旁，微笑着看着他们聊天。

时间在不知不觉中流逝，夜幕渐渐降临。然而，家人的欢笑声越来越响亮。他们谈论着未来的计划和梦想。在这个温馨的家庭里，时间仿佛静止了。

晚上，他们一起品尝着美味的晚餐。每个人都吃得津津有味，畅谈着他们的趣事和回忆。在高茂林的提议下，他们还一起唱起了歌曲庆祝这个特别的团聚时刻。

夜深了，家人们逐渐散去。然而，这个特殊的日子将永远留在他们的记忆中。

阳光明媚的早晨，高茂林和冯秋兰两人在港区的街路上漫步。港区的繁华尽收眼底，高楼林立，车水马龙，一派现代都市的景象。

高茂林带着冯秋兰来到了维港，那里是港区最著名的地标之一。他们静静地站在岸边，欣赏着海景。海浪轻轻拍打着岸边，和煦的微风吹过，带走了他们的疲倦。

"秋兰，你觉得港区怎么样？"高茂林转过头，看着冯秋兰。

冯秋兰微笑着回答："很美，很繁华。但也很忙碌。"

高茂林笑了笑，他明白冯秋兰的意思。他也是一样，忙碌的生活让他忘记了停下脚步去欣赏周围的美。

他们继续走着，来到了港区的标志性建筑——中银大厦。高茂林向冯秋兰解释着这座建筑的历史和意义。他的话语中充满了对这座城市的热爱和自豪。

在午后的阳光中，高茂林和冯秋兰不知不觉地走进了一条宁静的小巷。这里远离了都市的喧嚣，只有微风轻轻吹过，飘来了小餐馆和咖啡店散发出的诱人香气。小巷的石板路略显斑驳，两旁的店铺装饰得别具一格，透出一股复古与文艺的气息。

高茂林停下了脚步，他目光柔和地看向冯秋兰，那眼神里满是深情。

他轻轻地开口："秋兰，你喜欢港区吗？"

冯秋兰微微一愣，随即露出了一个灿烂的笑容："当然喜欢呀！"她的声音清脆而爽朗，仿佛带着一种不可言说的喜悦。

高茂林看着她，眼神更加温柔："那你愿意来港区工作生活吗？这里也需要你这样优秀的医师。"

冯秋兰闻言，眼神中闪过一丝犹豫。她看着高茂林的眼睛，感受到了他的真诚和热情。但她也知道，对于内地人来说，来到港区工作生活并不是一件简单的事情。她轻轻地皱了皱眉："我听说内地人来港区工作生活管控很严，不是谁想来就能来的。"

高茂林看着她，眼中闪过一丝坚定："只要你愿意，那就不是问题。我会帮你解决一切困难。"

冯秋兰看着他，心中涌起一股暖流。她知道，高茂林是真心喜欢她的，也真心希望她能够来到港区。但是，她也有自己的顾虑和担忧。她轻轻地叹了口气："我是爸妈的独生女，总要有来这里的理由，还要让他们放心，那样他们才会放行。所以，我必须请示爸妈和爷爷。"

高茂林看着她，眼中闪过一丝无奈。但他并没有放弃，而是更加坚定地看着她："我有让他们放心让你来的理由。"

冯秋兰看着他，眼中闪过一丝好奇："什么理由？"

高茂林深吸了一口气，然后缓缓地开口："我喜欢你，如果你也喜欢我，咱俩两情相悦，是不是就算是充分必要的理由了？"

冯秋兰闻言，脸上露出了一丝惊讶的表情。她看着高茂林，心中涌起一股复杂的情绪。她喜欢高茂林，这是毫无疑问的。但是，她也有自己的顾虑和担忧。她轻轻地咬了咬嘴唇："这……"

高茂林看着她，眼中闪过一丝紧张："你不喜欢我？"

冯秋兰连忙摇头："喜欢你，不过……"

高茂林看着她，眼中闪过一丝期待："不过什么？名花有主了？"

冯秋兰微微一愣，然后轻轻地摇了摇头："倒也不全是。谢谢你对我的喜欢。但这事儿我也得回家请示爸妈与爷爷后才能给你一个确定的回答。"

高茂林看着她，眼中闪过一丝失落。但他并没有放弃，而是更加坚定地看着她："那好，我耐心等候你对咱俩两情相悦的确认！"说完，他轻轻地握住了冯秋兰的手，眼中充满了期待和坚定。

在与爷爷冯百里一同搭乘飞机返回张家界的归途中，飞机的轰鸣声伴随着云层的翻滚，仿佛在为他们的对话增添了一份别样的氛围。冯秋兰坐在窗边，她的目光不时地望向窗外，仿佛有心事。

冯百里则坐在她的旁边，他的眼神中充满了对孙女的关爱。他注意到冯秋兰的神情有些凝重，便主动开口问道："秋兰，有什么心事吗？跟爷爷说说。"

冯秋兰转过头，看着爷爷，眼中闪过一丝犹豫。但她知道，爷爷是她最亲近的人，也是她最信任的人。于是，她深吸了一口气，将高茂林向她示爱并期待她确认两情相悦，然后到港区工作生活的事情告诉了爷爷。

冯百里听完冯秋兰的叙述，眼中闪过一丝惊喜。他将了将花白的山羊胡，喜形于色地拍拍冯秋兰的手背，说道："这是好事呀，你还犹豫什么？"

冯秋兰看着爷爷，眼中闪过一丝感激。她知道，爷爷一直都很支持她，也很理解她。但是，她也有自己的顾虑和担忧。她柔声道："爷爷你有所不知。"

冯百里看着她，眼中闪过一丝疑惑："有什么情况爷爷有所不知？难道你心里有别人了？"

冯秋兰微微摇头，眼中闪过一丝犹豫："不完全是。"

冯百里看着她，眉头微皱："怎么回事，又不完全是？你可把你自信、聪明的爷爷给弄糊涂了！"

冯秋兰深吸了一口气，然后缓缓开口："我们医院院长与他夫人一直想让我嫁给他们儿子，他们儿子从湘江大学经济系毕业后分配到张家界市发改委工作，各方面条件也很不错，他最近也一直在主动追我。这事儿我告诉了爸妈，爸妈也很认可。"

冯百里听完冯秋兰的叙述，沉默了片刻。他看着冯秋兰，眼中闪烁着智慧的光芒："原来是这样，这我还真不知情。那你更喜欢谁？"

冯秋兰看着爷爷，眼中闪过一丝坚定："跟爷爷说心里话，我更喜欢高茂林。"

冯百里看着她，眼中闪过一丝笑意："是因为他是港区人，你跟了他将来可以移民港区？"

冯秋兰微微摇头，看着爷爷的眼睛认真地说道："爷爷您这是低看了您小孙女。您小孙女是重真感情的。就真感情而言，我喜欢高茂林，他来张家界被蛇咬伤住进我们医院，然后我们又跨时空交流，让您与高老爷子联系上，并被请去港区，这是天作之美。至于对院长儿子，我还真没感觉，更说不上喜欢。"

冯百里听完冯秋兰的话，眼中闪过一丝欣慰。他看着她，微笑着说道："这么说，那你就别犹豫了，赶紧确认你与高茂林的关系呗，爷爷支持你！"

冯秋兰看着爷爷，眼中充满了感激和坚定。她知道，有了爷爷的支持和鼓励，她可以更加勇敢地面对未来的挑战和选择。她深吸一口气，然后坚定地点了点头："谢谢爷爷！我会尽快给高茂林一个明确的答复。"

在飞机的轰鸣声中，冯秋兰的心中充满了决心和勇气。她知道，无论未来的路有多么艰难，她都会坚定地走下去，追求自己的真爱和梦想。而爷爷的支持和鼓励，将成为她前进的动力和勇气。

回到家，空气中似乎弥漫着一种难以言说的紧张氛围。冯秋兰将手提包轻轻放在沙发上，然后坐在父母对面，脸上带着一丝犹豫和期待。她知道，接下来要说的这番话，将可能改变她未来的生活轨迹。

冯秋兰的父母都是小学教师，他们相视一眼，从彼此的眼神中读出了他们对女儿的担忧。

冯秋兰深吸了一口气，开始缓缓叙述她与爷爷去港区，高茂林向她示爱并期待她确认两情相悦，然后到港区工作生活的情况。她的声音温柔而坚定，仿佛在努力传达自己内心的真实想法。

父母听着她的叙述，脸上的表情不断变化。他们知道女儿对高茂林的感情是真挚的，但也明白这其中关涉的种种因素。他们开始认真考虑如何与医院院长解释，既不想辜负院长的好意，也不想伤害女儿的感情。

冯秋兰看着父母的神情变化，心中不禁有些忐忑。她知道父母的想法和担忧，也理解他们的立场。但她更希望他们能够支持自己的选择，相信自己的眼光和决定。

冯秋兰的父亲叹了口气，看着女儿说道："秋兰，我们知道你对高茂林的感情是真挚的，但我们也需要与医院院长解释清楚。毕竟，他对你一直都很照顾和看重。"

冯秋兰点了点头，表示理解父亲的想法。她知道，这需要时间和耐心，也需要智慧和勇气。但她相信，只要大家都坦诚相待、理性沟通，最终一定能够找到一个让所有人都满意的解决方案。

于是，冯秋兰开始积极准备与医院院长沟通的事宜。她整理了自己的想法和观点，并请父母帮忙参考和提出建议。同时，她也开始认真思考自己的未来规划和发展方向，希望能够做出更加明智和正确的选择。

在这个过程中，冯秋兰感到自己变得更加成熟和坚定。她明白，人生中的每一个选择都充满了未知和挑战，但只要勇敢地去面对和迎接，就一定能够找到自己的方向和目标。

冯秋兰的父母，两位朴素而尽责的小学教师，怀着忐忑的心情走进了医院院长的家。他们与院长夫妇面对面坐在沙发上，准备聆听对方对于冯秋兰与港区高茂林之间关系的看法。

医院院长以一种几乎是直言不讳的方式，表达了他对港区年轻人的担忧："港区，那是一个充满诱惑的地方，那里的年轻人往往容易受到资本主义享乐思想的腐蚀。你们让秋兰去与那里的花花公子交往，岂不是在把她往火坑里推？"他的眉头紧锁，声音中充满了关切与忧虑。

冯秋兰的父母听着，脸上不禁露出了担忧的神色。他们知道院长夫妇是出于真心关心秋兰的未来，才如此直言不讳。但同时，他们也深知女儿对高茂林的感情是真诚的，不是轻易可以改变的。这种矛盾让他们感到无比焦虑和无助。

院长继续说道："而且，秋兰是我们医院重点培养的人才，院党委已经决定提拔她担任科室副主任。这样的前程，如果她自己不珍惜，作为父母，你们难道不应该对她负责吗？"

院长夫人接过话题，她的语气虽然柔和，态度却十分坚定："我们的儿子也很优秀，一表人才，品学兼优。他大学毕业后在市发改委工作，一直在主动联系秋兰。为什么秋兰就看不上他呢？"

冯秋兰的父母听着这些话，心里五味杂陈。他们既感激院长夫妇对秋兰的关心，又理解女儿对高茂林的感情。这种复杂的情绪让他们陷入了沉思。

从院长那儿回到家，冯秋兰的父母决定与女儿进行一次深入的谈话，希望她能够理性地看待这段感情，不要辜负了医院院长夫妇的期望和好意。

冯秋兰听着父母的劝说，心中充满了挣扎和矛盾。她知道父母是为自己好，但同时也坚信自己的选择是正确的。她希望能够找到一个平衡点，既能尊重父母的意愿，又能坚持自己的感情。

冯秋兰坐在昏黄的台灯下，电脑的屏幕散发出微弱的光芒，照亮了她的脸庞。屏幕上的 QQ 窗口不断闪烁着高茂林的名字，仿佛在急切地呼唤着她的回应。然而，冯秋兰的手指像被无形的力量束缚着，始终无法在键盘上敲下坚定的答复。

她的内心如同被秋风吹过的湖面，波澜起伏，纠结郁闷无比。她的眼神时而飘向窗外，凝视着那遥远的星空，仿佛在寻找着某种答案；时而又低头沉思，眉头紧锁，仿佛在内心深处进行着一场无声的挣扎。她的思绪如同乱麻一般，剪不断，理还乱。

高茂林的消息如春风拂面般温暖，字里行间充满了期待和关切。然而，这些温馨的话语在冯秋兰看来却如同千斤重担，让她无法坦然面对。她害怕自己的回应会带来不必要的麻烦和误解，更害怕伤害到高茂林那颗纯真善良的心。她深知自己对高茂林的感情是复杂的，既有欣赏和喜欢，也有担忧和不安。这种矛盾的情感让她如同陷入了一片迷雾之中，无法找到前进的方向。

与此同时，高茂林却对冯秋兰的沉默产生了误解。他以为她并不真正喜欢他，这让他如同被霜打的茄子般感到失落和沮丧。然而，他并没有放弃，对冯秋兰的感激与喜爱反而与日俱增。他开始在 QQ 上给她留言，分享着自己的生活琐事和工作中的点滴趣事，希望能够用这些真诚的话语打动她的心。

每当夜深人静时，高茂林躺在床上，窗外的月光洒在他的脸上，映照出他眼中的落寞与思念。他想起与冯秋兰曾经一起度过的美好时光，那些欢声笑语、甜蜜依偎的画面如同电影般在他脑海中回放。他想起她的笑容和温柔的话语，那些温暖的瞬间仿佛成了他心中的慰藉与力量。然而，每当这些回忆涌上心头时，他的心底总会涌起一股莫名的失落和痛苦。他明白自己对冯秋兰的感情已经深入骨髓，无法自拔。这种单相思的痛苦让他如同被无形的手扼住了咽喉，无法呼吸。

这种状况已经持续了三个多月，如同漫长而寒冷的冬季，他的心情一直笼罩在阴霾之下。还是他奶奶敏感地察觉到了孙子内心的波动。她看到孙子每天默默无言，眼神中透露出一丝无法言说的忧郁，这让她心疼不已。

一天，夕阳西下，金色的余晖洒满了整个房间。奶奶坐在藤椅上，轻声细语地对孙子说："孩子，你心里有事，我知道。你已经好久没有露出真心的笑容了。如果你有什么困扰，就告诉奶奶吧，也许奶奶能帮你分担一些。"

在奶奶的温暖关怀下，他终于鼓起勇气，道出了真情。他诉说着自己对张家界那个女孩的深情，如何在她面前感到自卑和无力，如何在无数个夜晚默默地思念着她。他的声音颤抖着，眼中闪烁着泪化，压抑已久的情感终于得到了释放。

奶奶听着他的诉说，心疼地抚摸着他的头。她深知这孩子的性格，他内向而敏感，不善言辞，却有着一颗炽热的心。她温柔地对他说："孩子，爱情是美好的，也是脆弱的。你既然这么爱她，就应该勇敢地去追求她。

奶奶相信你是一个善良、勇敢的孩子，你一定能够克服内心的恐惧，向她真真切切地表白。"

奶奶的鼓励让他重新燃起了希望之火。他深吸了一口气，眼中闪烁着坚定的光芒。他站起身来，对奶奶说："奶奶，谢谢您。我知道应该怎么做了。我会再去一次张家界，向她表白我的真心。"

周六清晨，阳光透过窗帘的缝隙，洒在高茂林的脸上。报告请示过爸妈，他早早地起床，洗漱完毕后，匆匆赶往港区机场。心情激动又紧张的他，一路上都在想象着即将与冯秋兰见面的情景。到达机场后，他顺利地登上了前往张家界的飞机。

飞机在空中飞行了几个小时后，终于抵达了张家界机场。高茂林一下飞机就迫不及待地赶往冯秋兰家。根据冯秋兰先前提供的家庭住址，他顺利地找到了她的家。站在门外，他深吸了一口气，然后轻轻地敲了敲门。

门开了，出现在他面前的是一位中年妇女，正是冯秋兰的妈妈。她疑惑地看着高茂林，问道："你是……找谁？"

就在这时，门口的声音吸引了冯秋兰爷爷的注意。他赶紧起身向冯秋兰父母介绍："这是港区的高茂林博士，哲学博士，贵客贵客，欢迎欢迎！"他热情地迎进高茂林，脸上洋溢着喜悦的笑容。

高茂林有些紧张地问道："秋兰呢？"

爷爷毫不掩饰地告诉他："她在自己房间发闷呢，这几个月都这样。她一直想着你！"

听到这话，高茂林心中一阵悸动。他更加期待与冯秋兰的见面。就在这时，冯秋兰已经出现在客厅门口。她看到高茂林时，脸上露出了惊喜的笑容："茂林，你怎么突然来了？"

高茂林看着她，心中充满了爱意。他深深地吸了一口气，然后真真切切地向冯秋兰表白了他的真心爱意："秋兰，我爱你，真心爱你。这段时间以来，我一直在想念你。"

冯秋兰听着他的话，眼中闪烁着泪光。她明明白白地表示了她对高茂林的喜爱："茂林，我也爱你。这段时间以来，我也一直在想你，希望我们能在一起。"

冯秋兰的父母看到高茂林一表人才且十分真诚，再加上爷爷的极力推荐，终于明确认同了女儿冯秋兰与高茂林两情相悦。他们热情地邀请高茂林进屋坐下，与他聊起了家常。

在那个温馨的夜晚，高茂林和冯秋兰的心紧紧相连。他们坐在客厅里，手牵手聊着天。月光透过窗户洒在他们身上，为他们披上了一层银色的光辉。他们知道无论未来会遇到什么困难和挑战只要彼此相依相扶就一定能够渡过任何难关。他们的爱情如同那月光般纯净而坚定，将永远照耀着他们的人生道路。

高升的满月与高家客厅的灯光遥相辉映。一场关于高茂林和冯秋兰的未来讨论正在进行。奶奶叶素荣坐在她常坐的那张软椅上，眼神里满是对未来孙媳的喜爱。她身穿一件淡雅的旗袍，胸前坠着一枚翡翠玉佩，一头银发整齐地梳在脑后，看起来气质优雅而慈祥。

"茂林，你觉得呢？"叶素荣一边把玩着手中的一对玉手镯，一边微笑着问高茂林，"和秋兰订婚，然后安排她来港区？"

高茂林坐在沙发上，冯秋兰紧挨着他。他看着冯秋兰，又看看奶奶和继母，心中满是感激和喜悦。"奶奶，我很愿意。只是，我不知道秋兰是否愿意。"

冯秋兰看着高茂林，眼神交会处，是深深的默契和理解。她轻轻握了握他的手，然后坚定地回答："我也愿意，奶奶！"

叶素荣满意地点点头，她朝对面的高技成和林丁香挥了挥手，吩咐道："茂林他爸，你和你媳妇去帮茂林办理移民手续。记得，手续要快。"

高技成点了点头，他穿着一件浅色衬衫，眼镜后的双眼闪烁着智慧和决断。他看了看旁边的林丁香，她穿着一件碎花连衣裙，温柔又善解人意。两人都为能得到这个任务而感到高兴。

"另外，我想让秋兰到我们港区大学医学院进修，"叶素荣接着说，"这也是个机会，在我们的医学院能接触到更多的临床实践。"

冯秋兰听到这个提议，心中满是惊喜和期待。她知道这将是一个非常好的学习的机会，也是一次挑战。然而，她对未来充满了信心。

"好的，我会尽力安排。"高技成说。

客厅里的气氛热烈而和谐，每个人的脸上都洋溢着喜悦和期待。这是一场关于爱、关于未来的美好约定，它让人们相信，只要有爱、有理解、有支持，人生就会变得更加美好。

在一个阳光明媚的午后，港区中文大学的一间讲堂被装饰成了华丽的宴会厅，一场盛大的婚礼正准备开始。高茂林，这个在港区中文大学攻读哲学博士学位的年轻才俊，站在灯光熠熠的讲堂入口，身穿一件精致的黑色西装，系着红色的领结，紧张而兴奋地等待着他的新娘。他的眼神中充满了期待，仿佛在期待着人生中最美好的一刻。

此时，在港区大学的医学院里，冯秋兰正在与她的朋友们进行最后的准备工作。冯秋兰，港区大学医学院的进修生，身穿一袭白色的婚纱，纯洁而优雅。她的朋友们正在细心地整理她的婚纱，确保没有任何瑕疵。她站在镜子前，轻轻地调整着自己的头纱，心中充满了期待。

婚礼开始了。高茂林和冯秋兰在众多亲朋好友的见证下，缓缓走向彼此。他们的步伐虽然稳健，但他们的眼神流露出紧张和期待。高茂林的爷爷高丹青，一个曾经在港区书画界享有盛名的人，用他那独特的温暖笑容为这个新婚的家庭送上了最真挚的祝福。

奶奶叶素荣，一个慈祥的老妇人，用她那柔和的眼神注视着这个新婚的家庭。她的脸上洋溢着幸福的笑容，眼中闪烁着泪光，为这个新婚的家庭增添了深深的祝福和喜悦。高茂林的父亲高技成，一个成功的企业家，用他那威严的姿态表达了对新人的认可和祝福。他的眼神中充满了骄傲和喜悦，仿佛在庆祝自己的儿子找到了生命中的另一半。

继母林丁香则用她那亲切的笑容为这场婚礼增添了一抹温馨的颜色。她身穿一件华丽的礼服，优雅而高贵。她的眼神中透露出温柔的光芒，仿佛在庆祝自己的儿子和儿媳妇的美好未来。二叔鲍平安则代表所有亲属进行了致词，他的声音激动人心，每一个字都充满了对新人深深的爱意和祝福。

冯秋兰的父母，两位淳朴的小学教师，在得知独生女儿与高茂林的婚事后，心中既激动又感慨。他们深知女儿的感情历程曲折，能够走到今天这一步实属不易。因此，他们专程从张家界赶到港区，参加女儿的婚礼，为女儿送上最真挚的祝福。

婚礼当天，港区阳光明媚，空气中弥漫着幸福的气息。冯秋兰的父母站在婚礼现场，眼中满是对女儿的骄傲和不舍。他们看着女儿穿着婚纱，挽着高茂林的手，步入婚姻的殿堂，心中涌起一股说不出的感动。

此时，冯秋兰的爷爷冯百里也站在人群中，他的眼神深邃而温暖。作为家中的长辈，他以自己的智慧和经验为这对新婚夫妇送上了祝福和鼓励。他的声音虽然柔和，但每一个字都充满了力量和温暖。

"孩子们，今天是你们人生中的一个重要时刻。我希望你们能够珍惜彼此，相互扶持，共同迎接未来的每一个挑战。"冯百里的话语中充满了对孙辈的关爱和期望。

听到爷爷的祝福和鼓励，冯秋兰和高茂林都感到无比温暖和幸福。他们紧紧相握的手传递着彼此的爱意和坚定。在这个特殊的日子里，他们深深地感受到了家人的支持和祝福。

婚礼结束后，冯秋兰的爸妈和爷爷与亲朋好友一起分享着喜悦和祝福。他们看着女儿和女婿幸福的笑容，心中充满了满足和幸福。这一刻，他们知道女儿已经找到了属于她的幸福和归宿。高茂林和冯秋兰在众人的簇拥下，手牵手走向未来。他们的每一步都充满了对生活的期待和对彼此的爱。他们的笑容洋溢着幸福，他们的眼神充满了对未来的憧憬和对彼此的深深的爱意。

最后，婚礼在一片欢声笑语中结束。但这场婚礼留给每一个参与者的记忆都将长久不衰。每一个人的脸上都洋溢着幸福的笑容，仿佛在庆祝自己的家人找到了生命中的另一半。

　　婚礼结束后，年近七十而幽默不减当年的瓦匠冯百里借机再展示了他的幽默："秋兰你有今天的福分，也有你爷爷的贡献，要没当年你爷爷与茂林爷爷有缘千里会，也许就没有今日相会的缘分哟！同时还应感谢咱张家界那条蛇，它亲了一口茂林，才把你们俩凑到一起，喜结今日良缘。这都是缘分呀！"逗得大家哈哈大笑。

第十八章

招商巧遇

在宽敞明亮的会议厅内，江湖市招商引资推介会正在港区热烈举行。来自各地的商界精英、投资者以及政府官员齐聚一堂，共同探讨未来的合作机遇。

柳强生市长站在讲台前，他的脸上洋溢着热情的笑容，向与会嘉宾表达了诚挚的感谢。他的声音洪亮而有力，充满了自信和激情。他简要介绍了江湖市的经济社会发展情况，从悠久的历史文化到丰富的自然资源，再到近年来取得的显著成就，他的讲述让与会者对江湖市有了更加全面深入的了解。

接着，江湖市发改委张主任走上前来，他手中拿着一本厚厚的投资项目手册，向与会嘉宾详细推介了系列投资项目。他详细介绍了每个项目的背景、前景以及预期的回报，他的讲解清晰明了，让与会者对江湖市的投资潜力产生了浓厚的兴趣。

随后，港区江湖商会会长高技成代表在港江湖籍商界人士发言。他身着一套深色西装，显得庄重而沉稳。他的发言中充满了对故乡江湖市的深厚感情，他对柳强生等一行来港招商引资表示热烈欢迎。同时，他也倡议在港江湖籍商界人士踊跃投资，积极参与家乡经济建设，为家乡的发展贡献自己的力量。

最后是与会嘉宾与江湖市代表围绕相关投资项目进行互动洽谈的环节。会议厅内气氛热烈，与会者纷纷就感兴趣的项目与江湖市代表进行深入交流。他们或认真聆听，或积极发言，或热烈讨论，每个人都对未来充满了期待和信心。

柳强生带着他的团队穿行于互动交流的人群中，他的脸上始终洋溢着亲切的笑容，与每一位与他交流的人热情握手。他的团队成员紧随其后，他们各自负责不同的领域，都希望能通过这次推介会，为江湖市带来更多的合作机会。

正当柳强生准备与一位投资者深入交流时，一个熟悉的身影引起了他的注意。他走近一看，眼中闪过一丝惊喜的光芒。他仔细打量着那人，感觉好熟悉，但就是想不起来是谁。

那人迎了上来，笑容满面："强生兄，不不，柳市长，你还记得我吗？"

听到熟悉的声音，柳强生的记忆瞬间被唤醒，他激动地说道："是你呀，李博士！这么巧，咱俩又在这场合见面了！你怎么也不事先告诉我？"

"我也是到了你们推介会现场才知道你当了江湖市市长这么大的官！"李多生博士笑着说。

两人来了个西式拥抱，仿佛回到了当年在叶尔大学做访问学者时的时光。他们回忆起合租房间、饮酒品鱼的情景，不禁感慨万分。

"你是不是来港区当大老板了？到咱江湖市去投个项目吧！"柳强生开玩笑地说道。

"我移民港区，可不是什么大老板，没多少可投资的钱。"李多生博士回答。

"不会吧？你来这推介会，一定有投资意向的。"柳强生坚定地说。

"真没有。我在港区科技大学搞研究，倒有一个生物医药方面的专利，就来这推介会看看有无投资方愿意投资。"李多生博士解释道。

"这可比资金还珍贵呀！这样，我给你找投资方，你的专利作为知识产权入股，我们江湖市为项目落地提供土地入股，这样弄个三方合资的高科技企业，如何？"柳强生提出了一个大胆的设想。

"那太好了！"李多生博士惊喜地击掌。

柳强生立即指示市发改委主任叫来高技成，当场商定由高技成提供资金入股，李多生提供生物医药专利作为知识产权干股入股，江湖市提供土地入股，组成三方合资公司，取名"江湖高新生物医药制造合资公司"。

这一决定引起了在场众人的热烈掌声和欢呼声。柳强生与李多生博士再次紧紧拥抱在一起，他们的合作将为江湖市带来新的发展机遇和前景。

与此同时，高技成还向柳强生市长表示，他已决定在江湖市投资一个物联网传感器研发与生产基地。还说，这是他老爷子高丹青亲自主持大家庭会议决定的。

昨日，柳市长聆听着高家的传奇故事，眼中闪烁着深深的感慨。他的脸上洋溢着敬佩与尊重，显然被这个充满传奇色彩的家族历史所深深吸引。

"高家真是一个了不起的家族啊，"柳市长由衷地赞叹道，"我想，有机会我一定要亲自去拜见一下高老爷子。"

在场的人都对柳市长的感慨深有同感。高家的历史和传奇故事让人感到震撼和敬佩。

不久之后，高老爷子被请到了会客厅。他虽然年事已高，但依然精神矍铄，眼光犀利。他身上流露出的是深厚的文化底蕴和一种不屈不挠的精神，让人一见难忘。

柳市长立刻迎上前去，握住了高老爷子的手，热情地说道："高老，我久闻您的大名，今日能得见真容，真是我莫大的荣幸。"

高老爷子微笑着点了点头，随即他取出了纸笔，开始挥毫泼墨。他的动作流畅而有力。很快，一条横幅便完成了。

"天下为公，是中山先生的名言，也是我们共同追求的理想。"高老爷子解释道。

柳市长看着横幅上的字，深深地感叹道："高老爷子，您的字犹如您本人一样，充满了力量和智慧。我会将这条横幅挂在办公室的墙上，用来激励自己。"

高老爷子微笑着点了点头，他看着自己的作品，眼中满是自豪和满足。他知道，这些字不仅仅是字，更是他对于家族、对于社会的期望和寄托。

这也强化了柳市长此次港区之行的公务使命感。作为市长，他首先就是为江湖市谋发展，而招商引资又是他有关江湖市未来发展五大动能谋篇布局的关键之局。此次港区招商引资，必不虚此行，势在必得，这样才对得起全市人民的重托，也才对得起高老爷子这"天下为公"的横幅。柳市长的目光久久停留于横幅上"天下为公"的四个大字上，心里这么想着。

心里这么想着，柳市长当着高老爷子的面恳请高家到他们的故土江湖市去投个大项目。

"兹事体大，我们要开个家庭扩大会议好好讨论一次，请市长等我们讨论决定结果吧！"高老爷子笑答。

在一个炎热的夏日午后，一场重要的家庭扩大会议在高家大客厅隆重举行。高家大客厅内装饰古朴典雅，透出沉稳大气。高丹青和叶素荣夫妇、高技成和林丁香夫妇端坐在沙发上，每个人的脸上都写满了认真与期待。

高丹青，这位年逾古稀的老爷子，是这场会议的主持人。他身穿一件中式丝绸背心，面带微笑，眼中闪烁着智慧的光芒。他率先打破了沉默，向众人谈起了他的计划："技成、平安、海梦，你仨都是各自领域的佼佼者。我想提议，你们三家公司合力到我们的故乡江湖市去投资，不知各位意下如何？"

电话的另一头，鲍平安和叶海梦也早早地做好了准备。鲍平安的鹏圳高科技远洋钓船制造公司和叶海梦的鹏圳金苹果电动汽车制造公司都是行业的领军企业，他们两人通过电话参与了这场会议。

高技成首先发言："我们不仅要投资，还要投高科技项目，为江湖市带来最前沿的技术。"

叶海梦对高技成的提议表示赞同，他建议："我们可以在江湖市布局一个物联网传感器研发与生产基地，这是一个非常有前景的项目。"

鲍平安积极附和："好主意，我们的高科技远洋钓船就很需要这样的传感器！"

高丹青听后，满脸笑容地对大家说："那么我们就这么定了！"

他们的发言让客厅内的气氛更加热烈。大家讨论着具体的投资计划和项目细节，每个家庭成员都为这个重大决策感到兴奋和期待。

高丹青最后总结道："各位，这次的决策对我们家族和江湖市都有着深远的影响。我相信，只要我们齐心协力，一定能够为江湖市带来更多的发展机会。"

众人齐声附和："对！"

这个物联网传感器研发与生产基地项目就这样决定了。

在江湖市招商引资推介会的现场，柳强生市长正襟危坐，面对着来自各方的记者和观众。他脸上洋溢着自信的笑容，显得从容不迫。

一系列投资意书向签订后，江湖市招商引资推介会进入最后一个环节，答记者问。柳强生市长回答了记者们提出的许多问题。

一位女记者起身，她首先自我介绍说她是香江卫视的记者，接着提问道："柳市长您还记得我吗？"

这个问题可是难住了柳市长。现场先是一片寂静，继而是一阵惊愕，多以为那记者是要揭柳市长什么绯闻。

"我是当年与您同在美国纽黑文市一港区老板开的自助餐厅打工的餐厅服务员纪晓红，就是在发生冲突的现场跟您耳语港区1997年就要回归了的那个小女孩。您可能根本不知我姓甚名谁，所以记不得了。但我当时就关注您了，因为您是明星洗碗工！"女记者用流利的港区普通话娓娓道来，两人相视而笑，现场的气氛变得轻松起来。

"我想起来了，你唤起了我的美好记忆！非常感谢你当年对我的友好。

我当年在洗碗间埋头苦干，想多挣点钱回国时能买几大件，就没顾别的。"

柳市长对记者们的提问回答得深入浅出、逻辑严密、条理清晰。他的回答赢得了现场观众和记者的热烈掌声和欢呼声。

在江阳县的一片繁忙的工业园区中，一座新的大楼矗立在那里，这是高、叶、鲍、祁四家企业合资的物联网传感器研发与生产基地"江湖传感技术有限公司"。今天，这座大楼正式开业，标志着公司的新生和对未来充满希望的开始。

高技成，江湖传感技术有限公司的董事长，站在大楼的门前，他的脸上洋溢着自豪和期待。他穿着深色的西装，眼镜下的双眼闪烁着智慧的光芒。他看起来精神饱满，对未来充满了信心。为了庆祝这个重要的时刻，他特地请来了他的二叔武振华来参与剪彩。

武振华，高技成的二叔，是一个退伍军人。他的胡须已经有些许斑白，但他的眼神依然坚定而热烈。他穿着一身传统的中山装，胸前口袋里插着一支钢笔。他微笑着走向前，拿起剪刀，准备为这个重要的时刻剪彩。他轻轻一剪，象征着公司正式开业，步入新的历程。

柳强生市长也出席了这个开业典礼。他站在人群的前面，面对着高技成和武振华以及所有的来宾，开始发表热情洋溢的欢迎辞。他的声音响亮而清晰，每一句话都充满了力量和热情。他赞扬了江湖传感技术有限公司的开创精神和未来前景，也对高技成和武振华表示了深深的敬意。

在柳强生市长讲话完毕之后，叶海梦总经理走上了讲台。他是江湖传感技术有限公司的总经理，也是公司的重要创始人之一。他的脸上带着自信和坚决的表情，他的眼睛里闪烁着对未来的期待和对公司的热爱。

叶海梦站在台上，他的声音洪亮而自信。他开始向来宾系统地介绍公司的发展前景，尤其是他们在物联网传感器技术方面的研发和生产计划。

他讲到，公司目前正在研发一系列基于物联网传感技术的产品，这些产品将应用于不同的领域，包括智能家居、智能交通、智能城市等。

他详细地介绍了他们的智能家居传感器，这些传感器可以监测室内的温度、湿度、空气质量等参数，并根据这些数据调节家中的空调、加湿器等设备。同时，这些传感器还可以监测家庭成员的行为和习惯，帮助人们更好地管理自己的健康和生活。

他还介绍了他们的智能交通传感器，这些传感器可以监测道路交通情况、车辆行驶轨迹等参数，并将这些数据传输到云端，帮助交通管理部门更好地规划和管理城市交通。同时，这些传感器还可以监测路面的温度、湿度、破损情况等参数，及时报告路面的状况，保障车辆行驶的安全性。

最后，他还谈到了公司未来的发展方向，他们将继续致力于研发更多的物联网传感器技术产品，并将最新的科技应用于生产中。他的话语充满了热情和决心，他的眼神中充满了对未来的期待和希望。

在他的讲话结束之后，全场爆发出热烈的掌声。所有的人都感受到了叶海梦总经理的热情和决心，也看到了江湖传感技术有限公司对未来的期待和对科技研发的执着追求。

开业典礼结束后，高技成、武振华和叶海梦一起在大楼前合影留念。他们的脸上都洋溢着满足和期待的笑容。他们知道，这只是他们旅程的开始，前方还有更长的路等待着他们去探索和开拓。

整个江阳县也因为这个开业典礼而热闹起来。人们纷纷走出家门，来到现场观看这个盛大的开业典礼。他们看到了高技成、武振华、叶海梦以及柳强生市长的风采，也看到了江湖传感技术有限公司的未来和发展前景。

这个开业典礼不仅标志着江湖传感技术有限公司的正式落户，也标志着江阳县科技发展的新篇章。这个新的开始，将为江阳县带来更多的机遇和挑战，也将为江湖传感技术有限公司带来更多的希望和未来。

江湖高新生物医药制造合资公司的成立，背后是一段充满曲折与挑战的历程。这一切，都围绕着李多生生物医药专利这一重要知识产权的价值评估。

李多生的专利不仅是一纸证书，更是对未来公司发展潜力的巨大期许。然而，要将这一知识产权转化为合资公司的股份，却并非易事。专利权的确认、价值的评估，每一个环节都需要经过严格的审查和精密的计算。

为了确保评估的公正性和准确性，意向合资三方经过深思熟虑，决定引入两家中立机构：一家来自内地，另一家来自港区。这两家机构均在知识产权评估领域享有盛誉，它们的专家团队在专利技术、市场趋势、行业动态等方面有着深厚的专业知识和丰富的实践经验。

在一家高档的商务会议室里，意向合资三方与两家中立机构的代表齐聚一堂，共同见证江湖高新生物医药制造合资公司的成立过程。

李多生，这位温文尔雅的学者，穿着简约而大方。他对这次合资公司的成立寄予了厚望，希望将自己的科研成果转化为实际的产品，为人类的健康事业做出贡献。

江湖市委派的协商代表是市发改委张主任，高技成委派的协商代表是王总。张主任是一位经验丰富的政府经济官员，他对生物医药行业有着深入的了解和独到的见解。王总则是一位年轻有为的投资者，对市场趋势和新兴技术有着敏锐的洞察力。

两家中立机构的代表分别是来自内地机构的刘先生和来自港区机构的陈先生。刘先生是一位在知识产权评估领域有着丰富经验的专家，陈先生则是一位在市场调研和企业评估方面有着卓越能力的专家。

会议开始后，张主任首先发言："李博士，您的专利技术是我们合资公司成立的核心，我们对它的价值评估非常重视。"

李多生微笑着回应："谢谢张主任的肯定，我也相信我的专利技术会在市场上取得成功。"

接着，刘先生和陈先生分别就专利的价值评估和市场前景进行了详细的讲解。他们从技术角度和市场角度对李多生的专利进行了深入的分析，并给出了具体的评估数据和结论。

在撰写评估报告的过程中，两家机构还充分考虑了风险因素和不确定性。他们认为，虽然李多生的专利具有很高的潜在价值，但在将其转化为商业产品之前，还需要进行大量的研发和市场推广工作。因此，他们在报告中特别提醒投资者注意风险控制和资金投入的合理性。

为了确保合作过程中出现的专利纠纷得到妥善解决，各方采取了多项措施。

首先，在合资公司成立之初，各方共同制定了一套详细的合作协议。该协议明确规定了各方的权利和义务，包括专利的使用、研发成果的归属、商业秘密的保护等。这为合作过程中可能出现的纠纷提供了明确的法律依据。

再次，为了确保专利纠纷得到及时解决，各方约定在合作过程中遇到任何与专利相关的问题，应首先通过友好协商的方式解决。如果协商无法达成共识，则可以提交给合资公司董事会进行裁决。董事会将由各方代表组成，具有权威性和公正性。

此外，为了预防专利纠纷的发生，各方还定期进行沟通与交流，共同解决合作过程中可能出现的问题。同时，合资公司也会定期对市场进行调查和监测，以便及时发现潜在的专利侵权行为，并采取相应的措施维护公司的合法权益。

在讨论到土地使用权问题时，王总提出了自己的担忧："土地是公司发展的重要基础，我们需要确保土地的质量和相关政策支持。"

"生物医药制造公司需要较大的土地面积来建设厂房、仓库、实验室等设施，同时还需要配备相应的生产设备、实验仪器等。具体而言，一家高新生物医药制造公司需要的土地面积至少在数百亩到数千亩之间，具体取决于公司的规模和产能需求。同时，还需要建设现代化的厂房、仓库、实验室等生产设施，并配备先进的生产设备、实验仪器等。此外，还需要建设员工宿舍、食堂、活动室等生活设施以及环保处理设施、安全监控设施等辅助设施。在配套设施方面，公司需要考虑供电、供水、供气、供热等基础设施的供应能力和稳定性以及交通物流的便利性。同时，还需要建立完善的质量管理体系、环境管理体系、职业健康安全管理体系等，确保产品的质量和安全。"李博士接着王总的话题说。

陈先生回应道："二位请放心，我们经过深入调查了解到，当地政府对生物医药产业给予了极大的支持，土地质量和周边设施也十分完善。"

经过一番讨论，大家对专利的价值评估和市场前景有了更加清晰的认识。张主任表示："感谢各位的付出和努力，我相信合资公司一定能够取得成功。"

技术层面经过反复评估协商，建议江湖市政府拿出 3000 亩土地及其配套设施入股占 40%，李多生相关专利入股占 25%，高技成筹集 3 亿元人民币资金入股占 35%。在公司组织结构上，建议江湖市政府委派代表担任董事长，高技成担任执行董事长，李多生担任总经理。

在市委常委会议室内，紧张的气氛几乎凝固了空气。长方形的会议桌两侧，常委们严阵以待，他们的眼神中透露出对这个重要议题的关注。郝书记坐在会议桌的主席位上，他的目光在每一位常委的脸上扫过，似乎在寻找支持的力量。

柳市长站起身，他的手指轻轻敲打着桌面，伴随着他的话语，节奏明快而有力。"各位常委，"他的声音在会议室内回荡，"这个建议方案是为了充分发挥各方优势，实现资源的最优配置。我们不能再错失这个机会了。"

然而，葛部长皱起了眉头，他不客气地打断了柳市长的话："柳市长，我明白你的意思，但是让高技成担任执行董事长，这会不会太冒险了？我们是不是应该再慎重考虑一下？"

单部长也附和道："我同意葛部长的看法。而且，李多生只是一个技术提供方，他能胜任总经理这个职务吗？"

会议室内陷入了短暂的沉默，只有空调的风声在响。童书记缓缓开口："从组织纪律的角度看，这个建议方案确实需要更加慎重的考虑。我们不能因为急于求成而忽视了潜在的风险。"

柳市长深吸了一口气，他知道自己的建议方案引起了争议，但他相信这是正确的选择。"江湖市政府派人担任董事长，主要是为了确保土地及其配套设施的保值增值。而让高技成担任执行董事长，李多生担任总经理，是为了激发他们的积极性和创造性。我相信，他们的加入将为公司带来新的活力和机遇。"

他顿了顿，继续说道："至于李多生博士，我在叶尔大学时与他有过深入的交流。他不仅拥有深厚的生物医药研发背景，还具备独特的经济眼光。我坚信，他将成为引领公司走向成功的关键人物。"

这时，徐部长打破了沉默："我认为柳市长的建议方案是有道理的。我们需要用开放和创新的态度来面对这个新的合作模式。高技成是我们统战的重要对象，我们应该给予他充分的信任和支持。"

郝书记听着各方的发言，他的眼神中闪烁着坚定的光芒。他知道这个决定对于江湖市的发展至关重要，他不能退缩。"我知道大家都对这个决定持有不同的看法，"他缓缓开口，"但我认为我们应该有勇气面对新的挑战。我们需要尝试新的合作模式，只有这样，我们才能为江湖市的发展做出更大的贡献。"

会议室内再次陷入了沉默，常委们都在思考着郝书记的话。经过一个多月的深入沟通和协商，柳市长的建议方案最终以微弱的优势获得了通过。常委们纷纷站起身，与柳市长握手祝贺。虽然争议没有完全平息，但他们都明白，这是一个新的开始，一个充满挑战和机遇的新篇章。

公司选址于江湖市新技术开发区。当天的开业典礼上，彩旗飘飘，人声鼎沸。柳市长亲自出席，并邀请了市委书记一同参与剪彩仪式。他致辞时充满热情，对公司的前景寄予厚望。

高技成随后上台发言，他表示，作为江湖市江阳县人，他要报答生他养他的这片土地，他将全力以赴提供足够的资金与治理支持，让这个高科技项目在这里开花结果。

李多生博士带着满腔热情走上台。他身着一套深色的西装，头发整齐地梳向脑后，眼镜下透射出的是坚定而智慧的目光。他手持话筒，语气激昂地开始介绍他的生物活性多肽药物制备技术。

"尊敬的各位领导、各位嘉宾，大家好！我是李多生。今天，我非常荣幸能在这里与大家分享我的研究成果，并展望我们合资公司的美好未来。"李博士的声音在会场内回荡，每个人都聚精会神地听着他的发言。

他首先详细阐述了生物活性多肽药物制备技术的基本原理和应用前景。他解释道："多肽药物是一种具有巨大潜力的生物医药产品。通过基因工程技术和蛋白质工程技术，我们可以设计和生产出具有特定生物活性的多肽药物，这些药物能够精确作用于人体内的靶点，从而实现对疾病的精准治疗。"

李博士接着展示了他的专利技术在实际应用中的成果。他介绍道："利用这项技术，我们已经成功研发出了一系列抗癌多肽药物和抗病毒多肽药物。这些药物在临床试验中表现出了显著的疗效和较低的副作用，为患者提供了新的治疗选择。"

他的话语中充满了对技术的自信和对未来的憧憬。他激动地说："我们的合资公司将成为这项技术转化为产品、产业的摇篮。我们将全身心地投入，与公司同仁一道，将这个高新技术项目推向市场，为更多的患者带来希望和福音。"

随着李博士的发言结束，会场内响起了热烈的掌声。人们被他的热情和深厚的专业知识所感染，对合资公司的未来充满了期待。

三年下来，江湖高新生物医药制造合资公司凭借李博士的专利技术，在生物医药领域取得了显著的突破。公司的产品种类繁多，不仅推出了针对常见疾病的创新药物，还研发出了一些罕见疾病和复杂病症的特效药物。这些药物在市场上受到了广泛的欢迎，迅速成为国内畅销药品，甚至在国际市场上也取得了一定的份额。

公司的研发团队不断深入研究，与多所高校和研究机构建立了紧密的合作关系，共同推动生物技术在医药领域的应用和发展。这种合作模式不仅为公司带来了更多的研发资源和技术支持，还提升了公司在行业内的地位和影响力。

在短短三年的时间里，江湖高新生物医药制造合资公司如同破茧而出的蝴蝶，展现出惊人的活力和影响力。它不仅在高新生物医药制造领域崭露头角，更成为业界的翘楚，引领着行业的发展方向。

销售额的持续增长是公司发展的直观体现。从最初的几十万到如今的数亿，每一次的突破都凝聚了公司全体员工的汗水和智慧。市场的认可度不断提升，产品在国内外市场上广受好评，赢得了消费者的信赖。

更为重要的是，公司的市场占有率逐年攀升。通过不断的技术创新和产品迭代，江湖高新生物医药制造合资公司逐渐在激烈的市场竞争中脱颖而出。竞争对手开始感受到来自它的强大压力，市场份额被不断地蚕食。

投资者的目光也开始聚焦在这家明星企业上。他们看中了公司的潜力和市场前景，纷纷注资入股，期待着能从中获得丰厚的回报。公司的估值节节攀升，已跻身独角兽的行列，成为资本追逐的对象。

然而，江湖高新生物医药制造合资公司并未因此而沾沾自喜。他们深知，要想在竞争激烈的市场中长久立足，必须不断地创新和进步。因此，公司加大了研发力度，不断推出新产品，进一步巩固了市场地位。

随着业绩和影响力的提升，江湖高新生物医药制造合资公司的知名度也越来越高。它开始与国内外知名企业展开合作，共同研发新技术、新产品。这种强强联合的模式让公司在业界的影响力越来越大，逐渐成为引领行业发展的风向标。

在繁华的港区，高技成与李多生的友情就如同这港区的早茶一样，香浓而持久。他们两人共同投资经营的江湖高新生物医药制造合资公司，专注于研发创新药物，让他们的关系更加紧密，成为至交好友。他们常常在港区小聚，分享彼此的喜怒哀乐。

这天，高技成约李多生在港区著名的早茶餐厅吃早茶。李多生准时到达，但高技成迟到了近一个小时。这让李多生感到有些意外，因为高技成一向是个守时的人，他约朋友聚会总会提前 15 分钟到。李多生开始为朋友感到担忧，不知道高技成到底遇到了什么情况。

　　当高技成匆忙赶到餐厅时，他的脸色十分不好，这让李多生更加担心。李多生急忙询问高技成发生了什么事情。高技成这才说起他正在上大学的小女儿高雪梅在港区被绑架的事情。那件事情给高雪梅留下了深刻的恐惧后遗症，虽然随着时间的推移，她的病情有所好转，但每半年还是会夜间发作一次。发作时，她会整晚闹腾，令人恐惧。

　　李多生听闻后，立刻表示要去看看高雪梅。他有着丰富的临床经验，相信能为高雪梅提供一些帮助。他们匆匆用过早茶后，立即赶往高技成的家。

　　当他们走进屋内时，只见林丁香正在焦急地安抚女儿，而奶奶叶素荣也在一旁帮忙。李多生走近高雪梅，仔细查看并询问她的症状。他发现高雪梅的某个神经受损，需要修复。他立即表示需要带她去专业医院做全面检查。

　　于是，他们一刻也不耽误，在李多生的引领下，迅速赶往港区专业医院。经过全面检查，结果证实了李多生的判断。高雪梅的某个神经确实受损，需要进行修复。

　　就在这时，李多生想起了他们公司正在试制的一种创新生物医药——神经修复元。这种药物基于前沿的生物技术和精密的制药工艺，旨在高概率修复受损神经，为神经系统疾病患者带来希望。这个消息对于高家来说无疑是个天大的好消息。他们决定让高雪梅尝试这种新药。

　　经过一段时间的精心治疗，"神经修复元"终于试制成功并用于高雪梅的治疗。仅仅一年后，奇迹出现了。高雪梅再次到专业医院进行全面检查时，医生惊讶地发现她的受损神经已经完全修复。从此，高雪梅再也没有发病过，她的生活也恢复了正常。

　　这次经历让高技成对李多生充满了感激之情。他不仅帮助高雪梅治愈了疾病，还让她重新找回了生活的信心和勇气。高技成和李多生的友情也因此更加深厚。他们相互支持、相互鼓励，共同面对生活中的挑战和困难。

在港区的小聚中，他们常常会聊起这次经历，感叹生命的脆弱和珍贵。同时，他们也为自己能够拥有这样的朋友而感到庆幸和满足。在江湖高新生物医药制造合资公司前进的道路上，他们将继续携手前行，共同创造更加美好的未来。而神经修复元的成功研发和应用，不仅为高雪梅带来了新生，也为更多神经系统疾病患者带来了希望之光。

第十九章

九十联欢

　　高丹青的九十寿辰庆宴在一个富丽堂皇的酒店大厅里举行。柳力夫、鲍大恩、祁海运，这三个当年被高丹青放生的逃兵，今天被特别邀请来参加这个盛大的庆祝活动。他们都已经 70 多岁，但都精神矍铄，满面红光。

　　三人一见面，彼此握手，拍肩，然后开怀大笑。他们的方言沟通原本就不畅通，但他们都尽力去听，去理解。柳力夫已经失聪，他看着另外两人的嘴型，猜测他们说的话。尽管他们交流起来基本是各说各话，但他们都时而相互击掌，时而开怀大笑。

　　他们谈起当年的经历，那些战斗和逃亡的日子，谈起高丹青的慷慨和善良。他们用颤抖的手指指着高丹青，脸上洋溢着感激和敬仰。尽管他们的声音和方言各不相同，但他们的眼神都是一样的，充满了对高丹青的感激之情。

　　他们回忆起那些年在战场上的日子，虽然他们出身不同，语言不同，但他们心心相印，相互扶持。他们虽然经历了苦难，但现在看到高丹青健康幸福的样子，他们都感到很欣慰。

寿宴进行得如火如荼，老人们开心地拍手笑着。虽然他们的语言不同，但他们的心是一样的。他们彼此之间没有隔阂，没有距离。他们的笑声和掌声在空气中回荡，让人感到温暖和感动。

最后，他们一起唱起了最近《三国演义》电视连续剧热播后流行的《桃园三结义》前几句："你我三人有缘分，何不高歌把天论。既然选择把酒问，平息万民的悲愤。"虽然他们的声音有些颤抖，但他们的眼神是坚定的。他们的歌声在空气中回荡，让人感到感动和振奋。

这个寿宴不仅是对高丹青的祝寿，也是对他们的友谊和感恩的庆祝。高丹青九十寿辰的庆祝活动，场景布置得富丽堂皇。整个宴会厅被装饰得瑰丽而典雅，墙壁上挂满了华丽的丝绸帷幕，挂着一幅幅历代名家的山水画。厅中央搭建着一个巨大的舞台，舞台上用鲜花拼成的"90"两个数字明显地展示着寿星的年龄。

在场的嘉宾纷纷向高老爷子送上祝福和问候，祝贺他身体健康、长命百岁。高老爷子也十分开心，频频向大家致谢。

接着，主持人宣布宴会正式开始。现场响起了欢快的音乐，气氛非常热烈。服务员们端上了各种美味佳肴，让来宾大饱口福。

宴会上，大家都举杯共饮，互相敬酒，分享着彼此的喜悦和幸福。高老爷子的子女更是激动不已，感谢父母养育之恩，表达着对父母的深深爱意。

最后，柳强生市长向高老爷子送上了最诚挚的祝福和礼物，祝愿他健康长寿、家庭美满、子孙满堂！

寿宴特地安排了寿星向江湖市博物馆赠送他多年收藏的 10 幅精品字画的仪式。年满九十的高丹青，精神矍铄，满面红光，他身穿一件传统的红色唐装，胸前佩戴着一朵精致的雪梅花，看起来十分引人注目。

仪式在柳强生市长的见证下开始了。他穿着整齐的西装，胸前戴着一条红色的领带，脸上洋溢着微笑，看着高丹青，满眼的尊重。

高丹青站在台上，他的手中捧着几幅精美的字画，那是他多年来的珍藏，每一幅都凝聚着他的心血与故事。这些字画年代久远，每一幅都是历代古字画的珍品，展示出高丹青深厚的艺术造诣。

第一幅是一幅唐代书法家欧阳询的楷书作品，笔法严谨，结构精妙，字体美观大方，展现出古代书法艺术的魅力。这幅字画是高丹青在一次拍卖会上以高价竞得，他为能够收藏到这样一幅珍贵的字画而感到自豪。

第二幅是一幅宋代画家李唐的《秋景山水图》，画面中层峦叠嶂，山势峻峭，古树参天，楼台依山傍水，展现出宋代山水画的细腻和逼真。高丹青在收藏这幅画的过程中，曾经亲自前往海外寻觅，历尽千辛万苦才将它收入囊中。

第三幅是明代画家吕焕成的《春山听阮图》，画面中青山绿水，烟云缭绕，林间房舍掩映其中，笔墨精细绝伦，令人陶醉。高丹青在收藏这幅画时，曾经遭受了资金的压力和市场环境的变化，但他坚信这幅画的艺术价值，最终成功地保留了下来。

第四幅是清代画家石涛的《黄山图》，画面中云海茫茫，奇峰耸立，松柏挺拔，展现出石涛独特的艺术风格和精湛的绘画技艺。高丹青在收藏这幅画时，曾经遭遇到真假难辨的情况，但他通过专业的鉴定和谨慎的评估，最终确定了这幅画的真伪。

这些字画凝聚了高丹青的心血与故事，它们就像一面镜子，反映出他对艺术的执着追求和对中国古代文化的热爱。现在，他将它们赠送给江湖市博物馆，让更多的人能够欣赏到这些画作，了解中国古代文化的瑰宝。

"这些字画，对我来说，不仅是艺术的瑰宝，更是历史的见证。"高丹青用微颤的声音说道，"我希望它们能在江湖市博物馆里展示，让更多的人了解我们的历史和文化。"

在场的人们聆听着，他们被高丹青的话语所感动，对这位无私奉献的老人充满了敬意。

接着，江湖市博物馆馆长钟楚天走上台。他身穿一件深色的西装，胸前佩戴着一条金色的领带。他接过高丹青赠送的字画，感慨万分。

"感谢高先生的慷慨捐赠，"钟楚天声音颤抖地说道，"这些字画将会被我们精心保管，并展示给每一个来到博物馆的人。它们将永远被铭记，并成为我们历史的一部分。"

整个大厅里充满了热烈的掌声。人们看着高丹青和钟楚天，心中充满了感动和敬意。他们为这场捐赠的慷慨和智慧而感到自豪，也为这个博物馆有新藏品而感到兴奋。

接下来，三位当年被高丹青放生现已七十来岁的老兵向90岁老长官高丹青祝寿。他们精神矍铄，眼中闪烁着泪光。他们向高丹青鞠躬，并送上一束鲜花，表达他们对他多年前的放生之恩的感激之情。

他们推选鲍大恩代表他们发表了感恩讲话。鲍大恩激动地说道："当年如果不是高长官放了我们一条生路，我们早就不在人世了。我们一直感激您对我们的放生之恩，感谢您让我们有机会重新开始新的生活。"

鲍大恩的声音有些哽咽，祁海运和柳力夫也忍不住泪流满面。他们再次向高丹青鞠躬，并表达了他们对他无尽的感激之情。

"乡邦同寿，乡邦同寿！"鹤发童颜的高老爷子颤颤巍巍站起来，向大家行拱手礼。

这时，高丹青的孙子、港区中文大学哲学博士高茂林起身自告奋勇为爷爷寿宴献上《穿行短论》：

老子说："天下莫柔弱于水，而攻坚强者莫之能胜，以其无以易之。"水为至柔，何为至刚？在我看来，穿行是也。其至柔，所以无不可穿行。"江海之所以能为百谷王者，以其善下之"，其实也在其无不可穿行。

水之穿行原理运用于战争即入孙子兵法所云："夫兵形象水，水之形，避高而趋下；兵之形，避实而击虚。水因地而制流，兵因敌而制胜。故兵无常势，水无常形；能因敌变化而取胜者，谓之神。"咱解放军擅长打穿插，其实也就是一种穿行。

天地万物无不穿行。大到星系星球，小到分子、原子，都在不停地穿行。而整个宇宙又每时每刻都在时间隧道里穿行。

穿山甲是动物中的穿行强者。它满身鳞片，好像身披盔甲的勇猛战士。

它就靠一身盔甲和利爪，挖洞穿山，速度惊人。其强力穿行，造物主使然，避险求生使然。

人生就是穿行。只是不同的人，或同一人在不同阶段、在不同时空穿行。其穿行的艰难程度各不相同，苦其心志、劳其筋骨的程度各不相同。

"两岸猿声啼不住，轻舟已过万重山。"是人类在大自然的诗意穿行。

当卫星、航天飞船、洲际导弹等空间飞行器以很高的速度进入大气层返回地球时，在一定高度和一定时间内与地面通信联络会严重失效，甚至完全中断，这就要经历黑障穿行。人生有时也难免要经历黑障穿行。

一言以蔽之，勇于且善于穿行者为宇宙万物与人类生存之强者。

爷爷听完孙子这篇娓娓道来充满哲理的短论，高兴得白须翘起，拍手称快。众皆喝彩。

生日蛋糕推上，爷爷先许明愿，后许暗愿，吹灭蜡烛。随着生日快乐歌唱起，其乐融融。